捧 读

触及身心的阅读

神探王阳明

DETECTIVE
WANG YANGMING

鳌灵奇局

刘十五　著

贵州出版集团
贵州人民出版社

图书在版编目（CIP）数据

神探王阳明·鳖灵奇局 / 刘十五著. -- 贵阳：贵州人民出版社，2023.10

ISBN 978-7-221-17858-9

Ⅰ.①神… Ⅱ.①刘… Ⅲ.①推理小说 – 中国 – 当代 Ⅳ.①I247.5

中国国家版本馆CIP数据核字(2023)第163600号

SHENTAN WANG YANGMING · BIELING QIJU

神探王阳明·鳖灵奇局

刘十五　著

出 版 人	朱文迅
策划编辑	张进步
责任编辑	龙　娜
装帧设计	莫意闲书装
责任印制	刘洪珍
出版发行	贵州出版集团　　贵州人民出版社
地　　址	贵阳市观山湖区中天会展城会展东路SOHO公寓A座
印　　刷	河北鹏润印刷有限公司
版　　次	2023年10月第1版
印　　次	2023年10月第1次印刷
开　　本	880毫米×1230毫米　　1/32
印　　张	8
字　　数	210千字
书　　号	ISBN 978-7-221-17858-9
定　　价	36.80元

目 录

知行合一

第一章　消失的鬼师

　　他努力地想抬起头，但觉得河面如星空般遥不可及。浑浊的河水如烟雾一般向上蔓延，如同整个河底都在上升。他感觉到那些浑浊的烟雾逐渐追上自己，最后吞没了他的视线和身躯……

正德元年，刑部主事王阳明因触怒宦官刘瑾被贬至龙场担任驿丞。

贵州龙场万山丛薄，苗僚杂居。王阳明到龙场后日日教化民众研习学问，同当地民众一起建屋舍、事农桑，已半年有余，逐渐获得了当地民众的亲敬。

这一日，正是贵州龙场的春祭大典。长滩河边，土石垒的简陋祭台上，当地的传统傩戏即将开演。三名扮演鬼师的乡民戴着恶鬼面具上台，开始"张牙舞爪"地跳着，三副面具都是毛发倒竖、巨眼獠牙的狰狞样子，一个红色，一个黑色，一个蓝色。

其中，戴黑色面具的是长滩苗寨里的老鬼师，名叫乌朗达。他负责主持寨子里的各类祭典活动，很受村民尊敬。另两人，戴红色面具的人叫吴两当，戴蓝色面具的人叫井生。他们都是寨子里颇有威望的年轻人，每年春祭都是他们配合乌朗达跳傩戏。

王阳明此刻正坐在凉棚里观看傩戏，他隐约感觉那红色面具后，好像有束目光在不断地扫视祭台下方的人群。台上的三人自己明明都认识，可那道目光里，却有某种陌生的意味，这让王阳明有些说不出的怪异感觉。

这一年的王阳明已过而立之年，朝堂的失意和左迁路途的艰辛，让他棱角分明的面庞多了许多的沧桑。

牛角号声呜呜响起，这是祭礼即将进入高潮的前奏。可台上的三人却似乎被突然响起的号声吓了一跳，脚步凌乱，完全踩不到音乐的节奏上。

围观的人群渐渐发出嬉笑声，嬉笑声又很快变成大声的笑闹。王阳明看到一个顽皮的少年顺手将手边的一块卵石丢上了台，大喊道："乌朗达，你是昨晚上在家里把劲儿使完了吧？"

台下传来一阵哄笑，台上的乌朗达躲过石头，似乎有些愤怒，却并没有发作。

一名中年男子呵斥了丢石头的少年，但他似乎只是不许少年对祭典不敬，而少年对乌朗达的调笑，好像还得到了他的赞许。河边一群自顾自玩耍、对祭典毫无兴趣的孩子也听见了动静，跑回了祭台前。

没有人注意到，刚刚还无风无浪的水面这时冒出了丝丝白烟，细小的波浪开始翻滚，水下似有活物一般。

长滩苗寨的寨老乌洛坐在王阳明身边，看着台上的情景，面露尴尬之色，轻捻着他的山羊胡解释道："咳咳，王先生，这三人……"

他想了想，又实在不知道该怎么解释这一幕，只好硬着头皮对王阳明说："他们怕是昨晚高兴，喝多了，酒劲还没散吧。"这话说完乌洛自己都不信服，又补充道："春祭是我们苗寨的大节日，就像你们汉人过年一般，高兴也是应该的……"

王阳明身后站着两名驿卒，一个叫张强一个叫宋壮，都是祖居苗地的汉人。张强脸型瘦削胡子拉碴，有种混不吝的气质，一身皂袍穿得歪歪扭扭。宋壮身材高大眉目间透着些憨直，不过他自从听了王大人"君子正其衣冠"的学问后，无论走到哪儿，一身洗得发白的皂袍都穿得齐齐整整。

这两人打小就厮混在一起，张强摸鱼宋壮望风，张强打架宋壮挨揍。也亏了张强闲不住的性子，两人还是半大小子的时候就已经走遍了这周边数十里大小的乡驿族寨，后来由寨老大人出面谋了个驿卒的差遣。

两人都是二十来岁喜欢看新鲜的年纪，对从小就见惯了的春祭毫无兴趣，但此时也都翘首望向了祭台。

仿佛是为配合乌洛的此番解释，祭台上的三个鬼师竟真像喝醉了一般，脚步虚浮，晃悠了起来。

张强摩挲着下巴，揶揄地说："寨老大人，您这是特意为欢迎我们王大人观礼，让他们练了这么一台新戏？"

宋壮点着头，认真评论道："倒是比往年的跳大神有意思多了。"

王阳明按下两人的话头，对乌洛说道："历来不论什么节日，流传一久，原本的意义自然就淡了，百姓们聚在一起热闹反倒成了主题。所谓礼不下庶民，寨老大人不必挂怀。"

寨老大人点头称是。

祭台上，微风吹拂，烛焰晃动，红布幡旗飘扬起来。纸灰在供桌上滚动着，飘到了空中。

王阳明的注意力再次落在戴着黑色面具的乌朗达身上。

乌朗达右手捏着一把匕首，姿势很奇怪，他用手指捏住锋刃，让刀柄垂在空中。

王阳明一惊，还未来得及做出反应，只见一道银光闪过，原本捏在乌朗达手中的匕首已经钉在了凉棚的柱子上。微微颤动的匕首，距离王阳明不过咫尺。

王阳明大惊失色地望向台上的乌朗达，只见乌朗达出手的瞬间，他身后戴黑色面具的吴两当也突然出手，按住乌朗达的肩头，一手抓住乌朗达的腰带，沉腰一扭，瘦小的身材爆发出巨大的力量，生生将乌朗达扔到了河边。

乌朗达在地上滚了几圈，在河边止住了身形。紧接着传来一阵异响，河水突然如沸腾般冒出阵阵白烟，"咕咚咕咚"的河面上似有什么东西升了起来。

"保护大人！"王阳明身旁的驿卒宋壮横刀护在了他身前。王阳明的视线越过宋壮，看到一道巨大的黑影升起。他心头涌上一阵强烈的窒息感，还来不及喊出"救人"，便看到河面上的黑影一闪，白烟中突然蹿出一条巨蟒，卷住乌朗达的脖子，将他拖进了水中。

原本平静的河水此刻仿佛沸腾了一般，"咕咚咕咚"地翻着水花，白烟遮住了整个河面。

所有人都目瞪口呆，这一连串的变故来得太快，没人来得及做出任何反应。

乌朗达的惨叫声从河面传来，谁都看不清河里发生了什么。正因为看不清，他的惨叫声才格外瘆人。

王阳明拨开宋壮，和乌洛一起快速来到河边。河面上白茫茫一片，乌朗达似乎还在拼命挣扎。

乌洛着急得胡子乱颤，说话都开始结巴："快！快救人啊！"

虽说苗人水性大都不错，但刚才一系列诡异景象让在场的人不敢再轻易涉水。此时听到寨老的呼喊，有两名村民不忍看着乌朗达被淹死，咬了咬牙，脱下鞋打算救人。然而他们的脚刚踩进水中，就像被蜂蜇了一般又缩了回来。王阳明看过去，发现他们的脚像被什么毒物腐蚀过一样，竟然烂掉了一大块。

"水鬼，是水鬼杀人了……"

人群中不知谁嚷了一句。"水鬼"二字如瘟疫一般在人群中散播开来。一些人已满脸惧色，似乎下一刻就要逃走。

乌洛吹着胡子喊道："救人！要救人啊！都想想办法啊！"

人们面面相觑，没有应答。

王阳明迅速向众人喊道："竹耙！找些竹耙来！"

张强没听明白，愣着问道："竹耙？"

乌洛一向信任王阳明，立刻叫村民们去取竹耙。

不一会儿，一个女人哭喊着拨开人群，扑到河边，想跃入河中，被几个村民拉住。王阳明知道她是乌朗达的妻子阿玉，因为家中孩子还小需要照看，所以没来参加春祭。估计是有村民赶去她家告诉她乌朗达的事，她这才赶来。阿玉的背上还背着几岁大的孩子。孩子也因剧烈的颠簸大声哭了起来。

此时，几个村民抱着竹耙赶回了河边。王阳明指挥大家用绳子把竹耙绑起来。乌洛明白过来，只要将竹耙从上游扔进河水中，乌朗达就能抓住竹耙，这么多人合力，总能把人捞上来。但此时河面上的白烟都已经消散，河面上没了动静，只怕就算捞上来，乌朗达也是凶多吉少。王阳明领着张强和宋壮绑竹耙，耳中是阿玉和孩子的哭声，他突然眼前一闪，想起了什么。

王阳明蓦地回头望去，只看到空空如也的祭台。

"吴两当和井生呢？"

王阳明慌忙跑向祭台，但吴两当和井生已不知所终。

长滩苗寨的祭台建在河边的一大片空地上。贵州自古"七山二水一分地"，这一大片空地是河水改道冲积而成，非常宝贵。村民们在空地上用土石垒成一个台子，夯平了，又从山里伐来木头，在台上搭了棚。平时官府宣读文告、村民集会活动都在这里。

祭台上平时没有什么陈设。它被一面墙隔成了两部分，后台朝着河，前台正中间供奉着春祭的神龛，再往前是摆着香烛的供桌。王阳明仔细检查了神龛，没发现有什么异常的地方。

王阳明掀开布帘，看到后台只摆着两张陈旧的竹桌和几个竹凳，上面放着一些红布、蜡烛之类的东西。这些东西都是从村民们的家中搬来的。后台的地上堆放着一些杂物，也都是祭礼上常用的物事。

祭台四周长满了杂草，这在贵州是再寻常不过的山野景色。

什么异常都没有。

吴两当和井生两个人竟然就这么凭空消失了，一点踪迹都没留下。

王阳明心中疑惑，吴两当出手攻击乌朗达很明显是为了自救，可井生并没有做什么，也跟着一起失踪了，这其中是否有什么自己没察觉的事情。

也不知道是他跑得太急还是因为祭台上的香烛味道太浓，王阳明越想越头疼。他自小就有头疼病，少年时修行练气逐渐好转，经逢颠沛来到龙场后又开始发作。

"王大人！王大人！"紧锁眉头的王阳明突然听到有人呼唤他，转身看到张强气喘吁吁地跑来。

"您想的真是好法子，没费多大工夫就把乌朗达给捞上来了！不过他人已经……"

王阳明点点头，跳下祭台，走进凉棚，拔下了还钉在柱子上的匕首，细细端详。

匕首上没有雕饰，再寻常不过。

王阳明轻轻叹息，对张强道："走吧，去乌洛那里。"

两人一前一后来到河边。

河水早已平静下来，任谁也想不到，刚刚河中竟会发生如此诡异之事。乌朗达的尸体仰面朝上躺在地上，脸部和四肢的皮肤都已经溃烂，也不知道是被腐蚀还是被灼伤的，看起来极为骇人。

阿玉抱着孩子，瘫坐在一旁。孩子已经睡着，她似乎也已哭得力竭。乌洛叹了口气，安慰她道："你也别太难过，人死了谁也没有办法。朗达是个好小伙，以后河神会保佑你们母子的。"

"哪有什么河神？有河神就早该去灭了那水鬼！"阿玉恨恨地骂。

乌洛连忙摆手："这话可不能乱说！就算河神不计较，山神也会听见的。以后你家孩子长大了上山打猎，可还要山神爷保佑的！"

王阳明本想去宽慰阿玉几句，此情此景也不知道该说什么，只好转过话题，对乌洛说："安排几个人去问问，尤其是那些玩耍的孩子，看有没有人看见吴两当和井生去哪儿了。"

乌洛左右看看，两人都不见踪影，他立刻认为这两人是罪魁祸首，大声怒吼："有谁看见吴两当和井生了？出来！"

王阳明无奈，想着这两人若是有意隐藏，被他这么一喊怕是更难找了。

这时，那个之前调笑乌朗达的少年站出来说："我看见了！"

少年刚想接着说，王阳明连忙拦住："先别说，去那边。"

王阳明又对乌洛说："寨老大人，劳您先安抚一下百姓。春祭怕是要暂停了，让大家先散了吧。"

吩咐完之后，王阳明便带着少年往祭台走去，张强和宋壮连忙跟上。

王阳明让张强和宋壮守住四周，不让别人靠近，然后对少年说："我记得乌朗达被扔下祭台前，吴两当和井生就站在这儿。"说着一指张强，"你当他是吴两当。"又指宋壮，"他是井生。把你看见的事详细地说一下。"

少年想了想说："吴两当用手指戳了一下井生，井生好像就没了力气。"

"戳了哪儿？"

少年又想了想，用手指在宋壮后背上比画了一个位置。

宋壮痒痒，忍不住"嘿嘿"地笑。

张强骂道："什么时候了还笑！乌朗达家的绵菜粑你可没少吃！你……"

宋壮解释："我痒……"

少年看看两人，继续对王阳明说："大概是这个位置。"

"风门穴？你确定？"

"确定。"

"然后呢？"

"然后，吴两当用肩膀扛着井生去后台了。再之后我就不知道了。那会儿人都往河边跑，我也没跟过去。"

王阳明若有所思，左右环视片刻，最终目光落在了蜡烛上。他走到神龛前，用袖子捂住口鼻，吹灭蜡烛，把蜡烛掰下一截，倒掉蜡液，收了起来。

张强和宋壮看着王阳明的举动面面相觑。

宋壮问："王大人，您要蜡烛做什么？"

张强说道："当然是拿来用了。咱们驿站里清贫，王大人勤俭节约。那还有一根呢，我去拿。"说着把另外一支蜡烛掰了下来。

王阳明像是没听到二人谈话，往后台走去，自言自语道："我这条命，恐怕就是这根蜡烛救下来的。"

王阳明又从后台转出来，问两个差役："你们说，今天的情况，如果要杀人的话，站在祭台上方便呢，还是混在人群里方便？"

一旁的少年抢答道："当然是混在人群里了。在台上扔一把刀想杀人不被发现，也太蠢了。"

张强和宋壮也点头附和。

王阳明说道："可是怎么会有那么蠢的人呢？难道他的目的就是想让众人看见自己行凶？"

张强和宋壮面面相觑，不知道怎么接王阳明的话。

王阳明再次向河边走去，又自言自语道："倒是让我想起去年的一桩旧事。"

少年问："王先生，什么事？"

王阳明拍拍少年的肩膀说："不提也罢，还好，只要人没死，总还是有希望。"

"乌朗达？他明明已经……"

说话间几人又回到了河边。阿玉仍然坐在地上，神情凄凉。

王阳明上前俯身说："弟妹，不必悲伤。"

阿玉抬头看见王阳明，连忙改成跪姿，低头啜泣道："王大人，我听他们说了，朗达不知道着了什么魔，才对您……"

"那人不是乌朗达。"王阳明连忙扶起阿玉，"我和他的关系你也知道，无缘无故他怎么可能要来杀我。我记得乌朗达胸口有文身，你检查一下就知道了。"

阿玉听完王阳明的话，一把拽开乌朗达的前襟。

尸体的前胸因为有衣服保护，皮肤的溃烂程度并没有脸上严重。众人望去，没看到半点文身的痕迹。

阿玉立刻转身向王阳明磕头，"谢谢王大人！您才是我们家的河神。您有学问，什么都知道，能不能告诉我乌朗达他人在哪儿？您叫他赶紧回来……我一个女人……"阿玉说着又开始抹眼泪。王阳明示意众人将她搀起，劝慰道："乌朗达应该没事，你放心，我一定会找到他，让他早日回家。"

听到王阳明的话，阿玉连连称谢。

乌洛问道："王先生，那这人是谁？"王阳明看了一眼乌洛，轻轻摇头，没有直接回答他的问题："寨老大人若是信得过，这件事就交给我来解决吧。您若有什么疑问，明天到驿站里来详谈。"说完又转头对张强和宋壮说："你们把那个人抬着，先回驿站去。"说完告别众人，向驿站方向走去了。

宋壮挠挠头疑惑地问："哪个人？"

　　　　　　　　　　　神探王阳明·鳖灵奇局

张强翻了翻白眼："除了地上躺着的那个，还有哪个需要咱俩抬的？王大人也是，死人自然有州府衙门管，什么时候轮得到咱们插手？"

宋壮赞同地说："我看贵阳府的三班衙役整天地吃喝玩乐，咱们跟着王大人是帮他们当差了。"

两人虽然嘴上抱怨，但仍然按王阳明的吩咐，将驿站的牲口赶到河边，合力将尸体搬了回去。

回到驿站时，天已经快黑了。

尸体被张强和宋壮暂时安置在了驿站的柴房内。两人一边埋怨着王大人的大包大揽，一边手脚不停地忙活着。王阳明正对那具无名尸体做详细的检查，春祭上针对他的刺杀让他想起了去年在杭州经历的事情。

尸体的皮肉已经溃烂，身上满是伤，还有不少青黑色的瘀痕。尸体的眼珠几乎要掉出来，眼里满是绝望的恐惧，指甲也尽数脱落，部分地方的伤口深可见骨。如王阳明在河边看到的情况一样：死者生前曾拼命地挣扎过。

张强和宋壮直感反胃，两人相视一眼，都从对方的眼神里读出了无奈。

张强走上前，赔着笑说道："王大人，您看这都忙活一天了，我和宋壮先去烧饭吧？"王阳明头也不抬地挥了挥手，两人赶紧退出了柴房。

看着尸体，王阳明心中的疑惑更甚。他回忆今天河边的景象，河水骤然沸腾，白烟中突然出现怪物，这怎么看都不像人为的，难道白烟中那道宛如巨蟒的阴影，真是当地居民说的水鬼现身？

可若真是水鬼，现身时机未免太巧。吴两当刚刚将乌朗达扔到水边，水鬼便拖了乌朗达下水，难不成吴两当和水鬼同谋杀人？

越想，王阳明越觉得荒诞，他觉得有必要亲自下水一探究竟。

"王大人，吃饭了！"张强的声音将王阳明从思绪中拉了回来。

王阳明应了一声，转身走出柴房。

龙场清苦，晚饭不过几碟咸菜、几碗清粥。宋壮对王阳明很是佩服，家里有什么好东西也乐意拿来与王阳明分享，桌上的咸菜，便是他娘亲自腌制的。

张强和宋壮两人蹲在竹凳上，粥喝得呼噜响，看起来很是享受。王阳明净手之后坐在桌前，正准备喝粥忽然想起了什么，手伸进袖中摸索。

张强看着王阳明，一边喝粥一边说："王大人您也别摸了，再摸也摸出不来个烧鸡腿给咱下饭。大人，宋壮家的这咸菜还够味道，您多吃。"说着将桌上一碟咸菜推到王阳明身前。

王阳明笑道："箪食瓢饮，在我看来宋壮家的咸菜可比烧鸡腿更有滋味。我这袖中清贫，能掏出来的也就是这根蜡烛了。"说着取出白天从祭坛上拿到的蜡烛，放在桌上，取出火折点燃。

张强被粥呛了一下，不断地咳嗽。一旁的宋壮听到这话直乐，也不知是因为王大人夸了自家的咸菜，还是因为张强狼狈的模样。王阳明轻咳一声，那两人噤声低头只顾喝粥，却没发觉王大人已悄悄掩了口鼻。

过了一会儿，王阳明问他二人："如何？"

张强刚想问"什么如何"，就感到一阵目眩，扶着额头说："王大人……王大人我这是……"一旁的宋壮也摸着头嘀咕："莫不是风寒了？"

王阳明吹灭蜡烛，起身打开窗子，带着潮气的晚风涌了进来，凉风一激，张强和宋壮立刻恢复过来。

他一边踱步一边说："今日我被这蜡烛救了一命。"

王阳明整了整衣冠，向两人打个稽首，说道："我年少时有头疼的毛病，今日在春祭时复发。我初以为是旧病复燃，其后想起今日三名鬼师在台上的古怪表现，想来应该是蜡烛内掺有迷药，于是带回一截检查。先前我已检验过，这药对人体并无损害，但吸入后会让人神志模糊，脚步虚浮。刚刚便是为了确认药效发作的时间，故而点燃片刻，用你二人做个小小试验。"

这二人平日里虽然言语无忌，但私下对王阳明一般敬服。王阳明如此郑重其事，慌得两人连忙站起来说："客气了客气了，王大人客气了。"

宋壮道："不打紧，王大人又不是要谋害咱哥俩。如此客气倒是让我们不习惯了。"

张强抬脚踹了一下宋壮脚下的竹凳，差点把宋壮踹得跌下来，斥道："什么谋害，你会不会说话！"继而转头冲王阳明嘿嘿笑道："那大人的试验得如何？可有了结果？"

"我只是想看看迷药的效果，"王阳明拿起桌上的半截蜡烛，"这迷药虽然见效极快，但遇风即解。这也是为什么今日台上吴两当要点井生的风门穴。但以吴两当的体格，就算点了井生穴位，要趁乱带走他也是困难至极。我本猜测这蜡烛中的药物有致幻作用，可以诱使井生跟着吴两当逃走，但看你二人刚才状态……"

张强连忙接话道："没有，完全没有！刚才就是头有点疼，想睡觉。"

宋壮也点头附和，还抡了几圈胳膊表示自己一切正常，"除了感觉脑袋有点闷，现在和没事人一样。"

王阳明苦笑道："是啊，所以现在想不通的事又多了一件。吴两当是如何在那么短的时间内，神不知鬼不觉地带走一个健硕且失去了行动能力的壮小伙呢？他到底怎么做到的？"

张强跟着叹气，重复道："这到底怎么做到的呢？"

宋壮跟着重复道："到底怎么才能做到呢？"

…………

不对！这根本做不到！

王阳明突然回过神来，大喊着："快，我们再去一趟祭台！"

说着他已经冲了出去，留下端着粥目瞪口呆的张强和宋壮。

"大人！这饭还没吃完呢！"张强喊道。

一旁的宋壮两口喝完碗里的粥，嘴巴一抹，含糊不清地说："赶紧的，这黑天半夜的，王大人可不能出事啊。"说着就去拿刀。张强看着已经准备妥当的宋壮，叹了口气，放下碗筷快速跟上。

王阳明边跑边想，虽然白天"水鬼杀人"吸引了大部分人的注意力，但这根本没法掩护两个如此显眼的目标离开，吴两当没什么办法带着井生行动。王阳明知道自己白天陷入了一个思维误区，他总以为二人已离开，可其实井生已经昏迷，只要把他藏起来不被发现，吴两当就可以自由行动了。甚至吴两当都不用离开，只要等到天黑，他想带走井生根本不是问题。

驿站到祭台有一定的距离。王阳明自幼练气，跑起步来几乎能和武林高手一较短长。只是张强和宋壮慌乱中落锁关门，又去找火把、灯笼、腰刀之类的物事，待到出门时只能看到王阳明模糊的背影。两人拔腿便跑，气喘吁吁的，几乎要跟不上。

王阳明浑然不觉，一路闷头跑向祭台。

土石垒的简陋祭台看起来没什么异样，王阳明借着月光爬了上去，再次来到后台。他依着白天查看的路线四下摸索一番，仍没有什么发现。他沉吟片刻，仔细回忆着自己几次检查祭台的情形，片刻后终于意识到不对：脚下被夯实的台子！他从一开始就没想过这里会被动手脚，所以几番查探忽略了脚下。

王阳明又绕着后台走了几圈，终于发觉了一处异常。

那是后台下方，靠近拐角的一丛杂草处。几块石板隐没在杂草里，斜靠着祭台放着。若不是今夜月光还算明亮，估计没人能看到这几块石板。白天的时候从河边、凉棚都看不到这里，难怪吴两当和井生会突然消失。

王阳明蹲下，揭起那几块石板，底下果然"别有洞天"，地面竟被人掘出一个三四尺深的土坑。王阳明抽出火折点燃，扔进土坑里去，隐约能看出些拖动的痕迹。看来确实有人曾在这里藏匿。

"还是来迟了一步。"他轻轻叹息。

王阳明捡起火折子，将祭坛周围细细地查看了一番，突然觉得脚下似乎踩到什么东西。他收回脚摸索着，在浮土里翻出一个牌子。王阳明捡起来，轻轻吹净上边的尘土，借着火折子微弱的火光，他看清了牌子上雕饰着的繁复花纹，下方阴刻两个小字，"马顺"。他又将牌子翻过来，牌子上赫然有"锦衣卫"三个大字。

王阳明轻轻摇头，站起身来。

"王大人！"张强的喊声传来，王阳明收起腰牌和火折子。他看到张强在祭台前四下张望，却不见宋壮。

"我在这里。"王阳明出声。

张强闻声，松口气道："您没事就好。这大半夜的，王大人你就行行好，可别折腾我们兄弟了。这饭都没吃完呢，宋壮火急火燎地上河边找你去了！"

王阳明笑笑，一边掸去自己身上的尘土，一边说道："行了，去把宋壮喊过来，咱们先回驿站。"

王阳明这边话音刚落，黑暗中传来宋壮惊怒的喊声："谁在那儿？！"

张强和王阳明闻声悚然一惊，赶忙循着声音跑去。

王阳明和张强来到河边时，正看到宋壮双手握刀，警觉地躬着身子，死死地盯着河面，手中的刀抖个不停。

两人顺着宋壮的目光望向河面，除了粼粼河水外，什么都没有。

张强怒道："宋壮，你小子疯啦，大晚上没事瞎喊什么！"见宋壮不言语，他怒气冲冲地走上前，推了宋壮一把，道："你傻啦？咦？这什么东西。"

张强从宋壮的衣服上摸到一手黏糊糊的东西，他凑近看了看，似乎是河底的泥藻一类的东西。王阳明也看清了宋壮肩上湿漉漉的泥藻，温言问道："宋壮，你看到什么了？"

"大……大人……"宋壮脸色铁青，他转头看了眼王阳明，然后伸出右手，指向河面，喃喃道："水……水鬼，真的有水鬼！我看到水鬼了！"

"水鬼？"

"是真的！大人！我看到那怪物进水里消失了！它拖着长长的尾巴，就是那尾巴将假乌朗达卷走的！"宋壮着急补充道。

王阳明知道宋壮受惊过度，不宜在此久留，摆摆手示意宋壮收起刀，继而望着河面道："咱们先回驿站休息，明日再作打算吧。"

宋壮还想说什么，被张强一把拉住。听到宋壮刚刚的遭遇，张强巴不得赶紧离开河边。他赶紧上前将宋壮手里的刀夺下，收回刀鞘，"王大人说得对，咱先回去吧，回去吃饭睡觉，明早再说！"

宋壮被张强半推半拉地拖着往回走。

落后几步的王阳明攥着那枚腰牌，想着今天白天春祭上那大费周折地刺杀。水鬼的两次现身和针对自己的刺杀行动，这之间到底有什么关联呢？

乌朗达是假的，这腰牌的主人，锦衣卫马顺，应该是假扮井生被擒的人。

如此想来，吴两当应该也是假的，只是不知出于什么目的要出手救他。更让王阳明想不通的是，宋壮看到的水怪，若是和假吴两当是一伙儿的，那毫无疑问也是人假扮的。但是春祭从清早便开始，到事情发生时，春祭已经持续了好几个时辰，过程中河岸边聚满了观看傩舞的人群，那水怪不可能瞒过众人下水。这样说来，难道那河底杀人的怪物，从一开始就藏在了河底？

　　潜水四五个时辰而不呼吸？这是人力可为？王阳明想起自己曾经差点被溺死的经历，不禁陷入深深的疑惑：难道河底的古怪生物真是水鬼？假乌朗达之死也仅仅是巧合？

　　王阳明一时间也觉得有些说不准了。

　　深夜，王阳明一行人回到了驿站。

　　一天的奔波让三人都疲惫不堪。宋壮在河边受惊，此刻沉默得像一块石头。粥已凉透，张强嘴里一边喊着饿一边跑前跑后地给三人张罗热粥。王阳明则因为锦衣卫的出现有些心绪不宁，静静地坐在桌前不语。

　　认识王阳明以来，张强从没见过王大人面色这般凝重，如今连宋壮都铁青着脸，让驿馆里的气氛显得压抑。张强也不好上前搭话，就悄悄跑去灶房，一咬牙，自作主张地给大家加了餐。等到饭菜重新上桌，王阳明发现桌上多了几道野味。

　　"大人，吃饭啦！"张强笑嘻嘻地说，"大家都辛苦了，前几天我和宋壮不是抓了只兔子一直没吃吗，咱们就加几个菜吧。"说着搓搓手，看着桌上新烤的兔子腿"嘿嘿"笑。

　　王阳明看了眼坐在一旁沉默的宋壮，一拍膝盖，道："好，吃饭吧！宋壮，来，吃饭。"

　　宋壮闻言点了点头，起身走过来，三人先后在饭桌前坐定。

　　张强一把撕下一只兔腿，说："明天少不了跑东跑西，今天咱们得多吃点！不然哪有力气干活？”

王阳明端起粥，笑道："正是此理。来，咱们敞开了吃！"

宋壮也跟着笑了笑，终于打起精神，端起碗叫嚷："好，吃饱了干活！什么鬼鬼怪怪能难得住咱们？大人你说对吧？"

气氛轻松起来，张强专注地啃着兔子腿，宋壮把粥喝得呼噜响。可能是因为今天太劳累，王阳明的胃口也比往日好了不少。

过了一会儿，正嚼着野兔肉的张强突然感到额头一凉。他下意识地摸摸额头，是水渍。他抬起头向上看，又一滴水好巧不巧滴进了他碗里。

"嘿，老天也嫌咱们今天的粥太稠了？"

王阳明说："怕是屋顶破损了，明日你和宋壮抽时间上去补修一下。"

张强"唉"地应承一声，也不在乎刚才掉进碗里的水滴，吃得喉咙直响。

片刻后，宋壮突然怪叫了一声，两人看到宋壮正摸着头顶。

王阳明还没开口询问，张强便嚷道："房屋漏水也不能只赏我张强啊！你看！"

众人顺着他的目光抬头看，一滴水从屋顶落下，再次砸到了宋壮的头顶。

宋壮气哼哼地挪了一个位置，继续吃饭。看着他一脸生气的样子，张强一边喝着粥一边笑，王阳明也忍俊不禁。

张强吃着饭随口问："是不是下雨了？"

宋壮走到窗边，探出手去："没有。"

又一滴水落下，张强挪了下位置，水滴砸在他刚刚坐的凳子上。

王阳明看着水滴落下，砸在桌角上，好奇道："既无阴雨，何来落水？"

话一出口，三人同时停止了吃饭的动作，不约而同地向上望去。但烛光照不到空荡荡的屋顶，头顶一片黑暗。

王阳明小心翼翼地起身离开桌前，宋壮也看出了不对劲，他悄悄放下自己的碗筷抹了把嘴，然后学着王阳明的样子，静悄悄地离开座位，转身去拿自己的佩刀。

王阳明盯着一团漆黑的屋顶，一种异样感从他心底生了出来。他咽了口唾沫，看到一旁的宋壮已经拿着刀回来了。他缓慢地拿起桌上的烛台，向高处举起。

微弱的光亮一点点上移，让刚刚隐藏在黑暗中的房梁清晰了起来。

王阳明目光一点点地跟随蜡烛的光亮上移，直到整个房梁都暴露在光照之下。

上面空无一物。

"嘿！"张强重新坐回桌前，说："咱们真是自己吓自己，就这么大个房梁，除了蜘蛛和老鼠，我就不信还能有什么东西。"

宋壮也松了一口气，他收刀入鞘，重新坐回自己的位置。

"近来无风无雨，屋顶哪来的水？"王阳明联想到白天发生的事，忽然想到了某种可能。他走到桌前，伸出一根手指，放进了自己刚才喝粥用的碗内。

王阳明做了个保持安静的手势，一边快速地在桌上蘸着水写了几个字。

自王阳明来到龙场后，闲暇时也会教当地民众读书识字。张强和宋壮跟随王阳明一年多，多多少少也认识了一些字。

"屋顶有人。"

张强一愣神，看到王阳明的眼色和手势，也明白过来。他悄悄从宋壮手里接过刀，领着宋壮从后门绕了出去。王阳明将烛台端在手中，轻步走向前门。

随着烛光被王阳明扑灭，屋内瞬间陷入一片黑暗，与此同时，王阳明快速冲出门外，转头回望屋顶之上。

果然有人！

一个黑影趴在房顶上一动不动。

"别动！"王阳明听到张强和宋壮的呼喊声，应该是两人已经爬上了房顶。站在院子里的王阳明看到张强和宋壮的身影出现在那黑影身后，似要将那黑影生擒。

喊了几声，那黑影却仍趴在房顶上一动不动。王阳明感到不对，忙叫道："走近去看看那人，小心暗算！"

话刚说完，屋顶上的两人便矮下身子向那黑影挪去，片刻后，宋壮一跃而起，扑在那黑影身上。张强也冲了上去，屋顶上接着就陷入了沉默。

王阳明不知发生了什么，忙问道："你们没事吧？"

"大人！"张强冲院子里喊道，"人死了……可是……有些古怪。"

王阳明忙登上了屋顶，这时他看清了那个黑影，这才明白张强为什么说有些古怪。

那是个双手双脚都被捆起来的蒙面黑衣人。一同捆在那人身上的还有不少碎石。这个人浑身都湿透了，看起来就像是刚刚从河里捞出来一般。

张强面色不定，喃喃道："我们上来时这人已经死了……像是淹死的。"

一个陌生人，就这么悄无声息地出现在了驿站的屋顶之上，而死因是溺水？

王阳明揉着眉心，叹息道："咱们先把尸体搬下来吧。"

张强见宋壮呆着不动，上去轻推了一把，道："喂！发什么愣，赶紧的，大人吩咐了。"

宋壮吞吞吐吐道："张强……刚才房子里滴下来的水……"他指指那个浑身湿透的尸体。

张强明白过来，转身干呕起来。

尸体被张强和宋壮从房上搬了下来，挪到了柴房中。望着柴房中一个被水鬼所杀、一个淹死在房顶上的两具陌生尸体，张强和宋壮再没了嬉笑的心情，两人沉默地站在王阳明身后。

"应该是我们离开驿站前往祭台那段时间搬上去的。"王阳明左右踱步，说着，"我任刑部主事时曾亲眼看过水牢之刑，只要以水激之，犯人呼吸不得。此人显然是被溺死在屋顶上。"

但是谁会在房顶上做这种事？凶手和死者有什么仇怨非要以这般手法虐杀？

联想到白天水鬼杀人的景象，王阳明意识到事情变得复杂起来。这不再仅仅是锦衣卫与自己的关系，似乎有什么超出理解的力量介入了其间。

"大人……"

宋壮的声音传来，王阳明回过神，看着宋壮满目担忧的神情，王阳明说："辛苦一天了，你们先去休息吧。"

宋壮似乎还想再说什么，但王阳明摆了摆手制止了他。

张强见此情景，忙应了一声，又悄悄扯了扯宋壮的袖子，将他往回拉。

"大人！"宋壮执拗地站在原地，沉默片刻后望着王阳明瘦削的背影再次出声，"是不是……要出什么大事了？"

王阳明停下脚步，转身望向宋壮，难得地展露笑颜："就算有什么事，也有你家大人顶着呢！放心吧！"

宋壮忽然觉得心里踏实了不少，这才跟着张强一起往回走。

王阳明望向眼前的两具尸体，长长地呼出一口气，收起心绪，开始细细检查两具尸体……

众目睽睽之下发生水鬼杀人的古怪事件，让乌洛整宿都没睡着。天才蒙蒙亮，他就起床收拾赶往驿站了。

龙场驿站内，张强和宋壮正在搬运假乌朗达的尸体。尸体已经查勘过，王阳明嘱二人将尸体运送至官府，以免节外生枝。至于那个被淹死在房上的陌生尸体，因为身份不明，加上龙场群众已经被水鬼事件弄得人心惶惶，王阳明不欲多添恐慌，因此悄声吩咐将其用草席遮掩，先藏在了柴房中。

昨夜的诡异事件让张强和宋壮都没睡踏实，此刻二人看起来精神有些萎靡。

王阳明昨夜也没休息好。可能是因为白天吸了迷烟，加上连夜检查死者尸体，王阳明夜里又开始头痛，各种古怪的梦境反复袭扰他。于是他干脆披衣盘坐，依道家呼吸吐纳之法直至天亮。

乌洛来的时候，王阳明正站在驿站院子里，一手牵着牲口，一手把板车上的干草抚弄平整。见乌洛进来，他连忙腾出手招呼道："寨老大人！有失远迎！"

乌洛气喘吁吁地找了个角落坐下，扭过头不看那尸体，答话道："王先生啊，我可是整宿没睡好，这眼睛一闭就想起那个死人。我这一早过来，就等你给我说道说道，这乌朗达究竟是个怎么回事啊？"

"寨老大人稍候。"王阳明领着乌洛入屋内落座。一坐下，乌洛就忧心忡忡地问道："王先生，咱们都知道您是有大学问的人，您给我说说，那水鬼究竟是个什么东西？还会不会再出来害人了？"

王阳明想了想，说："不瞒大人，昨夜我三人在河边查探，宋壮亲眼看到了那水鬼。"寨老大人听罢惊呼出声。王阳明接着说："据宋壮所说，虽然夜晚看不清楚，但那水鬼似乎身材高大，泥藻披身，背上还负着什么东西。对了，还长着一根长尾似的东西。"

"啊！这……这……这真是水鬼！恶鬼又回来了！"乌洛布满皱纹的脸上满是惊慌，胡子一颤一颤的，言语都有些错乱了，"他们又回来了！我族！我族大灾将至啊！"

王阳明温言安慰："寨老大人不必惊慌，水鬼虽然古怪，但我已经查访到线索，此事更像是人为。既然有迹可循，咱们便不必怕他。那河底的东西无论是什么，在下都会追查到底。"

"不不不……王先生初来此地，不知道水鬼也正常。我族祖上便有水鬼的记述。据说水鬼身高九尺，青面獠牙，长着龟甲蛇尾，藏在河底，看到有人经过便拉下去吃掉。这和宋壮所见的水鬼分明一模一样啊！如今噩梦再临，这可如何是好、如何是好啊……"乌洛不住地摇头叹气。

"传说？那是怎样的传说？寨老大人可否为我详解，也好助我查清此事的前因后果。"

听到这话，乌洛收敛精神，几番叹气后，缓缓说道："这就为先生详解。那水鬼的故事在我族内已流传了上千年了。寨子里上了辈分的人也都知道。如今的春祭傩舞，本意就是为了驱逐那恐怖的鬼神。"

乌洛开始缓缓讲述那个流传于贵州苗地的传说：

"上古时，在我们苗人祖先居住的村寨里，有一位青年叫姜阳。有一天，他进山采药时，天降大雨。他只好找了个山洞躲避。等到雨停时，他已经误了回家的时辰。他连忙赶路，可天已经黑了。山路弯弯曲曲，而且雨后路滑，再加上天黑后山里几乎什么都看不见，姜阳迷了路。等到他发觉时，已经身在一处从未到过的地方了。

"他所在之处似乎是一座山的山顶，隐隐能看到不远处有更高的山头。此地树林比别处稀疏，借着月光勉强看得清周围。姜阳惊奇地发现，这附近竟然全是长势喜人的果树和药草。姜阳很高兴，想顺路采一些带回去分给大家。没走出几步，他又看到地上有一个巨大的圆形坑洞，深不见底。为了避免不小心掉进去，姜阳尽量远离它，绕着坑洞开始采摘野果和药草。

"他刚忙活了一会儿，突然听到有人说话的声音。姜阳警惕地蹲下，左右观察了半天也没发现有人。可能是他听错了，这么想着，姜阳便继续采摘起来。夜里山路不好走，他决定今晚就在山上休息，天一亮再回家。

"可那个声音再次传来，这次他甚至听清楚了内容。

"那个声音问：'洪水来了没？'

"这次姜阳很确信他没有听错。那个声音嘶哑低沉，在深夜的山里显得诡异无比。更令姜阳感到惊悚的是，当他仔细辨别那声音的来源时，发现声音是从不远处那个巨大的坑洞里传出的。

"姜阳矮着身子，静默的深山里只有风声在空中回响。一股莫名的恐惧涌上心头，让他几乎叫喊出声。就在这时，那个声音再次从黑漆漆的洞中传来：'洪水来了没？'

"姜阳冷静片刻，发现四周并无异常，他壮着胆子悄悄爬到那圆形的坑洞边，只看到漆黑一片。

"片刻之后，那声音再次传了出来，与此同时，趴在洞口的姜阳还听到了别的声音——那是钝器摩擦的声音。黑暗中，一阵'咔咔咔'的声音在坑洞里响起，似乎是有什么东西贴着这光滑的石壁，正缓缓往上爬。

"姜阳来不及细想，只想赶紧逃离这个诡异的地方。可刚逃出几步又想，万一洞里爬出的东西跟着他，去了寨子里害了同族的乡亲们，那不是自己的罪过吗？于是他又回到洞口，等'洪水来了没'的声音传来时，姜阳鼓起勇气，朝深不见底的洞里喊道：'没来！洪水还没来！'

"片刻的静默后，洞里传出声音：'是吗，那还不能上去啊！'

姜阳听到刚才那'咔咔咔'的声音渐渐远去了。姜阳猜测，大概是那个怪物停止攀爬，转身朝着洞底去了。

"趴在洞口的姜阳松了口气，才感到一阵后怕。他不敢想象山洞里的东西爬出来会是什么样，更不敢细想刚刚万一有什么鬼怪跳出来，他是不是还能活着回去见到爹娘。

"姜阳一口气跑出去好几里路，终于觉得安全了一点，收拾东西在一棵树下休息了。等到天亮时他才发现，这里离村寨竟然有二十多里山路。他采药的地方本来离村寨只有几里，难道说昨晚竟跑了那么多的路？

"他也来不及多想，收拾东西，晌午时回到了村寨。他将自己夜晚在山里的见闻报告给了寨老和族里的长辈们。长辈们都说这是大灾出现的征兆，让大家早做准备。

"果然不久后，滔天的洪水来了。

"大洪水持续了好几个月。庄稼、牛羊、野果和药草都被淹没了。姜阳和乡民们只好搬到山上，用竹筏出行。好在苗人大都懂些水性，因此生活暂时还过得去。可很快各家带来的粮食都吃完了。大家只好去还没被洪水淹没的山上，找一些野菜果腹。

"可洪水的水位越来越高，丝毫不见退去的迹象。

"不久之后，人们就再也找不到可以吃的东西了。为了活命，姜阳带着村民们找到了那座有巨大坑洞的山。

"这次一同前来的还有族里其他几个年轻人。为了安全，众人特意选择了正午时间。人们依照姜阳的吩咐，尽量远离那个圆形坑洞，默默地采摘果实。果然，不一会那个声音就再次响起：'洪水来了没？'

"有了上次的经验，其他年轻人都不出声，继续干活。姜阳依照上次的样子，趴到了洞口，即便是正午，那洞内依旧是一片黑暗，深不见底，阵阵冷风从里面吹出来。姜阳听到那微弱但清晰可辨的'咔

咔咔'声时，和上次一样大喊：'洪水还没来！'

"洞里边传出声音：'是吗，那还不能上去啊！'攀爬的声音渐渐消失在黑暗中。正当姜阳起身，准备继续采集食物的时候，意外突然发生了。

"一个年轻人突然大喊：'洪水来了，快往高处跑！'话音刚落，漫天的洪水涌到山上，瞬间淹没了所有的树木，灌入那深不见底的坑洞之中。

"洪流中，姜阳几人拼命挣扎，朝着山头跑去。与此同时，他听到身后传来了阴森恐怖的笑声。

"'原来洪水已经来了啊！我们可以回到上面去了！'"

"那些怪物，可是寨老所说的水鬼？"故事讲到此处，王阳明大概明白了为什么苗人们会认为是水鬼杀人。苗人们自古相传的故事中存在这样的怪物，也难怪他们会把命案和水鬼联想到一起。

"是啊，王大人。"乌洛不住叹气，"历来水鬼出现，就是大灾将至的预兆啊。轻则滥杀乡民，重了，那就是灭族之祸啊！"

不知何时，张强凑了过来。他蹲在一旁听了半天，突然插嘴道："寨老大人，您也太大惊小怪了。这故事我和宋壮从小听到大，什么时候听说有人真见过水鬼了？昨天那不算啊。故事就是故事，那能信吗？你看宋壮昨夜亲眼看到水鬼，也没见怎么着啊！是吧，宋壮？"

宋壮没有附和张强的话，脸色发青地蹲在一旁沉默着。

"水鬼是存在的，你们可别不相信……唉……年轻人……"寨老似乎觉得和张强这种浑人没法讲清楚，便干脆不再言语。

王阳明吩咐张强去弄些茶水来，转身劝慰道："张强言语无忌，是在下管教无方，寨老大人不要介怀。您继续说那故事的后续吧。"

"如先生所说，那洞中爬出来的，确实是水鬼。我族的祖先姜阳发觉不对，带着其他年轻人往更高的山跑去。洪水来得快，但大多都泄入了那无底的深坑，因此大家都侥幸逃生。

"因为逃得匆忙，姜阳等人并没看到从洞内爬出的是什么怪物。不过，不久之后，寨内陆续有人被发现溺死在水里。大家组织队伍日夜巡逻也无济于事。这期间有人看到黑影从水中跃出，将人拖入水中。可那时到处都是洪水，大家都对水底的怪物毫无办法。整个族寨只能搬去更高的山上，等待洪水退去。但无济于事，仍然不断地有人被害。后来，几个气不过的年轻人誓要为族人报仇，拼上了十几条性命，总算找到了那怪物，把它给杀了。族人们这才知道了怪物的长相。"

王阳明想到乌洛之前的描述，问道："身高九尺，青面獠牙，龟甲蛇尾？"

"不错。"

王阳明不解："这么说那怪物也并非铜头铁臂。既然能杀死，怎么会带来灭族之祸呢？"

"王大人有所不知，那怪物不止一只，它们的数量多到无法计数……

"恐惧不断蔓延，各个村寨都陷入了绝望。姜阳非常自责，决定自己去解决这个大患。他躲在那些怪物出没的坑洞附近，发现它们每隔一段时间都会一起回到那个巨大的深坑里，似乎是去休息。于是一条计策在姜阳的脑海中渐渐成形。

"在观察到怪物们一起回坑休息后，姜阳带着村寨里的青年，趁夜悄悄挖渠做沟，将流向巨坑的洪水尽数改道引开。然后众人高举着火把，围着那深坑，高声喊着'洪水退啦！洪水退啦！'

"不一会儿，嘶哑低沉的声音从深坑传了出来：'洪水退了吗？'数十个年轻人一起喊道：'洪水退啦！洪水退啦！'

"'是吗？那不能再去地面了啊！'

"姜阳朝洞内高声喊：'洪水退啦，天气热了，干旱就要来啦！'

说完，族人按照事先计划好的，把点燃的竹子和木头扔到洞里去。

"火光只持续了一瞬，便被黑暗吞没。

"'哎呀好热！'

"'好热啊！干旱要来了？'

"'不能再上去了！'

"黑暗中嘈杂的声音传来，然后渐渐变弱，归于静默。

"大家等了很久，直至天亮，都没有怪物从坑洞内爬出来。

"不久之后，洪水竟也退去了。大家回到了曾经生活的土地，可惜村寨已经被大水毁了。族民们亲历了水鬼的可怕，深恐哪一天怪物再次出现，于是大家在新族长姜阳的带领下，迁移到了一块更为肥沃的土地上，重新开始了平静安宁的生活。因为传说中洪水退去、水鬼被驱逐的时候正是春天，所以此后每年春天，村民们都会祈祷那些恶鬼别再回来，渐渐有了春祭的传统。"

乌洛的故事到此为止。

王阳明陷入短暂的神游中。这个故事的结尾让他有一些似曾相识的感觉。

王阳明幼时不喜读书，但是祖父对他管教甚严，他便趁读书的时候找些古今志怪来读，对各种传说故事还算熟稔。以猛兽代喻天灾的故事他读过不少，乌洛的故事中明显有很多后人附会的内容。他听完后，反倒更确信祭典上出现的怪物和苗人故事里所说的水鬼并不是一类东西。

王阳明沉吟片刻，道："寨老大人，您讲的这个故事中的水鬼，并不是我们春祭上遇到的那个怪物。"看着寨老大人疑惑的神色，王阳明解释道："之所以这么说，有两条原因。其一，故事中的水鬼成群结伴，但我们在春祭上并未发觉其同伙。其二，故事中说到水鬼样貌是身长九尺、龟身蛇尾，但昨天那个怪物，我们只看到它有蛇一样的长尾，其他细节和传说并不一致。而且，龙场附近的村寨，已经过几番迁移，那水鬼即便从故事中的坑洞内爬出，也断不可能为了姜阳后人千里迢迢寻来此处。更何况这故事的时间距今恐怕已有千年，怪物又如何活千年之久呢？"

"这……王大人，真不是那水鬼又爬回人间了？"乌洛忐忑地问。

"绝对不是。"王阳明想起昨夜捡到的锦衣卫腰牌，坦然道，"此事我已有初步线索，只是暂时还不便明说。寨老大人请宽心，不日我就会查明真相，将那装神弄鬼的凶手揪出来，并找到消失的那几人。"

"啊，太好了！"乌洛的愁容终于舒展开来，"咱们龙场可从没发生过这样的事，如今家家户户都不安生，还要指望王大人查出真相，好教大家安心啊！"

王阳明点了点头。他眼下也只能借寨老大人的威望，压住龙场众人心头的恐慌。无论水鬼真相如何，断不能让恐慌进一步扩大。

乌洛续过两遍茶后，终于把悬着的心放了回去，安安心心地起身告辞。

送走了乌洛后，张强和宋壮二人便凑了上来。两人刚才听得分明，王大人已是大包大揽地将查案的事情全揽在了自己身上。

"大人，那水鬼……是假的？"宋壮将信将疑地说，"可我亲眼看到拖着水渍的怪物走进水里啊。"

张强苦着脸说："不管是何物，这出了命案自然是官府的事，咱们一个小小的驿站，一个驿丞两个驿卒，站成一排还不够水鬼塞牙缝的。王大人，算我求您了，能不能别折腾咱几个？过两天咱驿站万一再出点莫名其妙的事，你说我们哥俩还能安生吗？"

王阳明好整以暇，等两人抱怨完，才淡淡一笑，慢悠悠地说："宋壮，此事我不会勉强你。所谓'致知在格物'，眼下我虽不知那水鬼是何物，但已有眉目。如今我心里有疑惑，便要去解开它。而你既已见过那水鬼，疑问和真相便都存于你心。万物与心相通，你只需问内心，是否愿意和我一起去探个究竟便是。"

宋壮挠挠头，似懂非懂地点了点头。

王阳明转头对张强说："圣人之道在于……"

张强赶忙打断："哎哟，王大人您饶了我吧！我们都知道您的学问大。可圣人那是圣人，我张强是什么？我就是个混日子的驿卒啊！您就别勉强我听那些道理了……"

王阳明有所思，继而点头道："有道理，圣人道归圣人道，你张强的道自然归你张强。那么……随我去一探究竟，我请你吃烧鸡如何？"

龙场河边，王阳明一行三人正沿着河岸搜寻线索。

宋壮没想明白王大人的话，但他看到王阳明走出驿站时，下意识地跟了上来。至于张强也跟着，则是因为王阳明的"烧鸡之道"讲得通透、大方。

三人再一次查看了祭台，之后又在乌朗达被拖入水的地方细细搜索了半天，一无所获。这也在王阳明的意料之中。

"王大人，您真的……真的要下水看？"宋壮一边将带来的绳索打结缚好，一边还在劝着王阳明，"昨夜我就是在这看到了水鬼，您现在下水去，保不齐水鬼一尾巴将您也卷走了！"

王阳明向来不怎么相信鬼神之说，夜里稍一思索，便做出了下水查探的决定。

"大人，您要是出事了可就真不值了啊！我们哥俩穷命一条，丢了也就丢了，可您学问大得没边，你说万一你要是把命丢在这了，那也太不划算了！要不这样，我俩从小在这河边长大，宋壮怕水鬼，我可不怕，我代替您下水去看看，您给我多发点饷银就行。"张强自告奋勇。

"我才不怕！我只是担心王大人！"宋壮怒道，"我也可以代替王大人下水！"

王阳明止住两人的斗嘴，说："就是怕出意外，才要绑这绳子。再说查案的事情本就是我答应的，托你二人帮我已是不该。更何况有些内情你们不知道，下去后可能会疏漏了什么细节，还是我自己下去吧。"说着晃了晃手中的绳索，"我以长绳缚腰，你们二人在岸上抓住绳索那端，一旦感觉到绳索晃动不止就将我拉上来。放心！"

"可是大人，那万一……"

"好了，好了，"王阳明说，"水下确实情况难测，你们二人若是不放心，你们可以自行判断何时将我拉上岸来，也不打紧！"

话说到这儿，两人也不好再说什么。

王阳明紧了紧腰上的绳索，迈步走进河中。

水流很缓慢，因此人在河里行动也不吃力。但随着河水渐深，水里的寒气渐渐涌了上来，走到齐腰深的时候，王阳明已觉得有些不舒服。再走几步，他突然想起了自己一年前在杭州的经历，那次他靠着潜水才逃过一劫，那时的河水也像此时一样冰冷。但王阳明又回过神来，明白现在不是回忆旧事的时候，他最需要的是专注。

他定了定神，扭头向岸边的二人比了个手势，向深水处游去。王阳明估计差不多到了昨天水鬼出现的位置，深吸一口气，潜了下去。

贵州多山多水，许多看起来不起眼的小河，水下都可能有数十尺之深。王阳明虽然早有心理准备，但潜入水下后，才发河底比自己想象得要深上许多。

他左右看了看，只见满目的淤泥水草，并没有什么异常，更没有什么水鬼。水下能见度有限，王阳明继续下潜。

河水幽深，王阳明隐约看到开阔平坦的河底，看来快潜到河底的最深处了。此时他耳中开始隐隐地闷响。王阳明知道这是自己要眩晕的信号，于是他赶紧浮出水面换了口气。

站在岸边如临大敌的张强和宋壮看到王阳明从水里出来，同时松了一口气。但两人还没来得及和王阳明打招呼，就发现人又不见了。

这回，王阳明直接往最深处游去，很快就潜到了河底，眼前的景象渐渐清晰起来。他看到一片平坦的河床上水草丛生，淤泥之上，每隔一段距离就有一些破碎的陶片杂乱地堆积着。王阳明观察片刻就看出来，那些碎石和陶片的摆放是有迹可循的。它们的间隔几乎相同，能看出原本排布得非常整齐，呈现出一个完整的圆形点图。在这个碎石陶片组成的点图中央，连水草都没几棵。

眼前的一切让王阳明心里觉得说不出的古怪。

王阳明暗暗将这个图形记忆在心，然后捡起一些碎石和陶片收入囊中。饶是王阳明气息比一般人绵长，那一口气也差不多要耗尽了，他只好又回到水面。

出水后，王阳明先向岸边的两人挥了挥手，然后慢慢游向岸边。一上岸，他就将刚刚在河底收集的碎石和陶片递给了张强，嘱咐他好好收着。

张强接过东西看了看，发现是些不值钱的破烂玩意儿，也没在意，顺手收了起来。

宋壮一脸着急地问道："大人，河底是什么情况？"

"有些异常。水里不知道哪来的陶片和碎石，观其排布，应该是有人刻意放置的。我怀疑和水鬼的出现有关系。"

"就这些破烂？"张强摸出陶片看了看，"这有什么异常的？"

"收好就是。刚刚时间太短，我还没有参透其中玄机，还得再下去一趟。"

王阳明喘着气，一边说话一边活动身体。此时虽是春天，但他此刻浑身湿透，不免寒意入骨。

　　　　　　　　　　　　神探王阳明·鳖灵奇局

"大人您还要下去？"张强反对道，"您不知道刚才我们有多担心。河底也看了，要不就这样吧？"

王阳明笑笑，并不答话。

片刻后，王阳明起身，确认腰上绳索无碍后，再次入水。

这次他很快便游到河中央，几乎没有做停留，长吸一口气后又潜入了河底。

他只稍游动了几下，河底那碎石和陶片组成的圆形点图就再次出现在他眼前。

王阳明向刚刚查探过的那堆碎石游去，忽然发觉有些不对劲。他清楚地记得，那堆碎石左右各有一丛水草。可现在，那堆碎石旁的水草却消失了。再仔细一看，那两丛水草附近的碎石都消失了。

王阳明越想越觉古怪，他向上游了几下，想从高处看河底图形的全貌，发觉和此前相比，碎石堆组成的图形似乎和刚才不太一样了。

圆形点图还是圆形点图，但是看得越细，越觉得整个图形都产生了一些不易察觉的微妙变化。

王阳明回想了片刻，终于发现哪里有了古怪：碎石堆之间相互的距离都没变化，但是它们相对于圆心的位置，都向右偏移了一点。

"难道这是个依天时地利布下的阵图？"王阳明脑中冒出念头，继而又否定掉，"阵图对奇门的方位非常讲究，只怕武侯再世也不能在形势多变的河底布阵。"王阳明略一思索，目光再次落到了圆形中央那块干净得过分的空地上。

王阳明犹疑片刻，还是向圆形中央游了过去。他缓慢停下，用手轻轻探入河底的淤泥。摸索片刻，果然发现一处异常。

淤泥下埋着一块不规则的石头。他左右摸索一阵，确认那是一块一尺方圆的凹形石头，嵌在河底的一处空隙内。王阳明拔了一下，石头纹丝不动。他又用力左右拧动，发觉石头堵住的空隙下似乎有什么东西。

这激发了王阳明的好奇心，他双足落地，调整姿势后，再次用力将那块石头往上拔。随着力道一分分加重，王阳明的气息越来越不够用，他手中的石头也在渐渐松动。

突然，"啵"的一声闷响，凹石被拔了出来。王阳明手中抱着凹石，还没来得及上浮，河底的水却突然变得浑浊。先前被凹石堵住的空隙中涌出大量的气泡，彻底遮住了他的眼睛。他下意识地倒吸凉气，被冰冷的河水呛了一口。与此同时，他感到脚下压力骤增，周围的水突然加速，几乎要将他掀翻在水底！

王阳明挥动着手脚，想挣扎着游到水面上，却因吸入河水而失去了力气。窒息感瞬间淹没了王阳明，一贯理智的大脑也无法思索。

碎石和陶片随着激流翻滚，王阳明晕倒在水中。

一样的冰冷刺骨，一样的窒息无力，一样的生命正在急速消逝的可怕感觉，杭州那一日的濒死之境，再次重现。

恍惚中，王阳明感到自己腰上的绳索开始收紧，渐渐地，他隐约听到了张强和宋壮的呼喊声。他努力地想抬起头，但觉得河面如星空般遥不可及。浑浊的河水如烟雾一般向上蔓延，如同整个河底都在上升。他感觉到那些浑浊的烟雾逐渐追上自己，最后吞没了他的视线和身躯。

王阳明无力地垂下了头颅。

"王大人，王大人！"王阳明睁开眼，眼前的两个人并非张强和宋壮。

其中一个中年人眉目和善，正望着自己；另一个年轻人则满脸慌张，不知道在着急什么。王阳明扶着额头，他头痛欲裂，只要稍一思索，痛感便加剧。他摇着沉重的头，一时想不清自己正身在何处。

"王大人，您终于醒了！"那中年人说道，"挟持您的两名刺客刚刚被在下灌醉，此刻正在酣睡，大人！要逃跑就趁此时了！"

王阳明渐渐回过神来。他抬眼望向四周，发现此处是杭州胜果寺外的一处凉亭，附庸风雅地叫作"子云亭"。

眼前的两人，中年人叫沈玉，青年人叫殷计。王阳明被刘瑾派来的两名刺客挟持之时，正是这二人仗义相助，以斗酒诀别的借口灌醉了两名刺客，才使得王阳明得以逃脱。

沈玉又道："天已破晓，大人不可迟疑！机会稍纵即逝，我料定那两名刺客醒来后必会舍命追杀大人，我有一计可解此忧！就是要委屈王大人了！"沈玉说着，和殷计合作将一根绳索缚在王阳明腰间，又在绳子的另一头绑了一块石头。然后从袖中取出一把匕首递给了王阳明。

王阳明还没反应过来，只见胜果寺已经成了一片汪洋。一旁的沈玉和殷计一边忙活着一边说："时间紧迫，待会儿那两名刺客过来时，大人便将巾履遗留在江边，跳下去佯装投江自溺。我在岸上拦着那两名刺客不让他们入水。前方丛林有我备好的船只，大人在河底用匕首解开绳索，潜水过去便可乘舟远遁。"

话音刚落，远处叫喊声骤起："快追！莫让王主事逃了！"紧接着一股无形的力气把王阳明扔进了河里。

绳索另一端的石头带着王阳明不断下沉。他从水下向上边看，只见两个毛发倒竖、巨眼獠牙的刺客在岸上叫嚷着。水下的窒息感渐渐加重，他想起沈玉的话，低头一看，刚刚还在手中握着的匕首竟然消失不见了。

王阳明闭着气息，弯腰想去解开绑在腰上的绳索，又听到两名刺客大喊着："追啊！"随着两声"扑通"的落水声，王阳明看到两名刺客正从水面向自己快速袭来，身形竟如游鱼！

王阳明只能随石头继续下沉，那两名刺客竟也随着王阳明一同下沉。王阳明加速游动，奋力击水，却感到自己的右脚被钩住了。回头看，自己的脚正被一条泛着绿光的蛇紧紧缠住。那两个刺客此刻竟变成了浑身黑绿，披着龟甲水藻的怪物，两条长长的蛇尾死死地卷住了自己的右脚。

两名刺客竟然变成了水鬼！

王阳明惊呼，却被灌了满满一口河水。与此同时，两只水鬼张开獠牙血口，向他袭来！

王阳明只觉得脑后一闷，双眼在一片混沌中再次睁开。那两个怪物和河流都不见了。他举目环视，眼前是一座巨大的青石废墟，绿植掩映，古木森林中不时传来风声。他向前走了几步，又抬眼望去，发现这座古老的青石建筑上，似乎站着两个白色人影。

"洪水来了！"不知谁的声音突然在耳后响起。王阳明转过身，看到无边无际的白骨如海一般，组成高达数米的白骨巨浪，淹没了青石建筑和古木森林，正向着他扑来！

王阳明转身向高处逃去，刚刚还在废墟顶的两个人影已经消失不见。他听到身后有无数绝望的呐喊和数不清的喊杀声。他加快脚步向高处攀爬，可身后的白骨巨浪逐渐迫近。他越爬越快，快到如同一只壁虎般。直到他将那白骨巨浪远远甩在身后，才停下攀爬。王阳明一低头，又是一惊，他看到自己的双手竟生出了尖锐的指甲，他的身躯也变得高大，后背也逐渐沉重起来……他正逐渐变成水鬼。

窒息感再次袭来。他痛苦地跪倒在地，大口喘着气，沈玉和殷计再次出现，急急忙忙地喊："大人！再不逃跑可没时间了，刺客马上就要来！赶快……"

刚刚在废墟顶上看到的两个人影再次出现。王阳明看到他们周身泛着白光，向自己缓缓走近。王阳明眼前逐渐模糊发黑，头脑发胀，仿佛一切都在远去，白骨的海浪、青石的废墟、古木的森林都在快速消逝。除了那两个泛着白光的人影……

"王大人！王大人！"

黑暗中王阳明听到熟悉的声音在呼喊着他，他挣扎着，终于再次醒来。只见张强和宋壮正满脸担忧地望着自己。少顷，王阳明终于确认，自己回到了现实，噩梦已经远去。

"哎哟大人你可算醒来了！"张强欢呼一声，说，"我们哥俩差点就以为你不行了！"

"大人……终于醒了，终于醒了……"宋壮带着哭腔不住地重复，"终于醒了……"

"是你们啊。"王阳明艰难地动了动头颅，发出干涩的声音，"帮我倒杯茶水来。"

宋壮应了一声，忙不迭地跑去倒茶。王阳明挣扎着想要坐起来，却发现自己四肢都酸软无力。张强赶忙上前扶他。

"我昏迷多久了？"王阳明问道，"是你们送我回来的？"

张强苦着脸答："哎哟大人，您都昏迷整整三天了！寨老大人和贵阳府的大人们都来看过您。郎中先生说您是受惊过度，需要静养。可整整三天您就没安静过，要么发烧，要么发梦呓，吓得我和宋壮是片刻都不敢离开啊！生怕一个不小心……您就……唉！王大人，您以后可千万别再干这种事了。"

三天？王阳明轻抚着额头，努力回忆着那天的事情，他问："这几天没再发生什么古怪的事情吧？"

张强答道："最古怪的就是您这三天不住地念叨什么水鬼、刺客、白骨之类的。龙场倒是没发生什么事，寨老大人还特别嘱咐，让您多多静养，之前您应承下来查案的事情已经安排其他人去做了。"

张强的话让王阳明再次想起那个混乱可怕的噩梦。梦里出现的情景让他想起一年前死里逃生的情景。那次逃生，王阳明在水下出了意外，绳子因被水浸泡过，坚韧了许多，加上他闭气太久力气不足，竟怎么也割不断绳子。就在他将要溺毙之际，被两个陌生人救了起来，堪堪逃过一劫。当他醒来时，发现自己在杭州郊外的一处密林内。而救自己的人，早已不知所终。

王阳明长舒口气，试图整理思绪：自己拔出嵌在河底淤泥内的凹石的瞬间，河水的流速变了，并且有大量气泡冒出。之后他就失去了意识。他所能回忆起的只有自己在河底发现的圆形点图，图形由许多碎石和破碎的陶罐组成。在他两次下水之间，那个图形因为未知的原因，位置上产生了细微变化。

"跟我说说那天发生的事吧。"王阳明接过宋壮端来的茶水，"那天你们在岸上看到的，听到的，以及之后如何救我上岸的，都一一道来。"

张强来了兴致，忙道："嘿！大人，这事我再清楚不过！那天真是生死一线，千钧一发啊！幸亏我机灵，也亏得宋壮打小就有把子力气，我当时一看到您不对劲，就喊他抓紧绳子往回拉，我赶紧冲进河里将您捞起，这才有惊无险。"

王阳明感到有些头痛，他闭眼养神片刻，说道："宋壮，你再说说。"

宋壮挠着头想了想，道："那天您第二次下水后，一开始并没什么异常，我和张强都盯着河面等您上来。可是等了一会儿，河面上突然冒出了很多气泡，紧接着河水开始变浑浊，和春祭那天的情景很像。我当时还以为是水鬼来了，吓得……吓得差点逃走。"

宋壮说到这里，似乎有些不好意思，揉了揉鼻头，接着说："然后张强踹了我一脚，喊我抓紧绳子，我回过神来，我们俩就一起使劲把您往外拉，可是河底似乎有什么东西把您卷住了，无论我们怎么拉，都没看到大人您浮出水面。张强就喊我一个人抓紧绳子，自己跳进了水里……"

"宋壮说得没错，长滩河我俩从小下去玩过不知多少次，从没见过有什么能卷住人的东西，但是当时那河下好像突然有了暗流。这也就罢了，您手里还死死地抱着一个破陶罐，好像生怕自己沉不下去似的！幸亏我张强打小在河水里泡着，拼了命甩开那死沉的陶罐，才总算把大人您拉了上来！"

"原来如此。"经二人提醒，王阳明回忆起在水下的情形，恍然大悟，"原来我当时摸到的并不是什么凹石，而是一个倒扣在河底的陶罐。那陶罐应该是恰巧封住了河底的一处孔洞，当我把陶罐移开后，河水迅速涌入孔洞，暗流，这才会有大量气泡和泥沙产生……只是，为什么整个图形也会移动呢？"

一旁的张强和宋壮二人面面相觑。

"大人您刚醒来，该好生休息才是。"张强打断了王阳明的思绪，"这查案的事情，也不是您躺在这凭空琢磨就能琢磨出来的。等您养好了病，咱哥俩再陪着您去一趟就是！"

"说得对！王大人，现在您还是先好好养病吧！查案的事情先交给我们哥俩。我们虽然没学问，但跑个腿寻个人还是不成问题的。以后下水的活儿，我们哥俩给您全包了！"宋壮拍着胸脯说道，可话刚说完就被一旁使尽眼色不见效的张强踹了一脚。

"也罢，那查案的事情就先交给你俩了。"王阳明此刻虚弱至极，也不再坚持。他把茶杯递给张强，重新躺倒，说道："那街上查访的事情你们二人先去做吧。这几日，你们帮我去街上查探一下，看看春祭之前，井生和吴两当二人有没有异常的举动。"

"异常的举动？"宋壮没懂。

"也就是井生和吴两当平时不太可能会去做的事，先去他们各自家里问一问，了解清楚。"

"好嘞！"宋壮应承得很痛快。说完拉着张强就要往出走。

"哎，等等！"张强止住步子，"你傻啊！这驿站就三人，咱俩一走，谁照顾王大人？"

"也是……"

"是吧！所以你去帮大人查案情！我留下来，照顾王大人！"张强道。

"好！那你好生看着王大人！我去帮大人查案！"宋壮说着，自信满满地大步走出了驿站。

经过几天的休养后，王阳明的身体逐渐转好。

与此同时，他的头痛症也复发了，夜里的噩梦也多了起来。所幸王阳明心性稳健，每日靠打坐吐纳缓减头痛，调养下来，也好了不少。

这天，王阳明仍在屋内闭目打坐，突然听到外边传来叫喊声。王阳明惊喜交加，这个声音他再熟悉不过。他连忙穿鞋，跑出门外。

驿站内除了二楼的几间简陋客房外，只有一楼吃饭的地方尚可留人。张强正招呼刚来的两位客人在此落座。

两人衣着华丽，女子绸衣长发，样貌清丽，眉目间英气勃勃；男子身材挺拔，一身青布长衫，待人接物温文儒雅。张强正在心底嘀咕着，哪个高官的家眷会来这偏僻的龙场驿站，就听到楼上王阳明欢喜的呼喊声："吾妹！"

张强还没反应过来，只见绸衣长发的女子欢呼一声，就冲过去喊道："哥哥！"一旁的长衫男子也起身，向着王阳明恭敬地行礼，"先生，久违了！"

来访的二人都和王阳明关系匪浅。男子叫徐爱，是王阳明的第一位弟子，他娶了王阳明的胞妹为妻，更是亲上加亲。在杭州时，王阳明被刘瑾派来的刺客追杀，匆忙地假死逃生，没来得及和徐爱等人告别。众人都以为王阳明已投江自溺身亡而悲痛不已时，只有徐爱坚信老师必不会死。

女子叫王守让，是王阳明的胞妹。因为家中只这一个妹妹，王阳明和弟弟王守文对她颇为宠溺。即便王守让已出嫁，兄妹走动依旧频繁。加之徐爱敬服王阳明并尊其为师，王守让更是对自己的哥哥敬爱有加，甚至在家中自称"王小明"，惹得徐爱哭笑不得。

故人相见，几番欢喜，诸多话题聊得尽兴。王阳明历经生死到达龙场后，太平日子还没过几天便又起风波，此刻突然见到亲人，更是悲喜交加，恍如隔世。

"哼！刘瑾那阉人居然敢设计坑害我王家！徐爱！下次回到京城，找机会去刺他几剑！"王守让愤愤地说，"哥哥被贬龙场，路过南京去见父亲之事，我还是从父亲寄来的书信中得知。本来当时就想来看望哥哥，却被父亲的来信劝住，说什么特殊时期韬光养晦之类的话！徐爱！我听他的了吗？"

"徐爱啊，你娶了我这妹妹，可是有得受啦！"王阳明心情大好，忍不住打趣道。

"守让向来有主见。"徐爱望着妻子满眼温柔，"若不是我诸事缠身，早该来此看望先生的。"

三人正聊着，张强端着托盘进来，将一碗汤药递给王阳明，低声说："王大人，该喝药了。"

王守让关切地问："这是什么药？哥哥你生病了吗？"

"妹妹不用挂心，不过是前几日得了风寒而已，如今已差不多痊愈了。"王阳明笑着摆摆手，一口喝下，"你看，药到病除了！"

张强忍不住插嘴："我看这药还得喝个几天。王大人，难得家里人来看您，这段时间可得好生养着。"

徐爱刚想说些什么，就听到门外传来喊声："回来了！回来了！"

张强听出此人正是宋壮，没好气地说："嚷嚷什么呢！大人这边来了贵客，你丢不丢人！"又转头对徐爱、王守让两人赔笑道，"对不住，这人是咱们驿站的另一个驿卒，叫宋壮。除了力气大点，没啥脑子！"

宋壮没理会张强的调侃，甚至都没在意两个陌生人。他神情焦急地跑到王阳明面前，嘴里说着："大人！回来了！"

"谁回来了！"张强有点生气，"能不能说清楚了！"

"井生和吴两当！"宋壮补充道。

"什么？"王阳明闻言猛地站起身来，"他们可安好？"

宋壮喘着气答道："都回来了，也都平安。我问了，他两人在春祭前被乌朗达喊去城里采买东西，有事一直耽误在城中。听说龙场出了水鬼杀人的事情，担心家里，这才急急忙忙赶了回来。"

"这么说来，真的乌朗达虽然失踪了，但他毫无疑问是刺杀事件的参与者。"王阳明暗忖，"井生和吴两当被他暗中调包，那真的乌朗达要么早就远遁，要么已经遭遇意外了。"

"刺杀事件？哥哥，这里发生了什么事？"王守让好奇地问，"什么水鬼、春祭，发生什么事了吗？"

"先生，"徐爱敏锐地察觉到，王阳明的病可能和他们说的事有关，"可否简略说一下事情经过，也好让我帮先生分担一些。"

"张强、宋壮，我们现在出发，去找井生和吴两当。"

王阳明又转身对徐爱和王守让说："就在你们来的前几天，这边发生了奇怪的杀人案件。情况紧急，咱们边走边说。"

几人在宋壮的带领下，径直往井生的家去。路上，王阳明简要说了事情的经过，省略了自己捡到锦衣卫令牌和溺水后做噩梦的事情。

"事情大概就是这样。虽然河底的事情还有很多疑点，但凶手在春祭上杀人的手法我已经基本清楚。如今井生和吴两当回来了，找到凶手的把握又多了几分。"

"根据先生所说，凶手如此大费周折地布置杀人之局，现在未达目的，肯定不会善罢甘休。只怕，还有事情会发生。"徐爱道。

"放心吧哥哥，事情我也了解了。"王守让自信满满地说，"有我出马，还有徐爱给我做手下，案件就交给我吧。我一定会帮你找出凶手的！"

"那可太谢谢徐夫人了！"张强说，"你不知道咱们大人为了查这事，又是验尸，又是下河的，现在都落一身病了。可他听到案情还心急火燎的，再查下去还不知道要怎么样呢。"

王阳明担忧妹妹安危，想劝说她不要参与此事，但看到她兴致勃勃的样子，一时心软就没再出声。

不多时，几人来到了村寨上。宋壮和张强在前边领路，王阳明带着徐爱和妹妹王守让跟在后面。今日恰逢集市，街上的人多了不少，人声嘈杂。

王阳明只顾赶路，对周遭声音充耳不闻，忽然听到身后的王守让说话："哥哥，那边是不是发生了什么事？"

王阳明止住脚步，望向妹妹所指的方向。那里围着一圈人，正对什么东西指指点点。片刻之后，一个乞丐模样的人跟跄着拨开人群走了出来。看他的动作，好像在呼喊着什么。他的声音嘶哑，除了一个"水"的发音外，其余的不知所云。村民们刚刚经历过水鬼杀人的事件，此时看到这样一个疯疯癫癫的人，都有些害怕地躲着他。

一种不祥的预感自徐爱心底升起。他对王阳明说："先生，我们还是先赶往井生的家里吧。"

张强和宋壮正埋头赶路，回头一看王阳明三人都不在身边，往回走了几步，才发现三人站在街市中。张强走过来恰好听到徐爱的话，赶忙应和，让王阳明先离开这里。

王守让眯着眼睛，紧盯着不远处的人群认真说道："那里确实发生了什么。"话音刚落，她就看到那个披头散发的人像喝醉了一样猛地奔跑起来，将集市上的人群冲得东倒西歪，直奔着自己而来！

来人速度太快，也太突然。张强和宋壮甚至来不及拔刀，那人已经冲到了眼前。王守让吓得尖叫一声，徐爱忙将她护在身后。没想到那人脚下一个趔趄，竟然直直奔向了王阳明。

那人不待王阳明反应，便抓住了他的双肩。王阳明感到一阵剧痛。那人拼尽力气大喊道："水鬼、水鬼来了！王阳明！死！你要死！"他的声音沙哑凄厉，神态疯癫至极。

眼看王阳明挣脱不开那个疯子的束缚，张强和宋壮拔刀冲上去，举刀就要砍。那个疯子却突然松开了双手，一转身，竟然避开了两人的刀，身形矫健，如高手一般。

那人又继续喊："水鬼来了！你要死！王阳明！"

徐爱护着妻子连连后退。王守让躲在徐爱身后，脸色苍白，不敢言语。那疯子又开始大喊："水！要水啊！"一旁的王阳明突然出声："你要的水在那里！"

"在哪里？"疯子嘶喊着扭头，一个水桶放在街角。他用几乎快要发不出声的嗓子吼着："水！喝水！"一边飞蛾扑火般朝那个水桶冲了过去。然而才跑两步，他脚下一顿，一头闷进水桶，就此安静下来。

"张强，宋壮，抓起来！"王阳明的肩膀被捏得生疼，他边喊边活动着胳膊。

徐爱轻轻拥着妻子，正温言安慰着。王阳明走到两人身边，确认他们并没受伤，这才走向那个已经安静下来的疯子。

"大人。"张强脸色古怪地走上前来。

"说。"王阳明看到两人还没将那疯子押起来，好奇地问，"为何还不将那人抓起来？万一再发起疯来，害了别人性命怎么办？"

"死了。"张强"嘿"的一声，"稀奇啊，这疯子……他把自己淹死在水桶里了！"

"死了？"

街上的人早已被刚刚的情形吓得四散奔逃，此时的集市上已经空空荡荡。王阳明将那闷入桶内的头颅抬起来看了一眼，便让宋壮帮忙将尸体搬起，平放在地上。王阳明仔细查看了疯子的尸体，发现他没有致命的外伤，也没有中毒迹象，确实是溺毙的。

死者双目暴凸，五官扭曲，僵直的手脚上渗出鲜血，口鼻内仍不住地流出水来，看起来恐怖至极。

王阳明望着眼前这具尸体，觉得很不可思议。明明刚刚还力大如牛，可转瞬间，就已经一命呜呼。更让人无法理解的是，他竟然自己将自己溺死在了一个小小的水桶之中。

"水鬼来了！你要死！"他死前呼喊的声音在王阳明脑中回响着。王阳明不禁陷入深深的思考，水鬼竟然可以办到如此不可思议之事吗？

经过水下查探，王阳明已经确定春祭上的杀人案件是人为的，那些故弄玄虚的手法，在看过水底的那些机关布置后，他已经了然于心。

可眼前这个人呢？一个疯子突然冲出来，说着杀死王阳明的胡话，一头扎在水桶里自杀。这也是那个凶手一手安排的？

王阳明脑中有一光芒闪过，像突然想起什么似的，忙站起身来环顾四周，一个熟悉的背影撞入眼中。

"是乌朗达！"王阳明惊呼出声。

随着王阳明的喊声，张强和宋壮瞬间做出反应，拔刀转身，看到了那个正在快速逃离的背影，那个熟悉的身影，定是乌朗达无疑。

"张强和徐爱留守在此，宋壮同我一起追！"王阳明一声令下，也顾不得其他人，先冲了出去。宋壮急急忙忙赶了上去。

望着王阳明的背影，徐爱的脸色不太好看，显然也是被这突如其来的状况吓了一跳，他转身问张强："那人便是在大典上消失了的鬼师？"

张强也望着同一方向，摩挲着下巴喃喃道："看那身影好像是，可是不应该啊……乌朗达这老小子哪来的胆子杀人？"

徐爱问："先生身体有恙，不会有事吧？"

张强愣了一下，才反应过来"有恙"这个文绉绉的词是什么意思，他摆摆手道："放心，若真是水鬼我也不敢让王大人去追，不过乌朗达嘛……他那样的，我兄弟宋壮能打五个。"

王守让满脸担忧，脸色苍白，喃喃说道："这可不像一般的杀人案件啊！哥哥没事吧？"

她并非弱不禁风的大家闺秀，否则也不会和徐爱行千里来看望兄长。只是此事太过怪异，不论是谁都难以平静地接受。

徐爱转身安慰了妻子几句，吩咐张强说："劳烦小哥您去寻个官差来，我检查一下这尸体，看有什么线索可以助先生破案。"

张强应承下来，转念一想又觉不对，忙道："这里脏乱，两位贵人又是刚到咱们龙场，人生地不熟的，出了岔子我也不好向王大人交代。烦贵人稍待片刻，我去寻个相熟的人去喊官差。"

徐爱道了声"有劳"，便俯下身去检查尸体。王阳明所学驳杂，除了佛儒道之外，各种外家学术也学过不少。徐爱和王阳明从小便相识，才思敏锐不在王阳明之下，耳濡目染也懂得了不少偏门。

"除了喝下的水外，死者口内还有白沫渗出。他饮下的水量并不足以撑破肚肠，可能是直接用鼻子把水吸进肺中，窒息死亡。"徐爱抬起死者的一只手细细查看，继而扒开死者袖子，"而且此人皮肤皲裂无数，就好像……刚从沙漠中走出一般。"

徐爱不禁想起少年时听闻的轶事：有人凭着惊人毅力从荒漠中走

出，却因长期缺水，忍不住豪饮一番，结果呛水而死。因此有些沙漠地区有"救命药也是害人毒、活人水也是死人樽"的说法。

可是，雨水丰沛的贵州哪来的沙漠？

徐爱站起身来，望向不远处的张强，道："官府来人前，我们不便大幅度挪动尸体，只能先这样了。依先生之前所言，再加上眼前这个情况，只怕水鬼杀人的谣言又要闹得龙场人心惶惶，看来先生确实是遇到大麻烦了。"

另一边，王阳明和宋壮紧追着乌朗达。

乌朗达逃得飞快，一直绕着附近的房屋街巷打转，王阳明和宋壮怎么追也追不上。王阳明大病初愈，难免有些气力不济。宋壮死追着前方的背影，但总是被对方的腾挪急转巧妙地甩开，气得他一边追一边骂。

可是无论怎么骂，乌朗达一言不发，只顾逃命。

又过了一阵，乌朗达的速度终于逐渐慢了下来，虽仍不时地变换位置，绕着街巷躲藏，但也没有甩开身后的两人。王阳明仗着自己气脉绵长，愈发使劲追赶，眼看他就要抓住乌朗达，突然乌朗达身影一闪，跃过一堵矮墙，失去了踪影。

王阳明匆忙追上，也发力跃过矮墙，但四处查看，却再也找不到乌朗达的踪迹。那件乌朗达穿在身上的长衫被扔在了地上，王阳明捡起搜索一番，并没发现有任何异样。乌朗达突然失去踪迹，让王阳明怀疑他是停止逃跑就地藏匿了起来。

王阳明环顾一圈，最终目光落在了身旁的一间偏僻小屋。他挥了挥手，身旁的宋壮会意，连忙拔出刀来，悄悄向后绕去。片刻后宋壮折回，冲王阳明摇了摇头——确认小屋并无侧门。

那乌朗达要真想躲藏，恐怕也只有躲进这屋里了。

两人缓缓朝小屋门前移去。

"大人，"宋壮双手握着刀，悄声问，"这乌朗达不会真是凶手吧？"

王阳明想起第一次水鬼杀人的事情，乌朗达也是神秘消失。如今再次发生这样的案件，乌朗达又突然出现，怎么看他的嫌疑都很大。但无论是河上一闪而过的那个水鬼，还是刚刚的古怪情形，王阳明都没法和平日里的乌朗达联系起来。

他轻轻摇头，悄声回道："我不知道，但两次出现的水鬼杀人异象，都和乌朗达或多或少有联系。无论乌朗达是不是凶手，找到他事情总归会明朗许多。"

宋壮轻轻点头，然后握紧了手里的刀。

王阳明的手重重挥下。

随着王阳明的动作，宋壮"砰"的一声踹开了小屋的门。他冲入小屋，气势十足地大喝："乌朗达！还不乖乖……"

眼前的景象让宋壮把嘴边的话语又生生咽了回去。

小屋的正前方，有一个奄奄一息的人正被绑在椅子上，那人披头散发地垂着头颅，满身血污看不清面貌。椅子的周围放着许多火盆，炭火烧得正旺，混合着血污和各种刺鼻的味道，闷热到令人作呕。

王阳明迈步进屋内，也被眼前的景象吓了一跳。他飞快地扫视一圈，没有发现凶手的身影，连忙吩咐宋壮搜查屋子，自己赶忙上前轻探那人的鼻息，已是出气多进气少了。

宋壮捏着鼻子在屋内搜查，用早已汗津津的袖子擦着额头，他忍不住骂道："狗娘养的，扑了个空。大人，我看乌朗达这小子肯定是撞鬼了，怎么几天没见跑得比兔子还快。"

王阳明忍着不适，扶着那人肩膀轻轻唤了几声，不见回应。他低下身依次解开那人身上的绳索，却发现此人因长时间缺水，皮肤已经皲裂干枯。这让王阳明联想到街上的死人，随即恍悟：街上那人之前应该也是被囚于此，由于脱水导致神志不清，这才会将自己淹死在水桶中。

　　就在这时，那个奄奄一息的人突然睁开了双眼，喉咙中发出刺耳的叫声："杀！"

心即理

第二章　秘族往事

　　荆地有人名唤鳖灵，死后尸体顺着江河逆流而上直到蜀国，然后成功复活。当时的蜀国君主封其为相。鳖灵以独到的水利技术，成功治理了水患。并最终登上王位，成为蜀国君主，号开明帝……

站在椅子前的王阳明被那人一扑，只觉眼前一黑，就被扑倒在了地上。

宋壮惊呼："王大人！"举刀正要救人，却听到王阳明的声音："不碍事，把他抬起来吧。"

宋壮闻言上前，将那人从王阳明身上架起，发现此人已经暴毙。

"乌朗达！"看清这人面容的宋壮惊呼，"大人！这是乌朗达！"

王阳明站起身，向已经去世的乌朗达默默行了一礼。他想起春祭上哭成泪人的阿玉和年幼的孩子，这让他如何去面对？

"大人，咱们刚才追的……是假的乌朗达吧？"宋壮将乌朗达的尸体搬开，眼角余光突然看到墙角的一处暗格。事情到此别说是王大人，就算是他宋壮也反应过来了：凶手故意扮作乌朗达现身，引他们追到这里，凶手早已在房内造好暗格，将他们引到这里后就可以悄然脱身。

原来刚刚的一番曲折，都在凶手的计划之中。

望着乌朗达的尸体，王阳明终于可以确认一些事情。当日祭春的台上，三个鬼师扮演者井生、吴两当和乌朗达都被调包了。不过不知道什么原因，三人不是一路。向自己投掷飞刀的假乌朗达和假井生应该是锦衣卫派来的刺客，而本该是他们同伴的那个假吴两当，却再次被人调包。凶手假装配合锦衣卫的行动，却在祭典上趁机出手，一举杀了假乌朗达，并擒获了另一名刺客，想来那名刺客便是刚刚在街上发狂而死的外乡人了。

"这些是凶手故意让我知道的。"王阳明想着凶手前后的行动，他的所有行为好像对王阳明并没有恶意。

可看着眼前刚刚死去的乌朗达，这个曾给他讲过不少苗人故事的强壮汉子，王阳明心中还是充满了愤怒。还会有无辜的人被杀吗？下一个是谁？

王阳明揉着眉心，忽然感到有些疲惫。

"走吧，我们去和徐爱他们会合，咱们一道去见见吴两当和井生。"

王阳明和宋壮回到集市。衙差已经将现场围了起来，王阳明吩咐张强和宋壮先行一步，去把井生和吴两当保护起来。宋壮和张强领命而去。

王阳明这才将刚刚追缉过程中发生的种种向衙差一一道来，并告知衙差乌朗达的尸体所在。徐爱也简略说明了他在尸体上的发现。

街上的尸体已经被衙差用草席裹起来，王阳明告声"得罪"，要求再看一下尸体。京里刑部下来的王大人帮他们查案，衙差们高兴还来不及，连忙将王阳明和徐爱请到死者尸体停放的位置。

王阳明再次检查了尸体，如他此前猜测一般，死者身上有被缚的痕迹，加上死前服用了致幻的药物，这才能拼着力气一路跑到街上，最终发疯而死。王阳明此前在祭台上拾到的锦衣卫腰牌，想来应该是这个人的。

检查完尸体后，王阳明向衙差们讲述了案件的全部情况，并将春祭大典当日的事情也一并说了。做完这些，王阳明、徐爱好和王守让三人才匆匆赶往井生和吴两当的住处。

张强和宋壮依照王阳明的吩咐，将刚回家不久的井生和吴两当二人邀至一处看护。此刻四人正蹲在一处树荫下聊天。几人本来就很熟悉，又都年轻，凑到一块儿聊得异常火热，不知谁还在地上摆了几样小吃。

张强刚经历了街头的凶案，加上口才又好，正眉飞色舞地给另外几人讲述"水鬼控制人自杀"的故事。

"那疯子被水鬼控制了，见了我们王大人就疯狗一样冲上来。他披头散发，满口流涎，简直就像恶鬼一般！"张强声情并茂地说，"要不是我哥俩眼明手快，王大人说不定就一命呜呼了！"

井生和吴两当对王阳明也很敬服，此刻听到张强在危急时救下了王大人，不禁对他高看一眼。宋壮蹲在一旁，听着张强吹牛也不言语，一副闷闷不乐的样子。宋壮在来的路上也是闷着头不说话，不知道在和谁置气。

直到他看到王阳明一行人远远走来，宋壮这才来了精神。他站起身，高呼道："王大人！在这里！井生和吴两当都在！"

王阳明点头回应。

张强、井生和吴两当三人听到王阳明来了，也赶紧站起身来。张强到底是机灵，眼看到王阳明面色凝重，联想到宋壮这一路的神色，心下不由一沉，忙问道："王大人！出什么事了？又有人死了？"

王阳明看了眼宋壮，好奇他怎么没告诉张强，道："是乌朗达。"

几人同时惊呼。

"他不是活蹦乱跳……"张强话刚出口就反应过来，"那人不是乌朗达？"

王阳明点点头，张强一时语塞，一旁的宋壮重重叹了口气。

井生和吴两当二人目瞪口呆。就在一个月前，他们还和乌朗达坐在一起喝酒。好好的一个大活人，说没就没了？

"井生，吴两当，"王阳明道，"烦你们二人说一下，当日你们离开龙场的情形。"

两人推搡一阵，最终还是井生开了口："那日，乌朗达找我们喝酒聊天。喝到一半的时候，他说他最近得了银钱，想在城里买些东西。可春祭马上要开始了，往年龙场的春祭都是他来主持的，这大事可不能没有他。所以他就嘱托我们两人进城采买些东西。他还说春祭的事情他都已经安排好了，不用我们操心。"

井生接着说："我和吴两当本来打算隔天一早就进城，可乌朗达说这事着急，说他会转告我们家人，而且当场就给了我俩好些银钱。我们也不好再推脱，急急忙忙就出发了。"

吴两当补充道："乌朗达突然出手大方，我们虽然觉得奇怪，但也没多想。一直到前几天，我们听说龙场发生了水鬼杀人的事情，这才因担心家里，急急忙忙赶了回来。"

徐爱问道："那采买的东西呢？"

井生回答道："没什么特别的，都是一些我们平时过日子用的东西，已经送到乌朗达家里去了。"

王守让好奇道："你们最后一次见乌朗达，有没有觉得他有什么奇怪的地方？比如……"她想了想说，"比如得了银钱很高兴？"

"这个……"井生和吴两当对视一眼，说"和徐夫人说的刚好相反，乌朗达当时好像有心事似的，喝着酒，却不怎么高兴。我们也觉得奇怪，他突然有了钱，为什么会看起来不高兴呢？我们俩还拿他这事打趣来着……"井生的声音逐渐变小，似乎这样做是对死去的乌朗达不敬。

"先生。"徐爱轻唤一声，却被王阳明打断。

"我知道。"王阳明苦笑着说，"乌朗达应该是收了锦衣卫的钱，负责在春祭时将鬼师的扮演者调包成刺客。"

"什么！"众人大吃一惊，吴两当和井生想到这件事他俩也算参与其中，心中一急，"扑通"跪了下来，慌忙说："我们……我们是万万不敢害王大人的！"

　　王阳明上前将井生和吴两当扶起，好言劝慰了几句。

　　徐爱在一旁说："事情已经明了。刘瑾在杭州刺杀先生不成，又派了刺客前来龙场。那几个刺客暗中买通乌朗达，将春祭的鬼师调包，以便行刺。本来应该是这样的。"

　　王守让接着说："但是却有第三方人马插手，悄无声息地调包了假扮吴两当的那个刺客，然后杀了参与此事的几个刺客和被收买的乌朗达。"

　　王阳明补充道："春祭大典上被水鬼溺死的那人，那晚咱们在屋顶发现的死者，包括今日大街上这位死者，应该都是锦衣卫安插的刺客。而真正的凶手是谁，到现在为止我们都没有头绪。"

　　王阳明苦笑几声："树欲静而风不止啊！"

　　这一天对龙场驿站的众人来说有些漫长，告别了井生和吴两当之后，王阳明一行人返回驿站。一整天的奔波让众人心神疲惫，宋壮和张强打起精神做了一顿丰盛的晚餐，为初到此地的徐爱和王守让接风洗尘。

　　用过晚饭后，王阳明拖着疲倦的身躯回到房屋入睡，可怎么都睡不踏实，不断地睡了醒，醒了又睡。当他最后一次醒来，便再也睡不着。窗外依旧黑漆漆的，夜还远未过去。王阳明坐起身，想吐纳打坐一会儿。

　　一个陌生的声音突然响起："王主事可是做噩梦了？"

　　王阳明一惊，清醒过来。他转头望向声音的来源，只见窗前有一个瘦小的身影，看不清长相。

　　不待王阳明出声，陌生的声音接着说："王主事勿惊，实在是这驿站附近耳目众多，想私下见主簿大人一面难如登天，不得已才深夜造访的。"

王阳明曾在京城兵部做主事，自打他离开京城之后，再无人称他为"王主事"。王阳明心想：此人不简单，定知我在京城的遭遇。但他深夜潜入房中却没出手杀我，显然不是刘瑾的刺客。

王阳明冷静下来，问道："龙场最近这几起案件，死的那些刺客可是你杀的？"

黑影回答："怎么可能，若真是我下的手，此刻也不敢来面见大人啊。"

那人怪笑两声，继续说："王主事可能不知道，整个龙场，躲在暗处盯着驿站的人多不胜数。杀人也就罢了，但恐怕只有傻子才会那般打草惊蛇，故弄玄虚。"

不待王阳明回话，那人又"嘿嘿"地笑着说："话又说回来，这种装神弄鬼的把戏倒也吓住了不少鬼鬼祟祟的人，王大人抓住这凶手后，还得好好感谢他一番。"

"你既不是杀我的刺客，也不是救我的那凶手，那你深夜前来所为何事？"

"因为一个人。"

"谁？"

黑影沉默片刻，说："一斋先生的孙女。"

娄明珠？

王阳明做梦都没想到会是因为她。娄一斋先生的"圣人必可学而至"曾令他拜服不已。那时王阳明还是个少年，他曾将一斋先生的嫡孙女称为小师妹。那个王阳明记忆中的明媚少女，便是眼前这个黑影所说的娄明珠。

"明珠师妹！她怎么了？"

黑影沉默了片刻，依然笑着说："大人还请放心，王妃一切安好。只是有事需王大人帮忙，这才命我走这一趟。"

王阳明放下心来，明白了此人的来历。娄师妹十五岁便被选入宁王府为妃，眼前这神秘人既然称师妹为王妃，想来是宁王府的人。

王阳明出言问道："王妃托你来此寻我，不知所为何事？"

"实不相瞒，我们王爷求贤若渴，王妃曾向王爷举荐大人。王爷听说王主事在京城的遭遇后，义愤不已。以阳明先生的大才，若是肯随我一同去见王爷，定可一展胸中抱负。"

那黑影对王阳明的称呼先后从王主事，到阳明先生，再到王大人，意思再明显不过。王阳明顿了顿，微笑着说："胸怀大志的怕是王爷吧？我不过是个普通读书人，所学也不过是些做人的道理，哪来什么壮志抱负？王爷托你走这一回，怕是要白辛苦了。"

黑影道："难道大人甘愿在这蛮夷之地做个驿丞？"

王阳明洒脱地说："圣人之道，发乎本心。仁义既在我心，又何必千里迢迢去见你家王爷呢？"

黑影沉默了，似乎在考虑什么，过了很久才开口："王爷曾说，所谓礼贤下士，最重要的是真诚坦荡。我本来也没指望能毕其功于一役。在下是宁王手下秘卫项鼎之，无论如何，今日得见王大人已是万幸。"说着，那个瘦小的黑影对着王阳明行了一礼。

王阳明这才看清刚刚和他说话的人：瘦瘦小小的身材，没什么特点的普通样貌。若不是有一身夜行衣紧紧遮掩着，哪里像一个王爷手下的高手，分明是一个老实本分的庄稼汉。

王阳明低头回礼："向王爷和王妃问好。"

谈话到此结束，项鼎之沉默地转身，打算离开此地。临靠近门口时，他听王阳明问道："项大侠可知杀人凶手是谁？"

项鼎之没回身，低声回答："凶手是谁根本不重要，大人的性命

　　　　　　　　　　　神探王阳明・鳖灵奇局

可比那凶手的身份重要得多。让那凶手逍遥法外，阉党的刺客就会有所顾忌，大人岂不更安全？在暗处盯着您的人还有很多，希望大人多多保重。"

说罢，项鼎之悄无声息地离开了。

王阳明思绪起伏。自明珠师妹嫁入王府后，王阳明便再未收到过她的音讯。自从当今圣上继位以来，宁王卖官鬻爵，收买人心，整个朝堂谁不知宁王所图甚大？以一斋先生之明达，明珠师妹之聪慧，怎么会去向宁王举荐自己？难道此事另有隐情？

龙场的日子让王阳明有机会专心治学悟道，不问朝堂之事。刘瑾的刺客加上项鼎之的造访，忽然又让他的记忆变得清晰起来。他想起自己含冤入狱时眉毛高高挑起的刘瑾，想起父亲被自己连累贬出京城。他又想起到达龙场前，一路的风风雨雨，继而他的思绪又飘到很多年前，想起娄明珠年幼时跟在自己身后读书念字的模样。

长夜难明，王阳明独坐在榻上，不禁有些怅然。

隔天清早，井生、吴两当和乌洛一起来到驿站。

乌洛已经大概知道了乌朗达被杀的前因后果，一时间愧疚不已，总觉得是龙场对不住王大人，一大早就领着井生和吴两当来寻王阳明。反正如今已经确定春祭大典上的事是乌朗达忘恩负义谋害王阳明，不是什么水鬼复活了，他已经下定决心，绝不能让王阳明在龙场出事。至于那些死了的外乡人就交给衙门去查吧。

众人见礼落座后，乌洛当着众人把井生和吴两当二人斥责了一番，然后说出了自己的想法，劝王阳明为了自身安全，就此罢手，不查此案，事情交给衙门便是。

听了乌洛的话，王阳明扶起跪在地上的井生和吴两当，说："让寨老大人忧心了，此事虽有乌朗达参与，但说到底仍是京城那桩祸事的延续，我有责任让龙场重新恢复安稳。不过目前确实可依寨老大人所言，暂且把案子交给衙门。"

乌洛情真意切地说："大伙无非是被吓着了，过几天便好，可王大人你要注意安全啊，我看这案不查也罢了，大人可莫要……"

"嗯？"过了片刻乌洛反应过来，"王大人这是答应了？"

王阳明笑着点点头，乌洛哈哈大笑："如此最好，如此最好。"

一旁的宋壮听到王阳明的表态，心想：自从春祭死人后，大人整宿睡不着，每天忙着查案，今儿个怎么突然改了性子了？

又一番寒暄过后，驿站众人好不容易送走了寨老一行。王阳明和徐爱、王守让三人坐在门前聊天。

宋壮忍不住悄悄问王阳明："大人，咱们真不查了？这凶手还没……"

"不查了。"王阳明笑笑，"今日算作休沐吧。"

宋壮挠挠头，不知道王大人到底在想什么。

往后几日王阳明果然不再查案，每日只和徐爱讲学论道。他吩咐宋壮和张强将柴房中那具尸体掩埋了，然后往衙门送了几封信。不久后衙门贴了告示，依着王阳明信中所说，详细说明了龙场近来发生的几起命案：

一伙过路水贼，借着春祭大典生事，勒索当地豪绅。当日河上顿生白烟，便是那伙贼人燃放的致幻药物，导致众人吸入后产生看到了水怪的幻觉。后来在大街上死的那人，便是贵阳府一处豪绅家中被掳走的少爷。贼人勒索不成，喂其服下了致幻药物，这才导致他发疯致死。如今贼人首领已经伏诛，并没什么水鬼。不过官府还是提醒百姓小心余孽流窜。

官家告示一出，众人联想到街上那人发疯的样子，这才恍然大悟：难怪在春祭的河上自己会看到水鬼，原来当时也中毒了，看到的都是幻觉。

凶案再没发生，龙场也渐渐平静下来。

王阳明也没再继续查下去。但龙场驿站的众人知道，真正的凶手还没抓住，这块石头还是压在王阳明心头。

恐慌平息后，一个陌生人出现在王阳明面前。

正如宁王密卫项鼎之所说，无论是那个秘不见人的凶手也好，还是那些死得不明不白的刺客也罢，藏在暗处盯着王阳明的人真的很多。

但大摇大摆，毫无顾忌，堂堂正正从驿站正门进来的人，这人还是第一个。来人一进驿站，便径直坐在了一张桌前。

"锦衣卫百户长铁莫，奉命来取王主事性命！还请王主事出来相见！"

铁莫声若洪钟，气震当场。张强吓得腿一软，差点跌倒。

宋壮有一句话听懂了，此人要杀王阳明。既然如此，那就不用多想，他拔出刀，大步向前，举刀就要劈下。

"锦衣卫大人！恕罪！恕罪！"张强一把抱住宋壮，慌张地说，"这小子不懂礼数。我们王大人不在。最近忙着查案……出去了，真的！"

话音刚落，王阳明的身影就出现在二楼的木梯上。张强想死的心都有了，他嗓音发颤，向锦衣卫解释道："锦衣卫大人！我……我刚才……王大人……他……我该死！"

铁莫并不理会张强，他看着王阳明，起身抱拳道："王主事，好手段，毫不费力便借势处理掉了那么多刺客。被人算计至此，我们都还不知道是谁在背后盯着。"

王阳明露出一丝不易察觉的慌张。

铁莫轻蔑地笑着说："不过我也真是灯下黑了，我今日倒要看看，拿住了你，那水鬼还藏不藏得住！"

宋壮早已憋了一肚子气，大喊一声："王大人快逃！他是来杀你的！"说着用力把张强甩到一边，举起刀向铁莫砍了过去。

刀光一闪，只见铁莫脚下未动，上身一个极细微的扭身，刀刃以毫厘之差从他身侧劈过。宋壮甚至没来得及收刀，就感觉脚下一空，竟被铁莫凌空举了起来！

铁莫低喝一声，吐气发力，将宋壮扔了出去。

"宋壮！"王阳明和张强同时惊呼。

铁莫气定神闲地说道："不自量力。"

张强急忙跑过去扶起宋壮。他一转头，正看到铁莫缓步走向王阳明，脸上仍然是目空一切的表情。张强发着狠骂："爷爷我跟你拼了，死就死！""唰"的一声，他也拔出了刀。

宋壮忍着疼高呼："王大人！快逃！"说着挣扎着起身，要再找铁莫拼命。

张强握刀的手在颤抖，但他和宋壮一起冲了上去，两人冲到了铁莫身后。只见铁莫突然止步，转身看向他们，凌厉如刀的眼神让张强鼓起的一腔勇气瞬间泄了气。他刹住了冲刺的步伐，慌乱中竟差点握不住刀。

就在这一瞬间，宋壮不知怎的又被摔了出去。张强进退维谷，只能在原地呼喊："饶命……饶命啊大人！"

"大人！"宋壮痛苦地喊着，发现王阳明从后门绕了出去，他这才稍稍放下了心。可他转眼看见铁莫也跟了出去，又慌张了起来。他挣扎着抬起头，冲张强喊道："张强！快去保护王大人！"

张强"哦"了一声，一同追了出去。

王阳明一路狂奔，铁莫则不紧不慢地跟着，张强在两人身后，也努力地跑着。

转过一个小土堆，张强知道那是自己和宋壮前几天埋尸的地方，心中不禁一慌，喘了几口气，再次向远处张望时，发现自己竟跟丢了。

他鼓起勇气，大喊了几声，却听不到王阳明的回音。

张强又喘了一会儿，强迫自己镇定下来。他跑的方向应该没错，王大人必在附近，肯定能追上的，肯定能救下王大人的……

张强发狠地咬咬牙，提起劲再跑。跑出去没几步，不知从哪伸出一只巨石般的拳头，直直向他袭来。张强下意识地抱头蹲下，口里直呼饶命，耳中听到铁莫的声音传来："此行只为王主事一人，无干人等速速离开。"

张强悄悄睁开眼，看到铁莫的背影已经走远。想起宋壮的奋不顾身，心底暗骂一声自己，突然站起身来高喊："王大人是我们的驿丞大人！"接着，胡乱叫喊着给自己壮胆，举刀向那个背影冲了过去。然而张强甚至都没看到铁莫转身，就被一股巨力打倒在地。

王阳明逃至驿站旁的湖边，转身看到铁莫正不慌不忙地朝自己走来，张强则躺倒在不远处。他忍不住轻轻叹息，说道："天意如此，天意如此啊！"

铁莫终于走到了王阳明身前，他看着满脸绝望的王阳明，又看了看映在湖中的月色，说道："此地偏僻无人，却有明月湖水为大人做伴，也算是个好归处了！"他伸出右手，提高声音，郑重地说，"锦衣卫铁莫，奉命取王主事性命！请大人受死！"

铁莫的话音刚落，那只夺命的手尚未击中王阳明，河水中突然射出一截铁索，死死地缠住了铁莫的右脚脚踝。这一下就连铁莫也没反应过来，被用力一拉，身体失去平衡，向地面倒了下去。

即使在这样不利的情况下，铁莫仍然能用单手撑地，强行稳住了身形。可他到底重心不稳，那水下东西又力大无比。铁莫还未想到对策，便被径直拖入了湖中。

张强远远地看到这一幕，失声喊道："水鬼！"

水面之下，铁莫感到自己被一股巨力拖着，迅速向湖底沉。片刻之后，他感觉拉力突然一松，也明白过来，他应该是到了水鬼的面前了。

假如有人看到水下的铁莫的话，就会觉得他姿势怪异，自他落水之后，他的右手就一直以奇怪的姿势放在腰间。直到此时，他的右手才突然伸出来，手中握着的赫然是一根绳索。铁莫腰腹发力，双手迅捷无比地将绳索套在了水鬼身上。

水鬼动作一滞，它好像压根没想到铁莫会做出这样的反制动作。匆忙之中，水鬼选择掉头往湖底更深的地方游去。脚踝仍被缠着的铁莫自然也被拖进了深水之中。

但铁莫似乎早就料到了水鬼下一步的行动，只见他腰腹一收，倒悬着身体，猛地发力，一掌拍向水鬼……

湖边，张强的呼声刚起，就见王阳明身后不远处，徐爱和王守让手持绳索齐齐现身。两人似乎早有准备，合力将手中的绳索扔下了水。那绳索每隔几尺便有绳结绑着碎石块，沉甸甸的。绳索入水后，快速沉了下去。

王阳明出声喊道："张强！过来帮忙！"

张强应了一声，跑过来抓住了绳索。他看着王阳明的脸色，明白了王大人刚才绝望的神情都是假装的。此时他这才发觉，从铁莫出现开始，徐爱和徐夫人就不见了。张强心思灵活，大概猜到了一些真相，苦着脸冲王阳明说："大人！您可诓惨了我和宋壮！"

一旁的徐爱忙说："事出有因，实非先生之过。"

王阳明伸手拦住正欲说话的王守让。

"迟些再说！"

绳索在水中快速下沉，几人在岸上等待片刻，突然一股向下的力量绷紧了绳索，众人知道是水下的铁莫抓住了绳索，王阳明高喊一声"拉"，众人合力将绳索往岸上拽。三个人铆足了劲，一口气将水下的人拉了上来。

铁莫从水中出现，众人看到他右手的绳索死死地缚着一个长发遮面，泥草覆身的"水鬼"。那"水鬼"身形瘦削，四肢与常人无异，哪里有什么龟甲蛇尾。

"抓到啦！"王守让高兴得拍手喊道。

铁莫提着已经昏迷的水鬼缓缓走上岸。

"铁大侠，此番义助，实在感谢！"王阳明赶忙上前抱拳行礼，徐爱和王守让也跟着行礼。

"此番行动只是报恩，不必言谢。何况我也想见识见识，到底是何方神圣能悄无声息地杀掉几名高手。"铁莫说话冷冷的，但他也回了礼。

张强这才确定自己猜得没错。铁莫从一开始就和王阳明认识。看来王大人特意找了个假的锦衣卫来佯杀自己，逼迫凶手现身。他气呼呼地喊道："王大人您哪找的冒牌锦衣卫，早知道要演这么一出戏，还不给我们……"

张强的话没说完，湖面突然炸开，一个黑影从湖中猛地跳出，直向铁莫而去。众人惊慌后退，王阳明出声道："他要救人！"

铁莫到底是锦衣卫的高手，那人出手前他已有感应。湖中的那人刚蹿出，铁莫已侧身躲闪，将手中提着的"水鬼"扔向了王阳明。

王阳明顾不得许多，挺身而出要去接人。奈何铁莫功夫高深，这随手一甩的劲道也非比寻常。王阳明和那水鬼撞了个满怀，他趔趄了两步便向后摔倒，怀中的水鬼也跟着摔了下去，重重砸在了王阳明的胸口。

柔软的感觉让王阳明大吃一惊。他低头看去，那水鬼虽被湿漉漉的长发遮住了面貌，但白腻的脖颈处有一个清晰可见的月牙印记。

女的？

徐爱和王守让赶忙上前拉开这个不省人事的水鬼，扶起王阳明。

王阳明看了一眼这个女水鬼后又望向不远处。那边，铁莫正和一人缠斗，那人身材高大满身泥藻，战况颇为胶着。那人不住地想找机会营救女水鬼，但铁莫的攻击让他无法抽身。

在一旁掠阵的张强也帮不上什么忙，举着刀悄悄挪到王阳明身旁，问："大人……这就是水鬼？"

王阳明点头道："两人都是。"

张强"咦"了一声，正要说话，就听王阳明吩咐："去看看宋壮怎么样了，我虽然嘱咐铁莫让他下手轻些，但宋壮刚刚一副拼命的姿态，恐有损伤。"

张强大手一挥说："那小子结实着呢！我算看出来了，大人您找的这冒牌锦衣卫就是传说中的高手。他要是真想杀人，咱哥俩九条命都没了。对了大人，您是怎么算到水鬼藏在咱这驿站附近的？"正说着，两人就看到宋壮跌跌撞撞地跑了过来。

宋壮还没搞清眼前的状况，但他看到王阳明安然无恙，而刚刚还在追杀王阳明的恶人正和一个陌生男子缠斗，以为是那陌生男子救了王阳明。他拔刀怒喝："铁莫，你别想杀我家大人！"

"宋壮！"王阳明的喊声让他止住了身形，张强拍着他的肩膀说："不用帮忙。"

宋壮停下动作，迷茫地环视四周，发现徐爱夫妇也在场，一旁还有个被绑着的奇怪的人。张强嘀嘀咕咕地给他讲了事情的经过。

铁莫本就武艺高超，加上那男子心系伙伴，难免分心。两人斗了十余招后，那男子被铁莫找到破绽，一脚踢飞了出去。不知是有意还是无意，那人从空中摔下来，好巧不巧地落在了张强和宋壮身前，两人直接将手中的刀架在了那男子的脖子上。

"水鬼？"张强"嘿嘿"地笑，"终于抓到你了。"

"那天夜里就是你吓唬我！"宋壮怒气冲冲地，"你是故意吓我的！对不对！"两人接过王阳明递来的绳索，七手八脚地将那男子捆了起来。

那人不理会张强和宋壮，只是抬起头来，直瞪着王阳明。王阳明这才看清，他就是那日在街上假扮乌朗达奔逃，将自己引到小屋里的男子。

徐爱和王守让将那名昏迷的女人扶了过来。

"想不到吧？"王守让上前，神色得意，"一个本来应该刺杀我兄长的人，一个真正的锦衣卫，会和我们一起演一场假追杀、真捉鬼的大戏，逼得你们不得不出现。"

"真的锦衣卫？不是冒牌的吗？"张强突然想起刚刚自己称呼锦衣卫大人为"冒牌货"，不禁冷汗涔涔。

"自然是真的，杀意也是真的，否则这水鬼怎会如此轻易便被引出来。也因此没跟你和宋壮说，就是为了让这场戏看起来像是真的。"

张强苦恼地喊道："这到底是怎么回事？"

"徐夫人早年对在下有救命之恩。"铁莫开口说，"我虽后来做了锦衣卫，但救命之恩不敢相忘。得知指挥使大人给我的命令是秘密刺杀王先生时。我本已决定让王大人杀了我了事，反正忠义难两全，如此我也对双方都有交代。"

"哼！我们王大人怎么会无缘无故杀人？"宋壮突然对着铁莫冷笑起来，吓得张强赶忙上去拦着他说话。

铁莫不理会宋壮，继续说："王大人拒绝了我的提议，并提出了要我帮忙。"

徐爱接过话，说："因为这些杀人案中所用手法太过刻意，反而显得极不自然。乌朗达死后，我和先生想到自春祭开始的一系列事件都是凶手为了保护先生安全。那反过来想，只要先生有性命之危，水鬼便不得不现身。因此才有了今日之局。"

王阳明道："此前凶手总是先我一步，应该是在哪里监视着我们才对。所以，只需在这里演一出追杀的戏，什么水鬼都该现形了。"

王守让缓缓道："哥哥和铁莫联合定了这一出戏，只要抓到水鬼，自此以后我们和铁莫便恩义两清啦。"

"否则十个王守仁现在都见了阎王，哪里还能活到今天。"铁莫坚毅的脸上不见丝毫动容，他看了看徐爱夫妻，继而盯着王阳明，一字一字道："恩义已经两清。铁某人只要命令在身，下次见到王大人，便不留情面了。"说着就准备离开。

"谁也不能杀他！"刚刚昏迷的"女水鬼"突然出声，怒喝道，"谁也不能杀王阳明！"

众人循声望去，发觉那"女水鬼"正挣扎着坐起来，湿漉漉的长发披在她肩上，看起来狼狈至极。

王阳明突然想起了春祭的事，说道："如今想来，当日在台上顶替刺客假扮鬼师的人，便是姑娘你了。"

"女水鬼"不作声，狠狠地盯着铁莫，铁莫也看着她。

王阳明继续说："那刺客暗中买通了扮演鬼师的乌朗达，但消息被你探听得知，于是你抢先一步抓了乌朗达，并李代桃僵，才有了那日的情形。"

怒气冲冲的宋壮听到王阳明的话忽然想到，春祭大典上，是他们救了王阳明，态度缓和了许多："你们要保护王大人也不用装神弄鬼，破坏春祭大典啊。"

女子扭过头去不再理会众人。

陌生男子说："可不是我们破坏什么大典，是那些刺客该死，杀人就杀人，可他们非要把人调包，假扮鬼师在大典上动手，那我们也只能顺着他们的安排来啊！"

王阳明转身对那名男子道："且不说那刺客，春祭上你二人大费周折将计就计，布下水鬼杀人的疑阵，闹得整个龙场人心惶惶。今日又明知锦衣卫要逼你们现身，你们依然现身救我，我想不通，在下和两位素不相识，若只是为了救我，何至于此？"

那男子冷哼一声，用略显生硬的官话说："我们救你也不是这一次两次了。若不是我家主人吩咐，务必请王先生去我族做客，我何必费这劳什子劲。"

主人？王阳明好奇，那男子却铁了心沉默。

铁莫冷漠地问道："你们要请王大人去做客，在春祭大典前把他绑走就是，费这么大力气不嫌累吗？"

话虽难听，却不无道理，王阳明心中也有此疑惑。

女子直勾勾地盯着铁莫，并不答话。铁莫突然出手，掐住女子脖子将其单手拎了起来。

"月仙！"那男子焦急喊道。

众人眼看月仙要被铁莫扼死，王守让忙喊道："铁大侠，我们还有话要问呢！"

铁莫松开手，也不理睬跪倒在地上咳嗽着的女子，转而看向那男子："要不你说？"

男子怒气冲冲，但看着大口喘气的月仙，恨恨道："因为我们根本不应该现在就出现在王大人面前的。都是因为他多事，惹上了麻烦的刺客，才害我们不得不想尽办法保全他。现在走到这一步……我们……"

他这一番话让众人莫名其妙，明明看起来极不情愿，为什么还要拼死护着王阳明？

月仙继续说："本来我们是要暗中等待时机成熟，后来无意中得知有刺客计划在春祭大典上刺杀王大人。有人指点我们说刺客在龙场肯定还有其他同伴，建议我们将所有藏在暗中的刺客一一捕杀。没办法，我们怕王大人出事，只能借着刺客的计划，设计了春祭大典的水鬼杀人的戏码，把事情闹大。"

铁莫眉毛挑起，好奇道："什么人指点过你们？"

王阳明联想到那个宁王府的人。眼下刘瑾势大，宁王府为避免和刘瑾直接冲突，借刀杀人倒也说得过去。但他也没法直接验证，于是试探着问："可是有人指点你们假借此地的水鬼传说引发骚乱？"

那男子是个暴烈性子，粗着嗓门喊："我们凭什么要听他的！那是我们自己想的法子！他不过是丢给我们几个坛子！"

"坛子？"王阳明想起在水底下看到的那个古怪图形，"埋在水底的那些？"

"你怎么知道？"

"咱们大人聪慧，早就下水查看过了。"张强在一旁笑道。

王阳明说："如果我没猜错，埋在水下布成圆形点图的陶罐，本来是密封好的，里面装着石灰一类的东西，可遇水生变，幸而里面存量不多，我才侥幸没有被烫伤。春祭那天水面突然沸腾，冒出大量烟雾，应该是你们在水下打碎了陶罐所致，只是我至今不明白，那水中图阵……"

男子一脸得意，他看着王阳明说："我说怎么设下的机关被毁了，原来是你。那本来是我留下，准备溺死一两个不要命下水追击的刺客的陷阱。那水下的机关布置在一块大石头上，那块石头的位置妙得很，被水下的暗流带动着，会有轻微的旋转晃动，我们会根据图阵的变化来查看河底暗流走向。"

王阳明苦笑，难怪那河底会如此凶险，原来是刻意布置的杀人机关。自己若不是有绳索牵引，只怕有死无生。

女子继续说："当时我们想打对方个措手不及，逼迫所有刺客现身，所以在祭典开始前就布置好了一切。在刺客动手的时候我先一步将他逼至河边，早早藏在水中的鱼虎阳趁机在河底打碎石灰罐，再用蟒绳将那人拖入水中溺死。被人们误会为蛇尾的怪物，其实是他的趁手武器。趁着当时人群骚动，我就趁机抓了另外一个。"

王守让问："是后来大街上看到的那个发疯的人？"

女子点点头。

张强插嘴："胡说！我可是亲眼看到了那天的水怪，整条河都在冒热气，这汉子要是藏在水底的话，不得煮熟了啊！"

鱼虎阳冷笑道："被煮熟的倒是有一个，不过可不是我。"

"你……"张强还想再说，但被王阳明制止，其实当王阳明看到鱼虎阳跃出水面时披着厚厚的泥浆水藻，便已了然，但眼下不是关心这些细枝末节的时候。

王阳明继续问："若是如姑娘所言，当日春祭时河岸边满是村民，他是如何避开众人匿在水中的？

"不用避开，春祭开始的前一夜他就已经藏在了水底。"鱼月仙回道。

"不可能！"宋壮不相信，"寻常人怎么可能整夜藏在水底？"

"哼！"鱼虎阳冷笑几声，"我们在水底待个三五日也不是什么难事。"

鱼月仙接过话："春祭大典上我们耍的把戏，果然诱出了几名刺客。当晚趁你们出去的时候，我便用吹矢杀了躲在驿站房梁上的那人。

听到此话，张强又不免恶心，一旁的宋壮想了想，问："可那人是被淹死的啊？"

女子回答："吹矢只是为了让他中毒昏迷，我用驿站喂畜生用的水桶将他溺死的。我族相信，人生于水死于水，这样死后才不会化为恶鬼再次爬回人间。"

这话让宋壮想起了有关水鬼的故事，他转头望向张强，发现他的面色也有些不自然，显然和自己想到了一处。

一个刺客被鱼虎阳溺毙在河中，还有一个刺客被溺死在屋顶上，最后一个刺客溺死在水桶内，死者都死于水中吗？王阳明忽然觉得不对，出声问："那么乌朗达呢？"

"乌朗达背信弃义，为了金钱出卖朋友，河神不会收他的！"男子愤愤地说。

"对！他只配死在绝望中，永世不能轮回。"女子点头道。

王阳明倍感苦涩，苦笑道："何苦呢？"

"哼！"似乎是对王阳明的反应很不满意，女子不再说话。

男子冷笑道："杭州城外要不是我们俩，王大人早就去见河神了。我们救了你多少次？你不感谢就罢了，还这般态度。要不是大王有命，看我不拍碎你的脑袋！"

"你敢！"宋壮大怒。

"原来在杭州时……"男子的话让王阳明震惊，在杭州城外的水下，自己将死之时，也是眼前两人救了自己性命。他想起自己噩梦中的情景，那两道身影难道就是眼前的二人？

女子叹口气，说："现在我们见了光，我看也等不到蛊成熟了，咱们还是连夜离开龙场的好。"

"蛊？"众人一时没反应过来。

铁莫盯着那女子说："我等了这么久，不是来听你们说这些的。你把知道的从头说一遍，不要隐瞒，否则就准备死吧"

女子瞪了眼铁莫，说道："事已至此，也没什么好隐瞒了，这话得从半年前的杭州说起。"

女子说起在杭州的往事。

"王大人在杭州胜果寺养病时，那两个刺客趁着夜色挟持王大人出寺，当时我和鱼虎阳便伏在寺内高树上，本想等出寺后，我们趁机出手击杀刺客，结果一个中年人和一个年轻人先一步拦住了刺客，他们用计灌醉了那两名刺客，帮助王大人逃脱。

"哪料到那两人也是不中用的，想出什么投石沉江的计谋，让不谙水性的王大人差点丢了性命。"

王阳明苦笑一声，想起那日自己慌慌张张跳入水中，来不及用匕首割开绳索，险些被淹死的经历。

"幸好有我和鱼虎阳跟着，"女子继续说，"我们悄悄潜入水中，将王大人捞了起来。可惜我们下水的时间稍微有些晚，救起王大人时，他已经奄奄一息半死不活了。没法子，鱼虎阳便提前喂他服下了蛊。"

"等等！"宋壮再次听到这个字，"你喂我家大人吃了蛊？"

女子点点头。

宋壮和张强立马拔出了刀，齐喊道："拿出解药来！"

王阳明脸色也变得难看起来。

女子脸色淡漠地说："当时那种情形，我们要么在王大人体内种下蛊来打通气血，要么眼看着王大人窒息而死，你们告诉我，该怎么选？"

"胡说！"宋壮怒不可恕，"天下哪有什么好的蛊！不是坑人性命就是害人家财，你以为我和张强没见过这东西吗？"

女子摇摇头，不再说话。

王阳明示意宋壮和张强少安毋躁，说："姑娘请继续。"

女子继续说道："之后我们趁夜将你转移到船上，等你渐醒时才离开。此后王大人无论是去南京探亲还是来这龙场，我们都一路跟着，只等蛊成熟后，再出面邀请王大人前往我族，协助我族完成生死攸关的大事。"

"大人！"宋壮急切地说，"这两人果然有阴谋！你不知道那蛊毒厉害，种了蛊搞不好一辈子……"

铁莫质疑两人："王大人要真这么重要？既然你们已经下了蛊，直接要挟王大人跟你们走不是更好？何必等到今天？"

　　女子苦笑："这就是为何我们不肯出面的原因。我在族中自小炼蛊，加上我血脉特殊，对种在王大人体内的蛊有影响，因此蛊未完全成熟前，突然出现在王大人面前，和王大人体内所种之蛊产生共鸣，结果无法预料。"

　　张强上前一步，说："还要等蛊成熟？我呸！今天不解了王大人的蛊，我和宋壮就一刀一个，送你们上路！"

　　看着张强和宋壮的神情，徐爱等人也知道了蛊的厉害。

　　鱼虎阳冷哼："不识好歹，要不是我在杭州时，将我王赐的蛊毒埋入他体内，此刻你家大人只怕就消失了。月仙，何必费这么多口舌，等他们的王大人不在了，我看他们找谁哭去！"

　　消失？王大人不在？众人不解鱼虎阳的这番话。

　　鱼月仙解释道："王大人可能自己还没有察觉，你从出生起，身上便附着一道秘密的转生咒术，它会让你逐渐取回前世的记忆，变成你前世的那个人。本来在你出生不久这咒术便该发动，可你幼年时遇到个古怪道人，将这咒术压制至今。但也就到此为止了，杭州城外王大人溺水后，咒术已经生效，所以我们只能提前将蛊种下，用来暂时压制那咒术。"

　　"胡言乱语！"铁莫不屑一顾地说，"世上怎能有如此荒谬之事。"

　　"我看你这编故事的水平啊，比我们寨老大人都高明。"张强显然也不信这一番说词。

　　女子不理睬两人的冷嘲热讽，继续说："本来等那蛊彻底成熟，压制住转生的咒术后，我们便可前往我族秘境，帮助王大人保持神智。本该是这样的……"

　　鱼月仙望向王阳明："可到龙场之后，蛊迟迟不见反应。我们猜测是种蛊的时机太早，只能耐心等着。结果便等来了这些要杀你的刺客……"

望着那女子的眼眸，不知怎的王阳明竟觉得这些荒谬的讲述都像是真的？

徐爱和王守让转头看向王阳明，发现他的面色逐渐凝重起来。

"先生！"

"哥哥……"

两人同时出声，王阳明只是紧紧盯着眼前的女子。

他想起杭州城外的船上，自己醒之前做了一个漫长的梦，梦里他看到一些古怪的建筑，有种陌生而又熟悉的感觉。他还记得梦里的自己回到了幼年，那时他还不会说话。有一个古怪的僧人摸着他的头顶，说了一句："好个小儿，可惜道破了！"到这里他就醒来了。他记得梦里还有一个影子在他的身后。

安静了片刻，王阳明似乎想起了什么，皱了皱眉，开口问道："王家六世祖？"

鱼月仙眉毛微挑，说："你的记忆有一些已经复苏了。不错，王大人正是王家的六世祖——性常先生的转世！"

众人惊讶不已，不可思议地看向王阳明。

王阳明压下心中的震惊，想起小时候祖父摸自己的头顶时，常常叹息。祖父那古怪的态度让年幼的王阳明记忆深刻，想到这，他冲众人苦笑："祖父曾说我性子像极了性常先生。"

鱼月仙继续道："据我王所言，你身上的咒术，是王性常生前完成的转世秘术。那个秘术可让王性常的灵魂回转至自己的后代身上，然后等到合适的时机，让灵魂苏醒，如此就可以长生不灭。这种秘术是由我族上古秘术衍生变化出来的，自然也只有我族可解。只要王大人肯助我王完成心愿，他便可用族中秘术帮助王大人。"

众人看向王阳明，期待着从他的面色中看出些什么。

鱼月仙叹了口气，继续道："我知道这话说起来有些匪夷所思，但相信你应该已经察觉到自己身体上的一些变化了。"

沉默良久，王阳明出声道："圣人言，不语怪力乱神，轮回转世之说虚无缥缈，毫无道理，这让我如何相信。"

鱼虎阳笑道："你不用相信，等咱们到了你祖先转世的……"

鱼虎阳的话还没说完，被鱼月仙抢话道："不瞒大人，我族找到了当年王性常进行转世仪式的地方，是真是假，你去看了便知。"

王守让惊讶道："这怎么可能？听父亲说性常先祖应该是被海寇杀害的。"

鱼月仙只淡淡地说："说到底这事情无论各位信与不信，王大人身负蛊咒，还是得和我们走一趟。"

铁莫按捺不住，似要动手，却被王守让拦下，一旁的徐爱压下满腹疑惑，问："你二人一口一个我王、我族，你们到底是何族人？"

"我们所属鳖族，我们的王自然是鳖王。" 鱼月仙淡淡回道。

众人一愣，显然都没听过此族。

王阳明认真地想了想，觉得"鳖王"一词似乎有些耳熟。他想起幼时在家里的藏书中读过的一卷异闻，问说："鳖部夜郎？"

女子眼中闪过一丝惊讶："夜郎不过是我族一支余脉而已，早已不存于世。"

王阳明道："我曾在书中看到，鳖族擅水利，上古曾助鲧治水。数百年前，在西南地区曾出现过的老鳖国，想来便是鳖族一裔。据姑娘所说，那消失的夜郎古国，想来应该是鳖族，据说夜郎乡邑便在如今这贵州府。"

"夜郎没有消失。鳖王命我和鱼虎阳前来，便是要护送先生前往我鳖族族寨。"

王守让看着眉头紧锁的哥哥，忽然觉得眼前的世界都不是那么真实了。

王阳明身中蛊毒，还和王家祖先性常先生有关？此时又来了个古怪的族群？

王守让出声问："敢问，邀我哥哥前往鳖族族寨，所为何事？"

"这点我王自会亲自和先生解释，我能说的是，我王有求于先生，只要事成，我王会亲自为王大人解开咒术和蛊毒。"

"呸！"宋壮怒道，"尽拿胡话来诓骗我家王大人。大人，让我和张强将这二人捆了，每天抽几十鞭子，我看他们敢不拿出解药来？"

鱼虎阳冷笑道："王大人体内所种之蛊，是我王亲赐，除了他没人可解。"

鱼月仙转移话题，说道："我看诸位是灯下黑了，我二人刻意将事情闹大是为了诱出刺客，你们就没想过为何那刺客也不怕麻烦，非要在大典上动手？"

这也是王阳明一直想不通的地方，若说刺杀自己，根本没必要如此周折，为什么刺客偏要等到大典动手？

铁莫身在锦衣卫，自然很清楚他们的做事方式，道："为引乱。"

王阳明惊道："阉党安敢？"

一旁的徐爱和王守让也反应过来，露出不可置信的眼神。

王阳明虽只是一介驿丞，但曾在京为官，在兵部任职交友甚广。如果他在龙场被当地苗民所杀，便大有文章可做。刘瑾完全可以借着夷人叛乱的借口，请旨发兵一股脑将龙场屠个干净。刘瑾这样做既铲除了王阳明，又可以脱身事外不落人口实，更可顺便捞一桩军功回来在天子面前邀功，可谓一举三得。

徐爱和王守让望向铁莫，后者摇摇头表示不知这些谋划。

其他众人齐齐看向王阳明，等待着他的决断。

良久，王阳明抬头，扫视众人一圈后，终于开口道："无论月仙姑娘说的事情是真是假，我身上的蛊毒还是要想法子解开的。何况我也不忍连累龙场百姓，眼下暂且避开不失为最好的选择。而且……若真如姑娘所说，此事可能和我王家也有关系，那更应该一探究竟了。"

鱼虎阳此时放下心来，道："这才对嘛，也省得我们用强。我们要害你的话还用得着费这么大工夫？"

"如此也好，如今龙场杀机四伏，先生暂避也是上上之选。"徐爱点点头，"只是前途未知，那鳌王请先生去究竟为何也不得而知，保险起见，希望先生允我一同前去。"

"我也去！"王守让立刻喊道，"我不要看着哥哥变成其他人！"

王阳明点点头，冲二人说："我们一同前去。"

他转头对张强、宋壮吩咐道："天亮后你们去找寨老大人，告诉他再不会有水鬼杀人的事情发生。我离开期间，你二人务必安分守己，做好驿站内的事务，不可造次。"

宋壮想和王阳明一同前去，被张强拦住。他看到张强冲自己连使眼色，这才什么都没说，勉强应了一声。

王阳明上前，郑重地将鱼虎阳和鱼月仙二人扶起并解绑，说："我们先回驿站简单收拾一下，天亮前出发。"

"等等！"铁莫突然身形一动，以迅雷之势掠向鱼月仙。鱼月仙料不到铁莫会突然出手，双手被铁莫绞住。她感到一颗冰凉的东西被灌入口中，还没来得及反应，便已咽了下去。

铁莫冷笑说道："你们闷着头便要直闯人家老窝，万一事情有变，死都不知道怎么死的，我不相信这两人。"他指的是自然是鱼月仙和鱼虎阳。

鱼虎阳眼中喷出怒火，他死死地盯着铁莫，要不是鱼月仙被擒，只怕鱼虎阳此刻已冲上去和铁莫拼命。

"前路难测，我随你们一起去。"铁莫继续说，"一来保护徐夫人安全，二来也不能让王大人死在无人知晓的深山里，这样我也没法向上峰交代。我可以承诺，此事未了之前，我不会对王大人出手。"

有锦衣卫高手同行自然再好不过，王阳明点点头。

看到王阳明点头，铁莫转头看向鱼虎阳，说："看得出来，你对这位鱼月仙姑娘很是珍惜，那接下来这一路上还请规矩些。"

"你给她喂了什么？有什么冲我来！用这种手段，你还要脸吗？"

铁莫回道："来而不往非礼也，这是锦衣卫偶尔会用的妙药，虽比不了蛊毒邪术，但时日一久，也可让人发疯而死。放心，此药药效缓慢，只要这一趟我们安全回来，解药我双手奉上。"

鱼虎阳正要开口大骂，忽然听到鱼月仙冷笑着说："好！我们空口无凭就让王先生走这一遭也确实不妥。王大人要是赔了性命，我鱼月仙就把命填给他。"

铁莫佩服眼前这女子的胆魄，他松开鱼月仙，正色行礼道："倒有些小觑了你。"

鱼月仙拦住怒气冲冲的鱼虎阳，学着铁莫的样子，抱拳回了一礼，冲众人道："天亮时我们再见。"说罢二人离开。

天快亮时，一行人悄悄离开驿站，在鱼虎阳和鱼月仙的指引下，前往那个神秘的鳖族秘境。

张强和宋壮居然也跟了上来。原来两人见过寨老大人说明情况后，便找了井生和吴两当来，让他们代为照看驿站。井生和吴两当因对王阳明有愧，满口答应下来。

"那可是传说中的地方，我们哥俩好歹也得跟着去见识见识啊！大人你说要不带着我们，这端茶递水的事谁来干？"张强嬉笑着和王阳明解释，一旁的宋壮低着头不说话，生怕王阳明责怪。王阳明笑笑，也没多说什么。

一行人在深山密林中行进，王阳明起初还能辨出东南西北，可没几天便彻底寻不着方向，只是跟着领路的人走。只有铁莫每日都凭记忆将当天走的路在地图上标注清楚，以防意外。

徐爱和王守让到底是官家出身，走了几日后体力渐渐有些吃不消了。在王阳明的要求下，鱼虎阳前行的速度慢了下来，鱼月仙则专门负责照顾王守让。

众人走了约有半旬。这十数日里每到休息时，王阳明便会与徐爱探讨学问。王阳明乐天知命，对未知的旅程并没太多挂心，每天和徐爱在山中论道，也能自得其乐。

"至善只求诸心，恐于天下事理有不能尽。"

"心即理也，天下又有心外之事、心外之理乎？"

"朱子说道心常为一身之主，而人心每听命，先生曾言'精一'，如此看来，朱子这话似乎有弊端……"

"正是，心只是心，不夹杂人欲便是道心。夹杂着其他伪饰那便是人心，所谓人心得其正者即道心。程颐先生曾经说，人心即人欲，道心即天理，这其实是在说同一个心。朱子所言却失之偏颇，天理和人欲不并立，岂会有天理为主，人欲又从而听命者？"

武夫出身的铁莫，居然也对王阳明的讲学渐渐有了兴趣，每日休息后，也会默默坐在不远处，听王阳明与徐爱论道，虽不发一言，却从不缺席。

每当王阳明侃侃而谈的时候，鱼月仙也会静静地站在他身后不远处，若有所思。

经过十几日的跋涉，一行人终于来到了神秘的鳖族族寨。

鳖族的族寨藏在崇山峻岭之中。地方隐蔽，寨子也不太大。除了寨内正中的一栋木楼外，其他地方乍一看和王阳明在龙场时造访过的苗、侗族寨并无太多不同。

寨内人数也不多，可能是年轻人都去田间劳作了，众人此时只看到老人和孩童。

鱼月仙和鱼虎阳二人的归来，并没有在寨中引起太多注意。

王阳明一行人来不及参观，就被直接领进了寨内的一座吊脚小楼内，简单安顿了下来。

"路途辛苦，各位今天先休息，稍后我会送些食物过来。我们现在得去面见大王，禀告此次远行的事情。"鱼月仙说完，便和鱼虎阳二人出门去。

张强将行李包袱往墙角一扔，伸个懒腰，喊着："终于到啦！"一旁的宋壮帮众人卸下包袱。

徐爱扶着妻子，找了个僻静的地方坐下，轻轻地为妻子揉着肩，帮助她缓解疲劳。

铁莫倒并不觉得疲惫，只是多年的锦衣卫生涯，使他在陌生的环境中时，总放不下戒心。王阳明看着铁莫的神态，明白他此刻在想什么，说道："铁校尉若是心里不踏实，不如出去走走，散散心。"

铁莫一言不发，独自走了出去。

王阳明转身对众人道："虽然在龙场时，鱼氏二人于我有救命之恩，但时移世易，如今我们初来此地，万事要小心。等见过那鳖王后咱们再做打算，在此之前切不可鲁莽行事。"

"王大人啊！"张强叹口气，"先不说你体内有人家种下的蛊毒。咱们如今都到人家的地盘上了，你说万一姓鱼的翻脸了咱们如何是好？铁大人那一枚小小的药丸也制不住这满寨的老少哪。"

"无须担忧。"王阳明解释说，"事情应该远没有月仙姑娘说得那么简单。刚才铁校尉出门便是为了查勘寨内情况。何况……此前铁校尉告诉我，咱们身后似乎还有人跟踪，只怕要不了半日也就到寨子了。"

"那人……难道是刺客要来追杀王大人？"

"无论对方是谁，对我们来说都是有利无害。"王阳明道，"万一此地情况生变，局势越乱我们越容易脱身而去。当务之急还是先见那鳌王，至于你们，记住性命要紧就是。"

王阳明说着走到窗边，举目望向远处。

小楼后是一座高耸的青峰，山上　岩林立，怪石嶙峋，隐隐还能看见有溪流瀑布。王阳明倒真想在这里修身养性一段时间。

王阳明突然觉得窗外的风景眼熟，那云雾之后的青峰，隐约像他梦境中见过的场景。

在他出神时，铁莫回到小楼。

王阳明问他："情况如何？"铁莫摇了摇头，没有答话。王阳明猜他并无收获，也就没再多问。

傍晚时分，鱼月仙和鱼虎阳来了。

两人换上了鳌族的服饰，鱼月仙的头发束了起来，戴了一顶轻巧的头冠，胸前的饰物叮当作响，看起来青春俏丽；鱼虎阳则穿着一身蓝色薄衣，看起来清爽利落。

鱼月仙没理会张强和宋壮发直的眼神，冲王阳明说："大王请王先生前去相见。"

徐爱和王守让担心王阳明安危，坚持要一同前去。王阳明见鱼月仙似乎对此并不在意，也就应了下来。几人商量一番，最终决定王阳明、徐爱夫妻与铁莫一起跟随鱼月仙去面见鳌王。

不出王阳明所料，此前他们看到的寨中央的那座小楼，便是鳌族议事的地方。鱼虎阳先行一步去回禀鳌王，鱼月仙领着几人进入小楼之内。

楼内比众人想得要宽敞一些。王阳明跟在鱼月仙身后，没来由地想起了那夜不小心看到她脖颈处的月牙印记。

徐爱牵着妻子王守让的手紧跟在王阳明身后，在他们身旁的铁莫左右环视一圈，确认并无藏人的暗处，才迈开步子往里走。

进楼没几步，王阳明便看到一人站在高处，负着双手站在窗边。那人背影高大，衣物精美华贵，束起的发髻间依稀可以看到白发。鱼虎阳此刻正安静地站在那人身旁，神态恭敬。

"这便是鳖王了。"王阳明心道。

那人看到王阳明进来，爽朗地笑道："王先生！欢迎之至！辛苦了！"

王阳明看向鳖王，发现他比自己想象中更加深沉内敛，眉目间似有隐藏不住的疲倦。

眼前这人官话说得出乎意料的顺畅，看起来不像久居深山之人。王阳明回应说："哪里，只是有许多疑惑，还望赐教。"

鱼虎阳介绍说："王大人，这位是古鳖国后裔，如今的鳖王，杜羽。"

王阳明行了一礼，身后几人也跟着行礼。

"王先生不必客气，我们与中原数百年未曾往来，那一套麻烦的礼节也不必讲究，来！请坐！"鳖王先落座，王阳明一行几人也先后坐下。

"我哥哥身上的咒术和蛊毒，不知能否解开？"王守让担心哥哥身体，刚刚落座便开口问。

鳖王笑道："看来是月仙这丫头没和你们说清楚。不必担心，我自有办法解除那转生咒术，蛊毒本就是为了压制先生体内的咒术，更是小事一桩，不值一提。不过这位铁大侠施在月仙身上的手段，我倒是想领教一二。"

鳖王谈笑间流露出的强势，让铁莫微微蹙起眉。

王守让听到蛊毒能解后稍微松了口气，又问道："前提是需要我们帮忙完成一件事情吗？"

"哈哈哈！"鳌王笑道，"实不相瞒，我族后山有一青石遗迹，乃是当年我族先祖治水所建工程，遗迹内藏有鳌族祖先遗落的圣物。我只想取回我族失落千年的圣物而已。"

王阳明问道："这座遗迹，和我身上的咒术有关？"

"不错。我们花费了多年时间，打通了从山涧到达遗迹入口的路，但遗迹入口被巨石堵死。在那块巨石上，我们发现了留字，落款为王性常。我们几经查访才知道，王性常便是绍兴王家的祖先。"

"性常先生的留字？"

"不错。"鳌王点头，"只要王大人能助我们开启遗迹，拿到圣物，我便可借助圣物力量，为王大人解除转生咒术。"

见王阳明不说话，鳌王以为是他怀疑此事，继续道："我知先生对转世之说抱有疑虑，但先生可知古蜀国开明王朝？"

王阳明道："古蜀国开明帝鳖灵便是你族先人？"

鳌王道："正是。我们要进入的遗迹，正是千年前开明帝为治水所筑的伟大工程。"

王阳明露出恍然神色，见众人不解，一旁的徐爱冲妻子和铁莫解释道："古书上有记载：荆人鳖灵死，尸化西上，后为蜀帝。据记载说，荆地有人名唤鳖灵，死后尸体顺着江河逆流而上直到蜀国，然后成功复活。当时的蜀国君主封其为相。鳖灵以独到的水利技术，成功治理了水患。并最终登上王位，成为蜀国君主，号开明帝，开创了古蜀的一个盛世王朝。"

"确实如此。"鳌王道，"先祖鳖灵继位后，鳌族人悉数迁入古蜀。那是我鳌族最为昌盛的时候。但蜀地后来被大秦军队攻占，蜀国覆灭后，我族又从蜀地迁回旧地隐世而居。而所有的一切，都是从先祖鳖灵的死而复生开始的。"

铁莫冷哼一声，道："荒谬！"

鳌王笑道："此事对于你们来说确实匪夷所思，但这一切都是真实的。当年我们看到性常先生留字，确定他曾进入遗迹，便四处查探。最终找到阳明先生，他恰是王家六世祖转世，只是尚未醒觉而已。"

王阳明略一思索，道："鳌灵逆流而上，不过百日便死而复生。我王守仁却好端端活了这许多年，如今你们断定我是六世祖转世，这怎么看都和鳌灵的情形并不一样！"

"其实是一样的，王先生有所不知。"鳌王淡然道，"我族内有记载，先祖鳌灵尸体自荆入蜀，也换了一副新的身体。若不是多年观察，我们也不敢妄下判断。其他人不信服也就罢了，王先生不妨自问，王先生可曾来过此处，又是否觉得曾经来过？我族的秘法不便示人，但我可以确定，你就是王性常用鳌族秘术转生的那个人。若不是被你幼年所遇的僧人打断，只怕如今性常先生早已复生数十年了！"

王守让担忧地望向哥哥。徐爱低头沉吟着，似乎在考虑此事的真伪。唯独铁莫不相信这等鬼话，再次冷哼。

"转世轮回本是自然之道，生老病死，大道于心。"王阳明看起来似乎相信了鳌王的话，叹道，"若真可以人为操纵，避开那忘记前世的孟婆汤，岂不是有违天道人心。"

鳌王大手一挥，笑道："先生放心，只要我成功拿到圣物，便可为先生拔除咒术，此后世间再无王性常。到了那时，王先生便可安安心心地回去治学养心。"

王阳明怀着满腹疑问，苦笑两声说："事已至此，也只能相信寨老大人了。"王阳明没称鳌王为"王"，而是以寨老称之，这点似乎惹得一旁的鱼虎阳不快。

鳌王却不在意，笑着和王阳明说起了鳌族的一些古老传说。王阳明和徐爱学识渊博，古蜀鳌灵、夜郎消失等事知道不少，如今和鳌王的话加以印证，倒也解了不少谜题，其他人则在一直安静地听着。

不久，话题说到鳌族后山的青石遗迹，鳌王向王阳明等人介绍那遗迹，他花费数年从族内残存的几页古籍中找到零星线索，历经千辛万苦这才寻到了遗迹入口。

"其实裸露在山体之上的青石遗迹只是整个遗迹的一小部分，整个遗迹被埋在青山腹内长达数百年。本王也曾派人尝试从上方凿洞进入，但最终毫无建树。看来若不解开机关，谁也不能进入这青石遗迹内部。"鳌王补充道。

王阳明感到哪里不对，好奇问道："既然这遗迹自我先祖之后再无人开启过，不知大人何以确定鳌族圣物藏在那遗迹内？会不会当年那圣物已经被带出呢？"

铁莫微微皱眉，似乎也觉得这事有疑。

鱼月仙不易察觉地看了一眼鳌王。

鳌王没料到王阳明会有此一问，不由一愣，继而大笑道："实不相瞒，那圣物除我鳌族后人，无人可将其取走。不过此事事涉我族内部秘要，不提也罢。"

鳌王话说至此，王阳明也不好继续追问什么。

一旁的铁莫突然出声，说："敢问鳌王大人，此番进入遗迹，若王大人解开机关也就罢了，若解不开，我等还走得了吗？"

听到这话，鳌王眉毛一挑，饶有兴味地望向铁莫，笑道："铁大侠说哪里话，只怕到那入口见了王家先祖的留言，王先生也舍不得走啦！放心，鱼月仙那丫头不还在铁大侠手中捏着吗。"

鳌王话说得软，但态度强硬，言下之意是拿到那圣物后，才可为王阳明解咒，放众人回去，否则搭上一个鱼月仙又何妨。

徐爱说："铁校尉行走江湖久了，不免诸事谨慎，大人见谅。"

王阳明又与鳌王闲叙了一会儿中原风情。原来鳌王早年曾到中原游历，依循古籍遍走各地堰渠湖坝，对中原文化也算熟稔。

直到天色渐暗，众人才起身告辞。鱼月仙领着众人回到居住处。

"明日我会带王大人看后山的遗迹，诸位今日还请早些休息。"鱼月仙说完，告辞而去。

第二天，几人跟着鱼月仙和鱼虎阳往山中去。巨大的青石遗迹渐渐显露在众人面前。

无数巨大的青石残垣分布在山涧和云峰间，青苔爬满了巨石，但人工穿凿的痕迹依稀可辨。目中所及，都是不知名的树藤枝蔓。山谷中，不时有尖啸的风声传来。

王阳明感觉一切都曾在梦中见过。

众人也都被恢宏的遗迹震撼得无以复加。

远看时，众人觉得遗迹是一座藏在山中的建筑，当他们走近时，又觉得群山就是遗迹本身。

众人走到山脚，张强感叹道："天哪！这怕是河神大人跟山神大人一起造的吧？"

宋壮听了认真地点头。

鱼虎阳对他们的反应非常满意，骄傲地"哼"了一声。鱼月仙则站在王阳明身旁，为他详细解说这附近的地理形势。

"我们在这个位置能看到遗迹全貌。这地方看起来山高林密的，但其实整个遗迹都藏在这山峰下面。据大王说，当年祖先为了治理水患，修筑了很多水利工事。他堆积碎石拦住洪水，将其尽数引入了地下，这才平了天下水患。这里就是当年治水所用的最重要的一处水利工事。之前我族人发现的遗迹入口，就在山脚下的一处地缝中。"

听着鱼月仙的话，王阳明俯身捡起一块碎石，清凉的感觉从他手中传开。他想起自己在那个可怕的梦中，沿着这巨大的青石遗迹往上攀爬的样子。

"哥哥。"王守让走上前,轻轻扶起王阳明,问,"你没事吧?是不是那个什么蛊毒发作了?"

王阳明笑笑,示意王守让宽心。他转身看到徐爱和铁莫手上比画的样子,便猜到两人是在默记这里的地势和路线。

王阳明心里明白,鳖王让鱼月仙和鱼虎阳两人带着他四处查看,何尝不是想监视他?但他又暗自庆幸,这鳖族寨内似乎并无太多青壮年可用,眼前两人只注意自己的行踪,反而让徐爱等人的行动自由了起来。铁莫昨晚彻夜未归,暗中摸查了寨子的情况,也没有引起谁的注意。

"大人……"张强望着这宏伟的巨石遗迹,吞吞吐吐地问,"咱们要钻进地底下,这里边……不会有什么危险吧?"

鱼虎阳嘲笑说:"当初水鬼能吓着你,现在这一堆石头居然也能吓着你。"

"你!大人……他……"

"好了,张强,去喊徐爱和铁校尉,我们走近看看吧。"王阳明道。

几人沿着山路缓慢前进,一直走到鱼月仙所说的地缝前。王阳明站在裂口向下望,一人宽的缝隙里,黑漆漆的看不清任何东西,只能隐隐听到水声。他抬头望向上方,一块巨大的青石恰巧遮掩着这处地缝,上边的绿木和藤蔓像一张网一般兜住了向下滑落的碎石,想必那是鳖族做的巨网,避免碎石倾泻下来,将这地方埋了。

"我和鱼虎阳都下去过,当年祖先大人建筑的石梯还在,沿着石路再走一炷香的工夫,就是性常先生的留字之处,入口处也就在那里了。"

鱼虎阳笑道:"大王带着我下去数次,底下除了石头和水,黑漆漆的什么都没有。要是不想办法打开入口进到里边去,只怕王大人得永远留在这里了。"

鱼虎阳的话惹得众人很不高兴，正想反驳几句，却听见不远处铁莫的声音传来："王大人是我大明驿丞，要死也得死在我锦衣卫手里，你们几个夷人也配？"

众人转头望去，铁莫和徐爱正一前一后走上前来。张强和宋壮嘴上说着"我们王大人谁也不能杀"，心底却因铁莫的一番话高兴。鱼虎阳看到铁莫，"哼"了一声不再言语。

王阳明只是看着那个黑漆漆的入口，若有所思。

将近傍晚时，众人才折返回寨内。鱼月仙径直朝着鳖王所在的那栋小楼去了，看来是要给鳖王汇报今日的情况。鱼虎阳一言不发地送众人回到住处后，也匆匆离开。

"跟上来了。"铁莫突然低声说道。

王阳明知道，铁莫说的，是此前一直追在他们身后的神秘人。

王阳明问道："地图可有？"

徐爱和铁莫对视一眼，点了点头。看来两人已将鳖族族寨附近的地势熟记于心。

王阳明放下心来："既然如此，我们便可专心准备应付鳖王了。"

此后两天，王阳明在鱼月仙的陪伴下，又去看了数次青石遗迹。这才让鱼虎阳转告鳖王，可以去看看遗迹入口了。鳖王当即命令次日清早，集中族内青壮年，随众人一起进入遗迹。当晚，寨内彻夜灯火通明，各家都准备火把、绳索、刀具等物品。

天一亮，鳖族众人穿戴整齐，站在鳖王的小楼外候命。数十个年轻人身负绳索，别着短刀，手持火把和长枪。一些老人和小孩远远地朝这里张望，似乎在为他们壮行。

王阳明一行人站在队列的不远处。鱼月仙腰间别着一长一短两把短刀，鱼虎阳背着一把大柴刀，手上捏着一卷粗大的蟒绳。王阳明等人也都换了便于行动的劲装，王守让更是直接身着男装，看起来英姿飒爽。

"大人……咱不就是下去找个东西吗？为什么要带这么多武器？"张强忐忑不安地问，"那地底下没什么东西吧？"

王阳明道："以防万一，不必多想。"虽然他让张强别多想，但王阳明自己也难断定鳖王的话到底几分真假。多几件兵器傍身，总是安全一些。

该做的准备都已做好，接下来，只能走一步看一步了。

他转头看了一眼鱼虎阳和鱼月仙，悄悄握紧了拳头，又转头望向小楼。

鱼月仙注意到了王阳明这个细微的动作，但她悄悄转回目光，不发一言。

鳖王终于从小楼内走了出来，他伟岸的身影在日光下显得气魄十足。他大声给楼前的人们说着什么。王阳明等人听不懂他的话，但鳖族众人激动异常的情绪，还是让他们心生警惕。

随着队列中一人大喊出发，众人迈开步子，朝着巨石遗迹走去。

那个尸山骨海的梦境再次在王阳明脑海中闪过。

"性常先生乃一代大儒，有文武长才，据说上知天文下知地理。他与我朝开国名相文成公刘伯温交好，两人少年时还曾结伴游历。后来文成公助太祖问鼎江山，举荐性常先生入朝为官，但不知何故，两人竟似因此结怨，终身不再同席。后来性常先生调任广东参议，在增城遭遇海寇袭击，先生高风亮节不愿投降海寇，最终被杀。"

徐爱一边走一边为身旁几人讲述历史。铁莫与他一道前行，身后的张强和宋壮也紧跟着徐爱的步伐，生怕漏听了一点故事。鱼月仙似乎对这些也很感兴趣，总是不紧不慢地跟着王阳明几人。

王阳明兄妹自然是知道这些往事的。幼时王家祖父不知在王阳明兄妹耳边说了多少回这些故事。他们却从没想过，印象中高风亮节、博学多才的先祖，居然会和这鳖族有联系。

鱼月仙听着徐爱的介绍，突然说："我亲眼看过性常先生的留字，落款处是五泄山王纲。"

王守让惊道："听祖父说，老祖宗年轻时在五泄山避乱多年。那看来确实是咱们王家祖先留的字啦！可是祖父明明说先祖是死在海寇手里的，又怎会……"

走不多时，众人来到遗迹入口，鳖族部族已开始挨个钻过地缝，进入地下。

看到王阳明等人走来，鳖王迎上前，冲众人招呼一声，说："进去后再走半里路，就是王性常先生的留字处。先生放心，我们此次准备了足够的火把和人手，绝不会有任何意外发生。"

不一会儿，鳖族部族已经尽数下去，鳖王似乎是为了让王阳明安心，说："我在底下等着先生。"便带着鱼虎阳进入地缝之中。

待两人下去后，鱼月仙道："王大人请。"

"我先来！"宋壮担心王阳明的安危，不由分说就走上去抓绳子，又冲王阳明说："大人，我先下去为你探探路！"说着就朝着地缝中滑入。片刻后，宋壮的声音从黑暗中传来："大人！下来吧！没事，这底下很宽敞！"

众人放下心来。王阳明上前抓住绳索，向众人说了声底下见，便抓紧绳索缓慢向下滑去。

王阳明年少时便弓马娴熟，抓着绳索向下滑虽然费些臂力，对他倒也不难。随着他渐渐向下挪移，王阳明很快就进入了无边的黑暗中。他眼中的光线一点点消散，除了眼前的石壁外什么都看不到。王阳明抬头望去，看着头顶上方那枚白色的圆点，确认自己和地面的距离。又沿着绳索下滑了一会儿，王阳明终于看到了脚下星星点点的火光。

鳖族的火把照亮了整个空间。踩到坚硬的地面后，王阳明终于放下心来。他举目环视，发现地下的空间果然宽阔异常。这里是一个巨大的天然石洞，但细看之下，又发觉四处都有人工开凿的痕迹，石壁上还有些清晰可辨的图案。

徐爱等人陆续下来后，众人跟着鳌王继续向前走。山洞里只有一条路，因此他们倒也不必担心迷路。王阳明等人初次下来，对地势并不了解，鳌王还派了两人在他们身侧打着火把，以防意外。

"再走片刻我们应该就到山腹内了。"徐爱忽然说道。

"不错。"铁莫点头表示认可。

进入地下后，徐、铁二人还是留着心眼，默默计算着他们的位置。

鱼月仙道："徐先生真聪明。我们确实是在山腹内。此行要是成功取到圣物，鱼月仙必定重谢王大人。"

王阳明苦笑道："我不过是为了解开身上蛊毒而来，只求此行结束后，我等能平平安安回到龙场，鱼姑娘就不用客气了。"

正说着，鳌王的声音远远传来："请阳明先生前来！"

此处空间已远没有初入洞穴时宽阔。王阳明和徐爱走到前方，看到一个兽面人身的巨型石像端坐在地，石像和山壁连接得非常紧密，如同它本身就是山体的一部分一般，石像的位置刚好封住了前路。怪兽石像的身上，有很多斧凿刀刻的痕迹，看来此前鳌王已经尝试过很多移开这座石像的方法。

鳌王看到王阳明前来，让开自己所在的位置，露出了几行石刻文字。那些字刻得并不深，但每一笔都有书法大家气韵。

　　五泄山中不知岁，缘督授吾卜筮法，求生求死求不得，地狱门前证长生。

——五泄山王纲留字

王阳明在家中见过先祖的留字，一看便知这确实是性常先生的手笔。徐爱走到他身旁，也将那些字挨个看了一遍，

"句不成句，诗也不成诗，先生，这到底是……"徐爱好奇地问。

王阳明也很奇怪，性常先生文武兼通，诗文造诣更不在话下，怎么会写出这种连儿歌也不如的东西。他："前两句意思再明白不过，讲的事情我幼年也曾听祖父提起过。但后边所述……"

"哦？"鳌王凑上来，"先生详解一番，说出来咱们一起想法子打开入口。"

王阳明道："前两句大概是回忆一些往事。先祖曾在五泄山避乱，据说在山中遇到过一个自称赵缘督的道士，精通卜筮之法。赵缘督认定性常先祖有道缘，想收他为徒，但被先祖拒绝，于是他便在山中传授了性常先祖卜筮之法。至于后两句，我却不得其要。"

"卜筮之法？"鳌王显然不懂这是什么。

"卜吉凶、测今古的秘术。"王阳明解释道，"但这些和生死转世，和这个遗迹根本扯不上半分关系。"

听完王阳明的话，众人静静地等待他得出结论。

沉默了不知多久，鳌王有些沉不住气了，当下安排族人原地休息，等待王阳明等人寻找答案。鳌族人或坐或卧，养精蓄锐。他们早已对着这些字苦思冥想了多年，若能一时半会就想通了，也不用调查王家多年，还大老远地将王阳明带到鳌族族寨了。这么想着，他们倒也不好意思太过催促王阳明。

王阳明一行人站在刻字前苦思良久，徐爱突然道："求生求死求不得，似乎在说他来此地的目的，但最终求而不得。至于地狱门前，眼前的石像似乎是唯一的一道门了，难道性常先生所说地狱门前，便是我们现在所处的位置？"

王阳明抬眼望向堵住去路的巨石，将此处称作地狱之门，似乎也

还算形象。

王阳明反复喃喃道："地狱门前证长生……"他突然觉得一阵眩晕，仿佛一个不属于自己的念头忽地在脑海中一闪而过。他急忙转头问鳌王："您此前曾说，遗迹内有鳌族失落的圣物，又说我先祖通过鳌族秘法转生，敢问这遗迹内的圣物，是否和开明帝鳌灵复活的故事有关？"

鳌王哈哈笑道："先生聪明得紧。若不是有那圣物在，性常先生也没法进行转生秘术。"

王阳明应了一声便不再言语。一旁的徐爱看一时无法解开机关，便折回到王守让几人身旁，向他们简单说明了情况。

所有人都站在王阳明身后，静静地等待着。

长时间的沉默后，连鳌王都开始考虑先返回地面上修整，王阳明却忽然出声，恍然道："原来如此。"众人还未反应，就看到他站起身来喊道，"张强、宋壮！过来帮我一下！"说着便手足并用，想要爬上那座巨大的石像。

石像彻底堵死了去路，王阳明能看到的只有石像的面貌和前身。张强宋壮二人连忙过去帮忙，王阳明一边爬一边说："开启遗迹入口的方法在先祖留字内提到的人和物里。赵缘督乃得道道士，道法中有三十六天罡七十二地煞之术，此刻我们所处之地，既然先祖说是地狱门前，自然对应主凶杀的地煞之术。地煞之法中有担山禁水之说，此处水已隔断，开启之法便是担山。所谓担为肩扛，所以机关应在这石像的肩膀处。"

鳌王苦笑着说道："先生有所不知，这整个兽面人像被我命人砍了千百刀，也摸索了无数回，根本没找到过什么机关。"

王阳明没有回答鳌王的话，继续说："这石像兽面人身，赤足端坐，左脚有六个指头，右脚有八个指头。"

王阳明一说，众人望去，发现果然如此。

王阳明继续道："若你们爬上来看，会发觉这石像的手指左边三根右边七根；这兽首虽面相模糊，但依然可以看出多耳多眼。若我没猜错，应该是九九之数，更何况先祖留字中又有言五泄山中。"

"戴九履一、左三右七、二四为肩、六八为足、五居其中"。站在不远处的徐爱惊道，"是洛书？"

"是的，洛书。"此时王阳明已经爬到石像肩膀的位置，他站在石像的右肩之上。宋壮也爬到了左肩的位置。王阳明双手在石像的肩膀上摸索了片刻后，对宋壮喊道："摸到肩膀有一处中空的位置了吗？我数一二三，然后朝着那里猛击四下。"

二四为肩。

宋壮摸索了半天，终于找到了位置，他认真地点了点头。

"三！二！一！"

王阳明用尽全身力气，用力向石像肩膀敲了下去！

"咚咚！"

"咚咚咚咚！"

王阳明用力敲了两下，与此同时，宋壮也配合着他的节奏，用力敲了肩膀四下。两人听到石像内似乎有什么东西发出几声闷响。

他知道，里面的机关被启动了。

"快下去！"王阳明喊着，往石像下方去。巨大的石像"隆隆"作响，似乎有沉重而古老的齿轮转动起来，发出嘶哑难听的声音，就连整座山洞似乎都被带着开始了晃动，不时有碎石落下，引起好一阵骚动。

鳖王神情激动，高兴得大喊大叫起来："开啦！终于开啦！十几年啦！"

鳖族人都跟着高兴地呼喊起来，对四周滚落的碎石毫不在意。鱼虎阳高兴地抹起眼泪，口中高呼着什么"阿里乌拉"之类的话。鱼月仙看起来比较克制，但王阳明看到她的手也在微微颤动着，同样心情激荡。

随着巨大的声响逐渐远去，石像下方沉下去了一块，一条通道展露在众人面前。显然，这便是遗迹入口。

"戴九履一，这机关里的通道，便是那个一了。"回到安全处的王阳明走到遗迹入口前说，"只是不知上古的鳖族，为何会以汉人的道法和洛书作为线索设置机关呢？"

鱼月仙想了想，猜测道："大王曾说此处是我先祖为治水而修建的，当年古蜀国开明王朝何其昌盛，可能是专门找了汉人工匠来修建的吧。"

王阳明心想你们鳖族修建水利，若还需汉人工匠主持，那这"鳖族擅水利"的说法也不会流传千年了。

徐爱等人走上前来，王阳明简单向他们说明了一下情况，但没说刚刚脑海中冒出的那个似乎不属于自己的记忆。没过多久，鳖王那边修整完毕，又来催促众人继续前行。

"王先生真是我族的大恩人啊！此行的目的已经成大半！先生放心，等拿到了圣物，明日我便可以为先生拔除咒术！"鳖王笑呵呵地说，"本王刚才也见识了先生渊博的学识，后面的路还要仰仗先生多多帮忙。来！咱们还是快些出发吧！"

王阳明笑着应了鳖王一声，招呼众人准备出发。

"遗迹已经开启，你对鳖王的利用价值到此为止。若事情有变不好脱身。"铁莫突然出现在王阳明身后，低声道，"不如趁现在托个借口，我们返回地上。"

王阳明摇摇头，说："鳖王话里有话，摆明不会让我们提早离开。而且刚刚的事情，让我觉得远没有他说的那么简单。我怕再拖几天，事情可能就真的不受控制了，但现在我们还得继续跟下去。"

众人从刚刚打开的遗迹入口进去。巨型石像的下方，原来是一处逼仄的石道。整个队伍不得不排成竖队，才能前行，行进的速度因此也慢了下来。

鳌王一马当先，王阳明一行人以及鱼月仙坠在队尾。不知何时，鱼虎阳也来到了队尾，他跟在鱼月仙后面，急躁地冲鱼月仙说着鳌族的言语。鱼月仙却不理不睬，只是偶尔回他几句。鱼虎阳不时凶狠地瞪一眼王阳明。

王阳明也听不懂鳌族的话语，只能装作无视这一切，他听到王守让似乎在努力忍着笑声。

大约半炷香后，前方突然有呼喊声传来。

"怎么了？"王阳明问。

"应该是到了。"鱼月仙对王阳明说，"他们喊的'哗乌啦'，就是祖先的意思。"

王阳明等人穿过逼仄的通道后，发现他们又进入了一个空旷的山洞，这里乳石林立，通白的乳石如冰凌一般，煞是好看。

但最令人注目的，是山洞的正中间，有一座巨大的石刻雕像，虽不及入口处那个磅礴伟岸，也有三五人高。这座石像刻画的是一位古人，身材修长，平顶戴冠，身着古蜀的云纹长袍，双目深邃，但眉毛却紧皱着，看起来似乎在苦苦思索着什么。

王阳明等人走进山洞时，鳌族已跪在石像前。鳌王站在族人与石像之间的空地处，所有人一起高声呼喊着"哗乌啦"。和王阳明一起进来的鱼虎阳和鱼月仙看到眼前一幕，脸上也露出了震惊的表情，两人脚步慌乱地走到鳌王身前不远处，也跪了下来。

"他们这是……"王守让好奇道，"在祭拜祖先遗像吗？"

徐爱道："依照那鳌王所说的话，这很可能是当年在古蜀国负责治水的鳌灵的石像。"话音刚落，石像前的鳌王站起身来，转身面对着自己的族人。

"先祖在上！"鳌王用鳌族语高声呼喊，"开明大帝，佑我一族！圣物必在此地！"鳌族众人随着鳌王高声欢呼着。

古蜀国开明帝，即是鳌灵。

王阳明带着张强和宋壮在山洞内四处转悠，三人的目光却都投在洞内的墙壁上，似乎墙上有什么东西。

徐爱牵起妻子的手，二人一同走了过去。

"先生，有什么不对吗？"

王阳明回答："你看这墙壁上。"

徐爱跟随王阳明的指点，目光落在洞内石壁上，看到光洁如雪的石壁上刻着一群小人，似乎正在行军。一旁的石壁上，刻着另一群小人，他们密密麻麻地冲撞到一起，手中握着长短兵器。虽然线条简单，但一眼便可知这是两军交战的图景。

"先生，这……"

"王大人！这里也有！"张强喊道。王阳明伸手示意他小声些，他看了一眼鳌王，兴奋的鳌族人似乎并不在意他们做什么。

王阳明和徐爱一幅幅画看过去，壁画上的小人让徐爱的脸色渐渐凝重起来，他慌道："先生，若壁画所述不差，此行可能从一开始就是错误的！若他本来就知晓此事，那他为何要引我们进入这里？"

王阳明当然知道徐爱口中说的"他"指的是谁，他伸手制止了徐爱的话，说道："若真如此，我们也不可能看到这些壁画。但话虽如此，这么多年的准备，他也不可能一无所知。如此一来，他此行的目的便有些扑朔迷离了。"

王阳明望着不远处鳌灵雕像下，朗声笑着的鳌王，沉默不语。

"这分明是大……"徐爱的话还没来得及说完，王阳明脸色骤变，大声喊道："不要！"

　　已经来不及了，鳌族人中一名跪拜在鳌灵石像脚下的青年，想上前擦拭祖先的遗像。他拿下自己的头巾，小心翼翼地走到雕像前，就在王阳明出声高喊的同时，那名鳌族青年的手已经碰到了石像上。

　　那名青年转头向王阳明看去，满脸的疑惑。

　　他头顶的鳌灵石像，突然晃动了起来。

破山中贼易
破心中贼难

第三章　夺命虫谷

　　张强的肩膀上，靠着一个圆形的东西，再细看，竟然是一个人的头颅！那人双目低垂，一动不动。从宋壮的角度看过去，就像看到一颗头颅突然从张强肩上长出来一般……

石像突然开始摇晃，那名手拿头巾的鳖族青年发出一声骇人的尖叫，然后向后栽倒。王阳明虽站在远处，但他看清了一切，就在刚才，一条黑蛇如闪电般钻进了那名鳖族青年的口中，在他仰面倒下时，一条长长的蛇尾还在他嘴边，不住地晃动着。

那名青年双目暴凸，口中呜咽着，双手乱抓，想要将黑蛇从自己口中拽出来。但他的动作却异常滑稽，仿佛皮影戏里的人形，关节奇怪地扭曲着，不知该如何摆放。虽然那个青年还在挣扎，但人群中竟没有一人敢上前救他，眼看他挣扎片刻后，彻底安静了下来。

"蛇！有蛇！"

不知是谁发出一声惊呼，众人齐齐看向石像。只见无数的黑蛇如泉水一般从石像底座涌了上来。跪在石像前的鳖族人吓得纷纷站起身来，急忙往后退。

鳖王在两名护卫的保护下，快速撤到铁莫等人身旁。

蛇群慢慢将他们逼退到了入口处。

而刚刚还在另一旁查看壁画的王阳明和徐爱，在生变的瞬间就被蛇群阻断了去路。此时已经彻底被群蛇包围，陷入孤立无援之境。

"哥哥！"王守让担心地高呼。只见一条黑蛇跃起，箭矢一般射

　　　　　　　　　　　　　　神探王阳明·鳖灵奇局

向王阳明。王阳明只觉得眼前一道刀光闪过，再凝神看时，那条黑蛇已被砍成两截落回了地面，原来是铁莫隔着蛇群，将张强的刀凌空扔了过来。

"先生……这蛇……"徐爱惊道。

王阳明低头看去，被断成两截的蛇仍扭在一起，相互纠缠，仿佛要重新长回去一般。

"是黑巫蛇！"记忆突然苏醒，王阳明转身大喊，"把路让开！让蛇群出去！张强宋壮！保护好守让！"

鳖王听到王阳明的喊声，大声下着命令。刚刚退至山洞外的众人立刻紧贴石壁，将狭窄的路让了开来。果然，黑蛇群似乎对攻击人并没有太大兴趣，一股脑地朝着众人来时的路涌了出去，汇成一条蛇的河流。

王阳明看到蛇群都向着洞外移去，心下稍定。石像依旧在晃动不止，倾斜也越来越厉害，而且黑蛇仍然在不断地从石像底部涌出来。

王阳明脑中突然又想起了什么，大喊道："石像！千万别让它倒下来！"

话音刚落，鱼月仙从人群中走了出来。只见她手握长绳，足尖几次轻点，轻盈地避开蛇群，跃到了石像一侧。

"鱼虎阳！"鳖王怒喝道。

鱼虎阳闻声高喊一声，也跟着冲了过去，他直冲冲地往前跑了出去，遇到蛇群便用刀挑开。偶尔有蛇想要攻击他时，竟然被他用蟒绳随便一甩抽飞了出去。

"帮忙！"王阳明大喊，说着也冲了过去。可众人还对黑蛇心有余悸，听到王阳明的话，却没几个人敢往蛇群中走的。

王阳明感到小腿上不时传来冰凉的感觉，他知道自己正在蛇群中趟行。但他心中有一股奇妙的信念，知道自己这么做是对的。他强忍着这种异样感，坚定地向石像走去。

不远处的铁莫眉头紧皱，从一个鳌族青年手中抢过一根绳索，也趟进了蛇群。

宋壮看到铁莫行动，不服气似的拔出刀，跟了上去。

王阳明接住铁莫扔过来绳索，他立刻明白了铁莫的用意，于是咬咬牙快走几步，终于来到鱼月仙身旁。他跳上石台，将手里的绳索一甩，绕过石像，递到鱼月仙手中，又对一旁的鱼虎阳道："用绳子，把另一头扔过去！"

石像的另一头，铁莫和宋壮也成功找到了落脚点。

鱼虎阳会意，学着王阳明的动作，也将绳索抛了出去。铁莫轻松地接住，然后递给了宋壮。

五人拽住绳索同时发力。本已倾斜的石像受力，渐渐地直立起来。良久，石像终于停止了晃动。

与此同时，蛇群也不再涌出。山洞内黑压压的蛇群，则沿着众人来时的路爬出山洞，不一会儿就消失在了黑暗中。

众人惊魂未定，王守让先冲到石像旁，看到几人还在努力拉着绳索，慌忙跑过去帮忙。

"哥哥！我刚看到你在蛇群里穿行，有被蛇咬到吗？"

王阳明还没回答，她又转头拉着徐爱左右打量，着急地问："没事吧？有被蛇咬到吗？"

鳌王随后走了进来后，急忙命令手下去帮忙扶正石像。鳌族青年一拥而上，这才将两根固定石像的绳索绑在洞内的乳石上。直到这时，王阳明才真正松了口气。

鳌王走上前来，不住谢道："先生真是神人！居然能控制蛇群走向，若没有先生帮助，我鳌族今天恐怕是要遭难了！想不到我先祖遗像下居然藏有蛇虫。"

王阳明客气应和，却并未解释。

正说着，鱼虎阳走了过来，说道："大王，救活了！"

鳖王转身看去，刚刚那名被蛇钻入口中的青年居然没死，此时正趴在地上大口地呕吐着。那条黑蛇已经被他的同伴断为数截，在一旁蠕动。鱼月仙站在那人身后，轻轻拍着他的背，柔声说着什么。

王阳明出声道："鳖王大人！"鳖王闻声转头回来，有些奇怪，这是王阳明第一次以"王"称呼他。

王阳明郑重其事地说道："此行凶险异常，大人想去遗迹深处取回圣物，我却只想解了那蛊毒咒术安稳回家。据刚才的异象推断，遗迹内应该还有不少机关。接下来这一路上，还请鳖族的诸位谨慎行事，凡事不可妄动。"

鳖王一愣神，满口应承下来。

"蛇为什么不咬你？"等鳖王稍微走远了点，鱼虎阳出声问道，"我明明看到你在蛇群里行走，却一点伤口都没。"

王阳明说："蛇若是不咬我，刚刚铁校尉那一刀斩的又是什么？若没有那一刀，我此刻恐怕早已倒下了吧？"

鱼虎阳一愣，但又觉得哪里不对，忙道："可是，你在蛇群里……"

"那是黑巫蛇。据传修行千年便可成为腾蛇飞天。黑巫蛇，月落止，雷鸣动，追风逐月，死而不僵，就是说夜晚太黑的时候它们就不会行动，但雷声会唤醒它。这种蛇喜欢循着风雷的声音行动，就算被切成数截也可以重新长回去。所以刚刚路让开后，风一吹进来便将蛇群尽数引走了。"王阳明拍拍鱼虎阳的肩，"若不主动去撩拨它，这类蛇本不会轻易攻击人。"

鱼虎阳一时语塞，王阳明笑笑，接着道："这没什么，不过恰巧在书中看过而已，我没想到有朝一日真会遭遇此种异蛇。不过与我相比，我更好奇为何蛇群会躲着月仙姑娘？"

"那是自然的！"鱼虎阳得意洋洋地说，"月仙妹子受祖先庇佑，天生就不怕毒物……"

"鱼虎阳！"鳌王的声音突然响起，"准备出发！"

"在！"鱼虎阳的话戛然而止，匆匆而去。

王阳明望着鱼月仙的身影，若有所思。

因为蛇潮，鳌族有好几个人受了伤。鳌王分出几人，命令他们将重伤的人先送回地面，再折返回来。

徐爱和王阳明本想将王守让也送回地面，但怎么说王守让都不愿意，于是也就作罢。

穿过放置鳌灵石像的山洞后，众人继续摸索前行。王阳明的话似乎起了作用，接下来的路上众人明显更加小心了些。不过王阳明还是有些不放心，于是和鳌王商量后，他们一行人走到了队伍最前头。

洞内稍微宽了些，举着火把并肩走在鱼虎阳前头的张强和宋壮倒是挺开心，神情颇为得意。鳌王、鱼虎阳、鱼月仙和王阳明紧随其后，之后是徐爱夫妻和鳌族部族。

走了不多时，领路的张强突然停步说："大人，有光！"

王阳明望去，果然前方透出隐隐的绿光，照亮了半边石壁。

鳌王也看到了，他转身对鱼虎阳吩咐了几句。鱼虎阳领命而去，不过片刻，鱼虎阳又匆匆回来，说："前边转过去后有条河，光是从河里发出来的！"

鱼虎阳说完，领着众人继续前行。走过一个转角后，一条发着幽绿色光芒的河出现在眼前。河水清澈见底，流速极缓，河底的卵石闪着星星点点的光芒，看上去有一种神秘的美感。

"哇！"张强、宋壮和王守让三人同时发出惊叹。

"这是什么？我长这么大从来没见过会发光的河。"宋壮道。

张强开玩笑似的说："你没听咱王大人之前说，地狱门前证长生！

咱们穿过了地狱大门，在这里边遇到的还能是什么河？黄泉河呗！"

"地下河。"徐爱道，"想来我们在山外勘察时遇到的那个水洞，与此河同属一脉。至于为什么发光，得花些工夫研究一下，但现在咱们可没那个时间。"

王阳明点点头道："不错，水利工事最是讲究因势利导、因地制宜。看来到这里，我们才算踏入了真正的鳖族遗迹。"

前面的路还不知道有多远，王阳明的说法得到了不少人的认同，于是鳖王下令让鱼虎阳继续去前面探路，接着向身后族人下达命令，将火把熄灭收起来。毕竟这里光线充足，亮如白昼，点着火把也确实有些浪费。

几个人想都没想就将火把浸入了水里。随着"嗞嗞"声响起，火把熄灭了。

鳖王对这种细节上的小事丝毫不在意，而王阳明甚至都没来得及阻止。

火把熄灭的缕缕白烟缓缓升起。王阳明紧紧盯着河面，惹得身旁的众人也紧张起来。

短暂的沉默，河面上什么都没有发生。

探路的鱼虎阳折回来向鳖王报告说，接下来的一段路并没什么异样。王阳明看到两人安然的神色，这才放下心来。

"大人，我看你也别疑神疑鬼了。"张强夸张地拍着胸脯说，"你那祖先王大人总不会是铁大人这种武艺高手吧？还不是照样在这里打了个转？我看咱们这一路只要不乱碰东西，该走路走路，该转弯转弯，保准没啥事！"

鳖王哈哈大笑，连称有理，王阳明笑笑，也点头道："是有道理。"

"哎！张强！"王守让突然出声问，"你刚才说，这是黄泉里涌出来的河水，那我问你，黄泉里有什么怪物没？"说着伸手指向河面。

张强一时摸不着头脑，下意识回道："应该没有吧！这种学问上的事你得问王大人，他说有就有，他说没有就没……"

张强说着说着停了下来，对着河水发愣。众人奇怪，王守让指着河水说道："你们……你们看河底！"

众人向河底望去，只看见各色卵石散发着美丽的光斑，看起来非常漂亮，似并无不妥。

张强结结巴巴地说："虫……是虫……虫子……"

众人细看之下突然明白过来。

这哪里是什么发光的卵石，分明是密密麻麻的怪虫！那些怪虫生着六足，却将足尽数敛在怀中，再加上背上长着光滑的外壳，因此乍看起来和卵石无异，但细细看过去，分明有些虫子还在河底动弹。它们的身体前端长着螃蟹般的双钳，绿色的光正是从它们的外壳上发出来的。

河岸这么大的空间都被这种怪虫照得亮如白昼，虫子的数量何止千万。

鳖王猛地转身，对手下快速下达命令。鳖族的青年们哪还需要命令，经历了之前的事，他们的警惕心很强，看到河里有虫子，早就远远离开了河边。

徐爱也拉着妻子连连后退。王阳明心中不安，催促众人赶紧前行，就连铁莫都不由得紧张起来，表情严肃地望向河边。

王阳明转头向王守让问道："守让，你是怎么……"

"刚刚火把浸在水里时，我看到河底有个卵石稍微动了一下。当时还以为是眼花了，所以就走到河边仔细看。然后发现，那些发光的石头都是虫子。"王守让看着哥哥，认真地说道，"而且，似乎……全部都是活的。"

王阳明稍一细想，便知道这段看似美丽的河岸，下面藏着怎样的恐怖。若那数以千万的虫子突然醒来，袭击他们这些陌生访客，恐怕众人无法生还。

鱼月仙道："我们赶紧走。"

王阳明点点头。张强等人早已收拾妥当，依旧在前边开道。河里发着光的虫子就像乌云一般，沉甸甸地压在所有人心头。

王阳明思索着眼前的处境，突然感到眼前一晃。而走在他前面的张强脚下一滑，差点跌落进河水中。

"小心！"王阳明低呼一声，连忙一把拽住他，帮他稳住了身形。

"没事吧？"一旁的宋壮也关心地问道。

再看向张强，见他脸色煞白，显然吓惊得不轻。他哆嗦着腿脚，大口喘气，好一会儿才缓过神来。

王阳明回头望去，沿着河岸前行的众人，如一条断断续续的线一般。队伍已经被拉得很长，但发光的河依旧看不到尽头，不知有多长，也看不见其他路口。

王守让说："我觉得这些虫子，和那座石像一样，只要触碰到了就会醒来。越往前走，虫子似乎越来越多了，可得千万小心。"

王阳明看了一眼他们脚下的路，道路已变得越来越难行走。不但平整的石阶彻底消失，现在就连河岸边的小路也湿滑异常。

一股异样的感觉蓦地从他心中升起。下一刻，他听到了鱼月仙的喊声："快跑！"

王阳明下意识转过头去，就看到水下无数发光的虫子突然开始移动，如一条绿色的光带，仿佛下一刻虫群就要一齐涌上岸边。

他听到身后的张强带着哭腔说："这……可真的是黄泉地狱啊！"

王阳明大喊着快跑，就向前方奔去。众人都快步跟上，只有铁莫时不时地会回头看一眼，手中的长刀如屏风一般护着队伍。

鳖王也被鱼虎阳等几人护着，全力朝前方跑去。不远处，已经有虫子陆续从水底上岸，向着人群涌来。

鱼月仙跟上王阳明的步伐，问道："到底怎么回事，为什么虫子突然就醒过来了？"

王阳明回忆了下刚刚的事情，解释道："早在火把入水触碰到第一只虫子的时候，虫子应该就已经醒了过来。不过这种虫子是群居的性子，会用特殊的方式唤醒周边的虫群，之后集体行动。"

似乎为了验证王阳明的话一般。不多时，整条河的虫子全部醒了过来，开始如潮水般涌向岸边的众人。夺命狂奔的众人看到前方的河岸上也有光芒闪烁，知道再过不久，前路很有可能会被封死。

队伍末尾，几个鳌族青年被鳌王命令负责断后。此时看到虫群上来，纷纷拔出武器对着河岸乱砍。但虫子的数量何其庞大，不过瞬间，就有两人被虫子淹没。

"啊——"绝望而痛苦的惨叫声从身后传来。王阳明等人下意识想要转头，身旁的鱼月仙果决地提醒道："不要停下！不要回头！"

王阳明轻轻叹了口气，仍然转过了身。

他眼前有一个鳌族青年，下半身已经没入了河水中，他的腰部以下已经爬满了密密麻麻的虫子，似乎浑身都已失去力气，没法再站起来。他一只胳膊拼命地在地上乱抓，绝望地嘶喊着。

王阳明停下脚步，走上前抓住了那只绝望的手，口中喊着："用力，我拉你出来！"一边拉着那人全力往岸边拖。

王阳明咬紧牙关，用尽全身力气，也无法将那人从虫潮中拉出来。不过瞬间，无数虫子就淹没了那人的上半身。

刀光一闪，王阳明正拽着的那只胳膊猛地没了支撑，他向后倒去，撞在一团柔软上。王阳明发现自己身后站着鱼月仙。

"快走！救不了！"鱼月仙扶起王阳明，面无表情地说道，就仿佛刚刚一刀斩断的不是自己族人的胳膊，而是一截木头。

王阳明心中复杂，那名刚刚还在努力挣扎的青年，此刻已经变成了一堆白骨。但危急关头，他也来不及多想，被鱼月仙一拉，下意识地全力奔跑起来。

身后的惨叫声越来越远，虫群离众人越来越近。而前方，从水里爬出来的虫子也越来越多。他们必须紧紧贴着洞壁奔跑，同时时刻注意着脚下，才能勉强前进。鱼月仙尽心尽力地照顾着王阳明，无数虫子在她脚下被踩死，或是被她一刀劈开。

鳖王和徐爱等人，处境也都不太好。所幸王守让等人有铁莫的照顾，鳖王身边有鳖族人尽心保护。

又跑出一段距离，前面的宋壮突然叫道："这有个洞！"

王阳明快步跟上，看到一个只容得一人大小的山洞口。而且洞口直直往下，往更深处的黑暗里通去。

众人愣住，且不说下面是什么情况，这个洞口的大小就根本不够时间让众人全部跳进去。

王阳明一咬牙，说道："继续走！"

鳖王只犹豫了片刻，说道："若是偏离了路线，再回去恐怕太难。已经走了这么久了，估计遗迹的核心位置也快到了，坚持走下去总会有办法的。"

众人回头，看到虫潮已近在眼前，来不及迟疑，立即动身继续向前跑去。奇怪的是，这一路上不时有一人大小的洞口，虽然不多，但总会遇上，就像是陷阱一般突然出现在河岸边的路上。众人也不敢下去，只能绕过洞口前行。队伍的前进速度也因此变得慢了下来。

鳖王发现了不对，怒喊着："跑起来！"

无法计数的虫子从四面八方袭来。铁莫凭着武艺高强，保护着徐爱和王守让前行，只要是近身的虫子都无法避开他那凌厉的刀光。但不是所有人都如他一样身负绝艺，张强早已被吓得要支撑不住，所幸宋壮力大如牛，一手拽着他勉强前行，速度也没有落下。无数虫子被众人踩碎，却又有更多的虫子涌了上来。

"小心！"鱼月仙的声音刚刚响起，王阳明就发觉自己衣袖上落了几只虫，慌忙抖动手臂将虫甩了下去。鱼月仙抽出腰间短刀，递给王阳明道："拿着。"王阳明接过短刀，没多想便收回衣内。

越往前行，虫子越多，不时有鳖族的青年因为保护鳖王而被虫潮吞没，也有因为没跟上众人而被虫潮隔断去路的人，此刻正在独自拼命抵抗虫群。鳖王身旁的护卫越来越少，但仍坚定地向前跑着。王阳明有一刹那的恍惚，那圣物究竟是什么东西，会让鳖族如此悍不畏死地也要得到？

王阳明感到自己的体力正在渐渐流失，意识也渐渐开始有些不清。他猛地发觉自己已经每一步都踩踏在虫子上，一些没被踩死的虫子沿着他的脚踝爬上来，又随着他奔跑的动作被抖落在地。若不是他穿着长衣，只怕双腿早已鲜血淋漓了。

一旁的鱼月仙感到小腿上一阵疼痛传来，她立刻反应过来，自己一定是被虫子咬到了。她脚底一滑，倒了下去。本就在急速奔跑的她下意识地避开河水，强扭了一下身体，朝另一边倒了过去。然而她没有注意到，那边是一个深不见底的洞口。她只留下一声惊呼，便消失在了黑暗中。

鱼虎阳第一个注意到她，不要命地扑了过来，却已来不及救她。

王阳明想要伸手去拉鱼月仙，同样也慢了一步。

鱼月仙跌入的那个洞口一人大小，黑漆漆的。

鱼虎阳疯狂地怒吼几声，不远处的鳖王也大声喊："快救人！大家一同进去！"

形势逼人，鱼虎阳大喊一声，当即带着身旁几名护卫，想也不想便跳了进去，其他几名护卫面露犹疑，但见鳖王也返回大踏步朝着洞口走来，也咬咬牙随着鱼虎阳跳了进去。

王阳明也毫无迟疑地跳了下去，只留下一声大喊："徐爱！守让！继续往前！"

"哥哥！"

"先生！"

"大人！"

"王先生等我！"

徐爱、王守让、张强、宋壮、鳖王同时惊呼出声。众人欲折回洞口去救，却已来不及，虫潮转瞬便淹没了那个小洞。

鳖王眼看众人被虫潮围堵无法再进入那个洞口，忍不住怒喝一声。

"听王大人的快往前走！"铁莫沉声道，"否则就真的再也见不着了！"

鳖王闻声，终于下了决心，他呼喊着鳖族人重新向前走。

铁莫的话也让徐爱冷静了下来，他拉起妻子继续前行。他现在唯有选择相信老师的话，毕竟多年来，他一直是这么做的。

宋壮和张强被铁莫推了一下，下意识跟上了徐爱等人。他们也明白过来，此时早已无法回头，唯有向前才有一线生机。

鳖王虽然看起来面无表情，但仍掩盖不住他眉眼间的焦虑。

跑了一会儿，最前面的鳖王忽得停下了脚步，拔出了别在腰间的兵器，他身旁的护卫也渐次将火把再次点燃。

张强紧随其后，看到前方不远处，绿色的光带厚厚地铺在石壁和路上，如潮水一般，厚度足可以没过膝盖。

"完了！"张强前后环顾，绝望地喊了一声："这么多虫子，我们被包围了！我们要死在这了！"

铁莫也看到了前方汹涌的虫潮，不由眉头紧皱。他自己凭着轻功或许能过去，但其他人怎么办？

"诸位，随我一同冲过去吧！"鳌王望向众人，朗声笑道，"绝境之下，生死看天，愿先祖保佑！"他身旁的几名护卫个个表情肃然，也用生硬的汉人言语一同喊道，"愿祖先保佑！"

铁莫仍然沉默不语。

王守让似乎也被触动到了，她看到前方无路，凛然站直了身子，道："反正前后无路，不如拼死冲过去再说！"

思索半天的徐爱，冲铁莫喊道："铁校尉，麻烦你先阻拦一下身后的虫子。"说完快跑几步，来到了鳌王身后说，"这样不是办法，得用火攻！"

鳌王不屑地笑笑，说："徐先生莫是看不到前路？这几个火把如何杀死前边那数以万计的虫子？"

徐爱没有回答鳌王，解释道："我们将身上的绳索和衣带拧在一起，用火点燃了甩过去逼开虫子，大家趁机冲过去！"

鳌王到底是一族之主，略一思索就明白，徐爱的方法比直接冲过去机会要大得多，立刻命令鳌族人将随身的绳索和衣带解下，拧在一起。

与此同时，徐爱招呼着众人，拦住冲上来的虫子，为几人争取到了片刻时间。

来路的虫子又都涌了上来，跟河里的虫群汇聚到一起，形成了半人高的虫墙。在这样的自然力量面前，一把刀一个人，就如蚂蚁一般，做不出什么反抗。

铁莫等人只能连连后退。

张强脚上被虫子咬了一口，惨叫一声："好了没？顶不住啦！"

众人被虫墙逼到了一起。

鳌王身边的几名护卫接过绳子，用火把将绳子点燃。虫子见火光突然升起，隐隐想要退去，停止了涌动。

只见一名体格壮硕的鳖族青年，接过燃烧着的长绳舞动起来，竟迅速清出了一片空地。他大喝一声，将长绳远远甩向了前方层层叠叠的虫潮。

虫子果然怕火，立马乱成了一团。许多虫子直接被火绳砸中，发出劈啪劈啪的清脆响声，亮起蓝色火焰，燃烧了起来。带着火的虫子痛苦地扭动着，又点燃了更多虫子。转瞬之间，火绳将虫子驱散开来，在河岸边烧出了一条红蓝相间的逃生之路。

张强兴奋地高喊："成啦！"

徐爱大喊一声："冲过去！"

众人也都跟上，宋壮和铁莫仍自觉地断后。

众人强忍着火焰带来的灼痛感，终于从虫子的围堵中冲了出来，再回头时，燃烧中的虫群已被远远抛在了身后，短时间不会再次围堵上来。

王守让突然停下了脚步，不肯再往前。

徐爱注意到妻子的异动，也停下脚步问道："守让？"

"徐爱，哥哥怎么办？"王守让闷着声音说，"既然现在我们知道火能杀死那些虫子，那我们是不是可以回去救哥哥了？咱们去救哥哥吧？"

"算上我！"宋壮也止住了身形，"就这么丢下王大人，我哪来的脸回去！"

"徐夫人，"鳖王走过来说，"鱼月仙掉入洞内，我和你一样担心。但现在形势根本不容我们返回。我族的战士用性命才开辟出这条路来，返回去万一发生意外，他们岂不是白白牺牲了？再说，刚才已经命鱼虎阳跟去了。徐夫人请放心，鱼虎阳领的是死命，相信我鳖族人，一定会拼着性命将几人救回来的。只要他们安全，咱们双方最终肯定会在遗迹处碰头的。"

宋壮满脸愤愤地说："哼！我家王大人帮了你这么大忙，现在你不回去救也就罢了，连我们回去救他也不许吗？"张强怕生冲突，忙拉着宋壮，向几人挨个赔罪。

鳖王叹道："本王也想回去救出他们，但绳子和衣带已经烧光了，如今火把也只剩这一点，咱们如何在虫潮中再闯回去？"

王守让沉默不语。

徐爱略一沉吟，劝解众人道："以先生大才，此生必将昌盛圣学，怎么可能会死在这种地方。刚刚他最后喊的是让我们继续前行，想必他有把握。只要我们听先生的话，最终一定可以再次相聚的。"

徐爱转头对宋壮说道："所以你也放心吧，肯定没有问题。反倒现在折回去是取死之道，万万不可。"

张强说："王大人学问通天，这一路走来哪次不是靠着他才挺过来的？我看不是我们该担心他，而是他该担心我们才对！"

"放心吧！"徐爱说道，不知是对自己的安慰，还是对众人的保证。

"快些走吧。"听到徐爱的解释，鳖王似乎也放心了不少，他出声催促："我们可还没到安全的地方呢。"

刚走了一会儿，铁莫皱着眉，回身望了望他们刚刚来时的路，说道："太快了。"

"什么太快了？"气喘吁吁的张强听到铁莫的话，下意识地问道。

"虫子。"

众人脸色一白，刚刚那一场火烧得那么猛烈，虽然不指望一把火烧尽所有虫子，但也不至于这么快又追上来吧？

"可能是被逼退的虫群沿着山壁走了其他路，才能这么快速地围拢上来。"徐爱苦笑道。

"一群虫子而已，还会绕路？"宋壮怒道，握紧了手里的刀。

"火把给我！我来断后！你们赶快往前！"铁莫喊道，鳖王将火把抛给了铁莫。

"铁校尉！"徐爱刚准备劝说什么，却被铁莫一句"闭嘴"封住了话头。

"快走，保护好徐夫人。"铁莫冷冷说道。

话音刚落，虫群幽绿的光芒又一次出现，铁莫瞳孔微缩，握紧了火把。此时河中虫子已经完全完全汇合，堆叠了足有两人高，如巨大的海浪一般，正朝着这边汹涌而来。对比之下，铁莫手中的火把简直无异于星空下的一只萤火虫。

"快走！"铁莫催促道。

"可是……啊！"王守让似乎猜到了铁莫要做什么，刚想询问，却被徐爱拉着跑向前方。

两人跑出去没几步，只见前方的黑暗中，越来越多的绿色光点出现。徐爱发现，前方的黑暗中也有虫子，而且数量并不比河里少，他们再次被虫群包围不过是时间问题。

"铁大人！我和你一起！"宋壮愤怒地喊着，握紧了手中的刀。

"完蛋了！"张强痛苦地喊道，"这根本逃不出去啊！"

望着前方黑暗中的点点绿光，徐爱缓慢停下脚步。他实在不知道还能怎么办了。转身看看妻子，苦笑道："守让，害苦了你。"

"是我对不起你。"王守让微微摇头，脸上的泪洒落在地面，"是我骗你来龙场的。"

"冲过去！再遇着洞口就一起跳下去。"鳖王只是握紧手中武器，命令护卫将火把聚集在一处，喊道，"一起冲！"

话音刚落，虫子已经从四面八方围了上来，虫潮的包围圈越来越小，铁莫和宋壮对峙着后方的虫子，张强和鳖王的几名护卫则面向河岸边爬上来的虫群。众人举起火把，举起刀，举起手中能找到的一切武器。

千钧一发之际，一声尖锐刺耳的动物吼叫声突然传来，众人本已做好了拼死的准备，却被这一声怪叫震得愣在了原地。那声音如鸟啼血，如猿啼哭，凄厉哀婉至极。

刹那间，众人只觉得耳膜鼓胀刺痛，等到定下神来，竟发现刚刚还汹涌如潮的虫子突然全都停止了行动。

"这是？"众人好奇地望向徐爱，徐爱却苦笑着摇摇头，表示不知道发生了什么。

刚刚还来势汹汹的虫潮，此刻正在缓慢地退回水中。

"这是怎么回事？"

明明不久前还如恶鬼一般，怎么都摆脱不掉的怪虫，现在却退了回去，众人均不理解到底发生了什么，但一转念，又满是劫后余生的庆幸感。

张强瘫坐在地，将刀扔在了一边，大口喘着气。王守让也有些吃不消了，坐在一处石台上休息。

鳖族众人也都松了一口气，鳖王立刻命令原地休整，收拢队伍准备回去救人。

徐爱猜想刚刚那些怪虫突然撤回水中，是因为那一声凄厉至极的吼叫声，只是那吼叫声是从何而来？又代表着什么？若是王阳明在这里，可能还能理出头绪来。

众人听到他们来的路上传来呼喊声。几人望去，发现是一些侥幸活下来的鳖族青年。

徐爱看着几个鲜血淋漓的年轻人，不由得叹服鳖族人的忠勇。

本以为会被虫子杀尽的队伍，此刻居然还有数十名生力军赶了上来，鳖王很是高兴。他快步走上前去，对活下来的鳖族青年们大声说着什么，嘉许之意溢于言表。徐爱走上前去，向鳖王恭敬行礼后，问起幸存的鳖族人，那些洞口怎么样了。

　　　　　　　　　　　　　　神探王阳明·鳖灵奇局

刚刚赶来的几个鳖族青年叽里呱啦说了一阵后，鳖王面色如铁，徐爱知道事情不妙。果然，鳖王转头对徐爱说："他们说那些洞口都被虫子彻底堵了起来。虽然洞口的虫子都沉睡了，但大伙儿怕再次惊醒虫子，所以没敢妄动。"

鳖王顿了顿，接着说："如此看来，我们若是回去支援他们，只怕会再次陷入死地。"

徐爱叹口气后道了谢，就不再言语。

鳖王叹道："本王多年来苦思冥想，今日终于打开遗迹进入先祖地宫，只希望祖先之灵保佑本王可以得偿所愿。本王和徐先生一样担心他们，鱼月仙对本王来说也很重要，但看眼下处境，一个不小心便会全军覆没。"鳖王的话诚意十足，徐爱心知鳖王说的确实是现实情况。

铁莫走了过来，悄声问徐爱："接下来如何行动，王阳明仍下落不明。"

徐爱看了眼不远处的妻子，低声道："在鳖族人祭奠那个鳖灵石像的时候，我和先生在壁画上发现了一些东西，这个暂时不能让鳖族人，尤其是鳖王知道。至于先生下落，河流与山洞的走向是相通的，这是先生先发现的，我相信一定可以和他在遗迹中相遇。"

铁莫点点头，不再多问。他不在乎王阳明和徐爱在壁画上发现了什么，他只在乎王守让的安危。

"徐先生。"宋壮走过来，"现在这虫子都退了，我们是不是要……"

徐爱沉重地摇了摇头，虫潮退去的第一时间他就想折回去寻王阳明，但眼下他们根本没法折回原路。

徐爱沉吟片刻后，摇头道："后路已断，先生掉入的那个洞口已经被怪虫封堵。眼下我们只能继续向前，之前我就说过，我们会再见到先生。现在折返回去若是再惊动虫潮，恐怕我们一个都逃脱不了。"

"可是……"宋壮还要再说，徐爱重重拍了拍他的肩膀，示意不用多言。

"你就放心吧！"旁边的张强说，"徐先生是咱们王大人的首徒和妹婿，哪轮得到你操心王大人的安危？也不看看你除了有些力气，还有哪点能帮得了王大人？咱们就踏踏实实跟着走吧！"

宋壮闷着头想了想，终于压下了心中的不安，点了点头。

徐爱看着默不作声的妻子，知道她仍在担心兄长，便悄声说道："先生曾暗中叮嘱我，万一出现计划以外的事情，让我只管想法子护住你，他自有办法。你放心，先生什么时候做过没有把握的事情？"

王守让却答道："在这样的地方，谁敢说自己有把握？"

徐爱哑然，想了想又说："其实我也很担心先生安危。但眼下更重要的是，让我们几人都安全回去。先生既然托付于我，我就应当拼尽全力做到。我和你一样，刚刚那声古怪的叫声传来的时候，我也在担心先生是不是遇到了什么危险……"

王守让的肩膀微微耸动了一下。徐爱惊觉自己说着说着，竟把心中的担忧也说了出来，惹得爱妻啜泣。眼下的情况他们其实都明白。话已至此，徐爱只好压下心中的担忧，不再说王阳明，转而劝慰爱妻。

"莫哭啦，那个整日舞刀弄剑的王女侠哪里去了？往前走，先生一定会在前面等着咱们的，一定会的。"

王守让轻轻点头，抹了把眼泪站了起来。她毕竟是大家闺秀，知轻重，识大体。她也明白，就算再担心兄长，也不能拿着别人的性命去冒险。

队伍重新修整后，众人再次开始前行。一路上再没了闲聊和笑声，众人只是拖着疲惫的身体沉默地向前走着。

山洞里的路开始渐渐向下，也渐渐宽阔了起来。此时绿色的光芒已经彻底看不到了，让疲惫的众人安心不少。

更多的火把被点燃，众人又像刚进入地底之时，回到了昏黄的火光中。

黑暗中，徐爱想着一路上的经历。自从先生打开机关之后，诡异的事情就没有断过。先是黑巫蛇，然后又被地下河里的怪虫追杀，虽然都化险为夷，但前方还有什么要命的东西，谁也不知道，谁也不敢想象。

求生求死求不得，地狱门前证长生。这个地方，真的有点像地狱啊……

"扑通！"

沉闷的响声，打破了持续的沉默。

徐爱下意识回头看去，只见队尾的一个鳖族青年脸朝下摔倒在了地上，似乎是突然栽倒的。

张强无奈地说道："这位兄弟，今天够累的了，走路摔一跤又不丢人，你赶紧爬起来别吓人行吗？"

鳖王走回来问道："又怎么了？"

徐爱发现鳖王的表情有些焦躁，似乎反复发生的意外让他失去了耐心。鳖王站在那名倒地不起的鳖族青年旁，怒气冲冲地大声说着什么，旁边的人都不敢回话。

鳖王说了一阵，向两旁的人使了个眼色，那两名青年会意，上前去搀倒地的青年，却发现那人一动不动，似乎昏迷了。两人没有办法，只好将那名青年翻过身，却见那名青年面无血色。两人觉得不太对劲，一人试探地伸出手，往青年脖子上一摸，露出了不敢置信的表情。

竟然已经死了。

众人都是一惊，倒是张强最先反应过来，语无伦次地说："死了？怎么回事？这走得好好的……怎么……虫子……"

徐爱蹲下翻看了一阵尸体，并没有发现那要命的虫子，也没有发现黑蛇，怎么会突然死人呢？他不禁有些奇怪，难道山洞里还有别的东西？

鳖王猜测道："会不会是他刚刚被那怪虫子咬了，但大家都没发觉。走了这么久后，伤口突然爆裂，或者是虫子本身有毒，这才突然死了？"

鳖王这么一说，让所有被虫子咬过的人都恐慌不已。

张强脸色煞白地说："不会吧？这虫子要是有毒，咱们这么多人……"

"确实不会。"徐爱摇头，"刚刚抗击怪虫，我们许多人都受了轻伤。但并无任何异状。若真是怪虫导致，也只可能是怪虫此前咬到了他的要害，这一路急行使得伤情加重，因此丧命。"

张强听徐爱说完，松了口气，继而又有些崩溃地喊道："刚刚拼了命才没被虫子吃干净，这才走了几步，又是什么鬼东西出来害人？"

铁莫和宋壮等人都走上前来，宋壮拍了一下张强的肩膀，示意他不必太过恐慌。

铁莫蹲在徐爱身边，将尸体翻过来看了看。

鳖王显得不耐烦，说："事实应如徐先生猜测的一般，他受了伤，又勉强走了那么远，才丢了性命，回去后本王自然会好好抚恤他的家人。咱们还是应该先和王先生他们会合，后面的路上小心些。"

徐爱和铁莫都没回应鳖王的话。火光下，两人盯着那具尸体，都皱起了眉头。

"除了虫子的咬痕，看不到任何致命伤口。"

"还有更重要的一点。"铁莫站起身来，对着鳖王说，"他体内的血没了。"

"血？"鳖王一时没反应过来。

铁莫沉声道："此人是被抽干鲜血而死。"

铁莫的话让众人吃了一惊。

徐爱赶忙检查了一下尸体，然后站起来对鳌王说："铁校尉说得没错，这人身上，恐怕连一滴鲜血都没剩。"

黑暗之中，火光跃动，气氛突然变得诡异起来。

眼前这个人悄无声息地死了，死前被抽干了鲜血。

鳌王走上前，接过一把刀，在死者胳膊上轻轻一划，只见皮肉绽开，却没有红色的血液渗出。鳌王眉头微挑，说："果然古怪！"

"没有伤口，没有鲜血，死前没有任何挣扎呼喊，也看不到任何能成为凶器的东西，这简直就像……"徐爱顿了顿，惨笑着说，"就像是魂魄突然被吸走了一般。"

徐爱的话如一记闷拳打在众人心头。无论黑蛇也好，虫子也好，总还是可以想法子对抗或者逃跑，但这不着痕迹地勾魂索命，要如何防范？

"还是快点离开这里吧！"鳌王说，"无论这人是怎么死的，现在这个地方太古怪，不宜久留。大家把火把举高一些，万一黑暗里突然窜出什么鬼东西，也好有个防备。"

鳌王说完，几束火把高高举了起来。

铁莫对徐爱道："保护好徐夫人。"又转身对张强宋壮说，"你们俩跟着我，以防意外。"

张强忙不迭地点头，有一个锦衣卫高手在侧，让他的心绪稳定了不少。

一行人再次前行，和此前不同的是，为了提防危险，举火把的人都分在两侧。铁莫带着张强和宋壮，三人将徐爱夫妇护在中间。鳌王那边也依样画葫芦，让护卫分列左右，将他护在中间。

"铁大人，你说这到底是什么东西在杀人啊？诡异得很！就连你和徐先生都猜不出来，"张强忐忑地说，"会不会真有什么勾魂的鬼啊？"

宋壮不屑地说："你怎么胆子越来越小了！一会黄泉地狱一会鬼怪杀人的！没听咱们王大人说过吗？子不语怪物乱狗，就是孔圣人都不信什么神神鬼鬼的事，何况咱们普通人？"

"呸！那叫子不语怪力乱神，白跟了王大人一年多！再说那鬼神之事不是徐先生说的吗？"

徐爱转头回道："那只是我在描述感觉而已，我也不相信真有什么勾魂索命之事。"

走了没几步，张强忽又叹道："唉，王大人这会儿在咱们身边就好了，他肯定有办法。"

宋壮认真地点了点头。

徐爱和王守让的神情一动，显然是被张强的话触到了心事。两人一直在担心，也不知道鱼虎阳和那几个鳖族人，到底能不能保护好王阳明。

"专心警戒，"铁莫冷着声音说，"不想死就少说几句！"

一行人再次沉默下来。除了前方不时传来鳖王和身边护卫说话的声音，空荡荡的山腹内一片寂静。

"鬼啊——"张强突然发出一声凄厉的喊叫，吓得所有人都心头一跳。

"张强，你小子……"宋壮刚准备骂张强几句，扭头看到张强停在原地。

张强的肩膀上，靠着一个圆形的东西，再仔细看，竟然是一个人的头颅！那人双目低垂，一动不动。从宋壮的角度看过去，就像看到一颗头颅突然从张强肩上长出来一般，在闪烁的火光下，看起来恐怖无比。

铁莫身形一闪，已经挪到张强身边。

"别动，"铁莫说，"没事。"

"我……我……背上，"张强结结巴巴地说，"背上有……有个人……"

原来刚刚张强正专心警戒着，突然听到身后有细微的响动，他刚想扭头去看看后边的队伍发生了什么事，一个人就重重地压在了他的背上，因此才惊呼出声。

徐爱说："是鳖族人，没事。"

说完徐爱和铁莫两人一左一右，将那个突然趴倒在张强背上的鳖族人架了起来。徐爱心中有着不好的预感。那人被放在地上后，铁莫伸出手探了下他的鼻息，轻轻摇了摇头。

队伍后边的鳖族青年也赶了过来。他们看到尸体叽里呱啦地说着什么，让铁莫等人感到焦躁不堪。鳖王听到叫喊声也来到众人身旁。

鳖王听完汇报之后，对徐爱和铁莫说："刚刚走在你们后边的人说，山达，哦就是他，他好好地走在你们后边，但是走着走着脚步就开始踉跄起来，好像喝醉了一样。开始大家还以为山达是累了，就想上去扶他。没想到山达突然脚下被绊，没稳住身形，就趴在了前边张强的背上。"

徐爱和铁莫相视一眼，均看出了对方眼中的疑惑。仍然是悄无声息地死亡，仍然看不到凶手。那么到底是什么东西在悄无声息地杀人，难道真有鬼怪？

徐爱还有些不甘心，经他检查，发现死者身上没有致命伤口，死因同样是血被抽干。

王守让面色苍白，明显被吓到了。她看着徐爱问："还是看不出是什么原因吗？"

徐爱艰难地摇了摇头。

铁莫说："就算是真有勾魂无常，死状也不可能这般怪异。肯定是有什么我们没发现的东西藏在黑暗之中。"

鳖王听到铁莫的话，立即命两人举着火把，去黑暗空旷的山腹中检查一下。那二人手持短刀，朝黑暗中前进了数十米，依旧一无所获，于是无奈地又重新返回人群中。

"这山腹太大了，无论黑暗中有什么东西，"铁莫道，"单凭现有的人手也没法去调查。"

徐爱苦恼道："难道除了继续前进，就没其他办法吗？万一下一个被害的人是……"铁莫拍了拍徐爱的肩膀，将他的话打断，扭头离开尸体，继续向前方走。

众人再次出发不久后，第三名死者果然又出现了。

为了防止莫名其妙的偷袭，众人将整个队伍尽量压缩成了一个环形，火把围绕在四周。无论黑暗中有什么怪物，绝不可能逃过所有的人的眼睛。就算有人被袭击了，至少也应该被其他人察觉才是。但偏偏事情还是悄无声息地发生了。有个人突然失去了全身的血液，接着一头栽倒，不声不响地死去。

"扑通！"

这次是鳖王身旁的一名护卫突然倒地，吓得旁边另一人手中举着的火把也没拿稳，掉在地上。鳖王俯下身，将火把捡起来，借着火光左右看看，却什么都没看到。他拔出刀在那人手臂上一划，仍是皮肉绽开却不见鲜血，和此前死去的其他人一模一样。

恐惧如病毒一般快速蔓延开来。所有人都不知道死亡什么时候会突然降临到自己头上。被众人团团护卫起来的鳖王也越来越焦躁，却寻找不到发泄的对象。

只有锦衣卫铁莫始终一脸冷漠，似乎对生死根本不太看重。

队伍变得有些慌乱了。

虽然鳌王一再命令要沉住气注意观察周围，但鳌族众人的窃窃私语声禁之不绝，若不是鳌王仍然强势地命令队伍继续行进，只怕鳌族人早已全部溃散。

"扑通！"

刚走了没几步，队尾又有一名鳌族青年忽然倒地不起。除了徐爱和铁莫，众人几乎已经不再关心倒下的人。因为他们知道，无论检查几次，无论检查哪具尸体，结果都还是一样的。众人紧绷着神经，麻木地向前走着。

"扑通！"

"扑通！"

"扑通！"

每一次沉闷的声音响起，都有一个人悄无声息地死去。空气越来越凝重，众人前行的速度也越来越慢，望着前面无尽黑暗中的道路，仿佛死亡就在黑暗中正等着他们。

"啊！啊！噶乌啦！噶乌啦！"终于，一个鳌族人承受不住这样的折磨，发疯一般地大叫起来。徐爱等人眼看着那人冲进了黑暗中。徐爱想跟上去救人，被铁莫拉住了。

铁莫依旧神情冷静，将想去救人的徐爱和宋壮一起拦住，说："这地方古怪，现在大家凑在一起，我能保护你们平安已是极限了，千万不要分散开！"

鳌王那里，竟是压根没打算派人救援。众人就跟没有看到似的，依然如木偶般前行。黑暗中不时传来"噶乌啦！啊！"的疯叫声。没过一会儿，那绝望的喊叫声越来越小，最终传来一声沉闷的"扑通"。

鳌王忍着怒气冷哼："没用的东西！"

张强眼神空洞地望着黑暗，喃喃问道，"噶乌啦是什么东西？"

走在张强身旁的徐爱摇了摇头，并未答话。鳌王回道："我们鳌族语言'噶乌啦',便是恶鬼的意思。"

"恶鬼吗?"张强再次问道,鳖王点头。

"恶鬼啊,原来'噶乌啦'是恶鬼的意思啊……"

他忽然低头哭了起来。

张强的哭声让众人心里五味杂陈。宋壮和他从小一块长大,深知他的性子。张强平日里虽口无遮拦,但大事上是分得清轻重的。现在他这么哭起来,是精神已经压抑到极限的表现,几乎要承受不住了。而宋壮其实也没好到哪去,即使他生性耿直,但接连不断的死亡发生在身边,还是让他觉得胸口异常压抑。

张强边走边哭,语无伦次地说着:"你说好好的一个大活人,说死就死了。可人活一辈子,死也得死个明白,对不对?被蛇咬了,被虫子吃了,都清清楚楚。你说突然一头栽倒,血也干了命也没了,不知道啥时候轮到咱……宋壮,你说这讲不讲道理?"身旁的宋壮无言以对。

徐爱说:"张强,先生曾经说过,心即是道。越是这种绝境下越要保持内心宁静,这样我们才能有机会走到最后。"

"没事……我没事……呸!我怎么就管不住这张臭嘴,乱说什么呢!"张强抹了把眼泪,用比哭着还难看的表情笑着说,"我没事,就是想咱们王大人了。"

这句话说得王守让也差点哭出来。徐爱强压着心中的焦躁,一边好言劝慰几人,一边苦苦思索着到底是什么在作祟。

鳖王对他们几人的表现颇不耐烦,也不管徐爱一行人情绪如何,只是自顾自地领着队伍向前走。

宋壮拍拍胸脯,说:"你放心!我会保护你的!哦,还有徐先生和徐夫人,没见到大人前,你们谁都不能有事!我就是拼了这条命,也不会让你们有事的,放心吧!"

王守让强笑道："就你那两下子，谁用你保护？我们要一起见到哥哥！"

就在众人收拾好情绪，重新专注前行的时候，徐爱走到铁莫身边，说："刚刚张强的话倒是提醒了我。我有个猜想，希望铁校尉能助我一臂之力。若是成功的话，或可打破现在的被动局面。"

"哦？"铁莫转头望着徐爱，"请讲。"

"刚刚张强说，下一个也不知道会轮到谁，这倒是让我注意到一个细节。"徐爱顿了顿，用只有两人能听到的声音道，"为什么到目前为止，死的都是鳌族的人呢？我们并未受到任何伤害。"

铁莫看了眼徐爱，微微挑眉。

徐爱继续道："我仔细回忆了从第一个死者出现到现在的所有情况，包括每一次变换队伍排列时我们所处的位置，发觉了一件事情。从进入山腹以来，无论怎么变换队形，铁校尉为确保大家安全，总是让我们一行五人走在队列中间，而鳌王也是一直被护卫保护在中间位置。迄今为止，在队伍中间的人没有一个突然倒地而亡的。"

"你是说……"

"我是说黑暗中藏着的那东西杀人并不是随机的。所有死者出事的时候，都处在队伍边缘，而这些位置，往往是离火把最远的。"

铁莫想了想，心道果然如此。无论队伍怎么变换排列，火光总是围着队伍中间的位置，以鳌王为核心移动，只是因为队伍先后调整了几次。若不细想，无法掌握每个人位置的变换。

铁莫想明白后接着问："可这似乎并不能帮助我们解决眼前的困境。"

"有的。"徐爱尽量压低声音道，"我想走在队尾，亲自调查一下。但此事凶险异常，所以希望铁校尉助我。铁校尉武功高强，五官敏锐远超常人。待会我会着意留心周围的情况。劳烦铁校尉也帮我留意，四周是否有什么异样，总不至于到死才知大限之至。"

"哈哈哈！"铁莫忽然大笑了几声，引得一旁的张强等人侧目。

"徐爱，我知道你担心大家安危，但是用自己的性命去试探一个未经考证的想法，未免也太不把自己的性命当回事了。"

身旁几人听到铁莫的话，知道刚刚他们似乎在聊什么危险的事。张强和宋壮赶忙询问情况，王守让也走上前来质问徐爱，徐爱却挠着头苦笑不已，又不知道该怎么解释。

鳌王再次催促众人快走，显然铁莫的话他也听到了，但他根本不关心两人谈论了些什么。

铁莫道："还是赶紧走出这里才是正经事。"

徐爱无奈地被妻子拉回去。

走了一会儿，徐爱忽然觉得有什么不对。左右一看，发现一直走在他们身边的铁莫竟不知去了哪儿。原来铁莫和队伍后面一个举着火把的鳌族青年互换了位置，此刻正走在两个火把之间的阴暗处。

徐爱知道铁莫相信了自己的话，代替他去证实那个猜想了。他刚想出声提醒铁莫小心，就看到铁莫突然肩膀微动，以迅雷不及掩耳之势抽出长刀，回身狠狠斩下！

刀光一闪而逝，铁莫已经收刀回鞘。众人听到刀出鞘的声音，全都转身望向铁莫。

只听铁莫朗声说："你猜得是对的，把火把拿来！"

众人停下脚步，围了上来。

几个火把立时把地面照得通明。铁莫脚下，一条拇指粗细的无毛肉虫正在蠕动，还在不断地渗着鲜红的血。

徐爱蹲在地上看了那肉虫片刻后，喃喃道："似乎是水蛭。"

他紧接着似乎想起了什么似的，急忙喊道："请诸位仔细检查一下身上！尤其是后颈后背上，看看有什么异样！"

众人都照着徐爱说的摸向了背后。几个鳖族人借着火光，互相检查同伴的后背。

"哎呀！"惊呼声突然响起，一条虫子被抖落在地。紧接着，又有几名鳖族青年在身上发现了攀附的水蛭。

徐爱亲自为妻子王守让检视了一番，确认没问题后松了口气。

鳖王走上前来，看到虫子的尸体，好奇地问："蚂蟥？就是这个东西一直在杀人？只有这玩意才能趴在身上吸血，还让大家才毫无察觉。可是……"他思索片刻，"一只蚂蟥才多大，能把一个活人生生吸死？这是什么蚂蟥？"

徐爱刚想想接话，却见一旁的宋壮露出恍然大悟的表情，说道："哎！张强你看，这像不像……寨老大人说过的那个？"

张强盯着那肉虫尸体，想了想说道："我怎么就没想到呢？这好像还真是。"

"什么？"

"吸血王蛭。"张强黑着脸说，"龙场人也叫它血王蛭。老祖宗和寨老大人都说过这玩意。这玩意可是蚂蟥里的大王，和一般蚂蟥不一样，它能悄悄附在动物身上吸血，直到吸干为止。寨老大人说他年轻的时候，龙场就闹过血王蛭，好多牛羊莫名其妙就被吸干血死了。大家还以为闹鬼，后来还是朝廷派人下来这才治住的。别看这虫现在就一个拇指大，喝饱了足足有婴儿手臂那么粗！唉，我早应该想啊！"

宋壮补充道："不过寨老大人说这玩意怕火、盐、太阳，所以平日里很少能看到。"

徐爱说："看来这黑暗里隐藏了大片的血王蛭。它们如宋壮所说很怕光，所以才躲在光线昏暗的地方。将人血吸干后，趁着我们被尸体惊动时，悄悄滑落到地面，缩回了黑暗中，真是神不知鬼不觉。我们的视线也一直被有限的火光所阻，所以才一路都没有察觉它们。"

徐爱说完，面向铁莫，郑重地行了一礼，众人不明所以，但铁莫坦然受了。

"既然知道这东西怕火，那咱们就知道如何防范了。"鳖王说完，转身集合起部下众人，开始重新安排队伍。此前因考虑回程的问题，众人将火把预留了一大半背在身上，这下也顾不得什么了，忙将手上的火把都点了起来，分发给众人。

"知道是什么东西在杀人就好办了，"张强终于恢复了一贯的机灵神色，"哪怕是血王蛭，也比看不到抓不着的鬼魂索命来得强些！"宋壮笑笑，点了点头。

王守让的精神也好了很多，只有铁莫感到哪里不对劲，他回忆起自己刚刚斩断的那一只，对徐爱说道："刚刚我斩死的那个，是从空中飞来的。"

众人这才回过神来，刚刚铁莫是出刀斩下的血王蛭，而不是用脚踩死在地上的。

铁莫看到徐爱眉毛微挑，用手轻轻抚摸了一下地上的水滴，面色忽然变得苍白起来。

"怎么？"

徐爱没理会铁莫，他接过火把，独自向前走去。鳖王刚想问徐爱打算如何，就看到徐爱将手中的火把用力抛了出去。

火把打着旋在空荡荡的黑暗中向上飞，被那火把照亮的洞顶有无数的黑点，"劈哩啪啦"地落地。他们远远看着，像是黑色的雨滴不住地往地上坠落。

洞顶上密密麻麻的血王蛭被火焰的炙烤掉了下来，像雨一般不断落下，落地的声音不绝于耳。

所有人都面色苍白，头皮发麻。

也就是说，在他们的头顶上，全部都是要命的血王蛭。

"原来咱们这一路，是在血王蛭的巢穴里行走啊！"

看着众人惨白的脸色，徐爱苦笑两声，安慰道："所幸咱们知道了这东西怕火。"

鳖王低喝道："把火把都举起来！"

徐爱道："之前一直没发觉是谁在袭击我们，是因为这洞内潮湿异常，就算头顶有水滴滴落，也不会让我们大惊小怪。"

"那……他们那不会再袭击我们了吧？"张强脸色苍白，"不会像那些发光的虫子一样涌上来吧？"

"不会。"说话的是铁莫。

"张强你是吓傻了吧！"宋壮道，"你长这么大见过蚂蟥成群冲上来过？那玩意不都是偷偷摸摸钻人吗？"

"无论如何，此番还得感谢徐先生机敏，"鳖王道，"火把数量有限，大家还是赶紧赶路，说不定王先生和鱼虎阳他们此刻已经在终点等我们了呢！"

众人收拾好心情，举着火把小心翼翼地向前走去。

但这吸血王蛭的巢穴像没有尽头一般。众人一边要提防四面八方的血王蛭，一边还要快速前行，不免劳心劳力。他们觉得路面起起伏伏，兜兜转转，似乎在接近地面，又似乎在向着地下更深处前进。

铁莫安静地走在队伍外围，他仔细地回忆着自己之前的那一刀，总觉得哪不太对。徐爱说水蛭自空中坠落，因此才可以神不知鬼不觉地杀人，但他那一刀的角度似乎并不符合这个说法。

他看了看头顶上的黑暗，又觉得自己似乎多心了。铁莫暗暗想，有机会该再练练刀了。当年授业恩师对他说，武艺的最高境界是心无杂念，他这些年罕逢敌手，竟然开始有点漫不经心了。不过话说回来，除了自头顶岩壁上坠落，还有什么方法可以让水蛭凌空飞来呢？

他摇摇头，试图驱散自己心中的杂念。

"铁校尉！"徐爱似乎察觉到了铁莫的异常，走上前来与他并肩而行，"可有什么疑虑？"

"有件事想不明白，"铁莫并没隐瞒自己心中所想，直截了当道，"照理说那些血王蛭应该是从岩壁上直接坠落下来的，但袭击我的那一只却似乎是斜着飞来的。"

"哦？"徐爱微微挑眉，"也就是说那只血王蛭并不是垂直坠落的？难道说……"

此时队伍前方突然传来一声喊叫。

"噶乌啦！"

铁莫和徐爱对视一眼，均看出了对方眼里的不安。吸血的水蛭已经被发现，火把点燃得也足够多，哪里还有什么恶鬼？

"张强、宋壮，保护好守让！"徐爱一边说着，一边和铁莫快跑几步，冲到了队伍的最前方。

"徐先生，"鳖王见徐爱和铁莫前来，转身道，"族里的小子不懂规矩，瞎喊乱叫，倒是把你们给惊扰了。"

徐爱道声无妨，问鳖王是否有什么发现。鳖王指着身旁的一个年轻人，说："这小子说他看到个鬼影在前边闪过，我已经派出护卫前去查看过了，哪有什么鬼影。"

徐爱也向前方看去，但除了黑暗，什么都没有。徐爱又转头看向那个声称自己看到恶鬼的鳖族青年，他此刻正垂着头站在一旁，似乎是因为被鳖王呵斥而感到失落。

但那个青年苍白的脸色，又让徐爱觉得他确实是看到了什么。

"走吧！"鳖王道，"哪来的什么拦路恶鬼，大家不要再被这种胡话耽搁了行程。"

徐爱算了算行程，他们进入地下已经过去了好几个时辰，时间确实紧迫，于是默默点了点头。

　　　　　　　　　　　　　　神探王阳明·鳖灵奇局

"等等！"铁莫出声，拦住了正准备行动的众人，"前边有什么东西。"

听到铁莫的话，鳖王和徐爱下意识向前看，但还是什么都看不到。

鳖王可以忽视族人的话，却不敢不正视铁莫的发现，于是他再次派了两人去前面查看。众人看着两团火光在黑暗中越来越小，又渐渐变大。

探路的两人摇了摇头，显然是没发现什么。

"铁大侠……"鳖王刚想劝铁莫，忽然一阵劲风从正前方袭来，吹得火光一暗。鳖王感到空中有什么东西飞过来，敏捷地凌空一抓，将那东西接住，入手的是一个黏腻冰凉的虫子。鳖王自然知道这是什么，冷哼一声，将手中的血王蛭捏成了肉泥。

同一时间，另一只飞向徐爱的血王蛭也被铁莫挥刀斩落。

宋壮好像在黑暗中看到了什么，他警觉地大喊："谁在那里！"

宋壮刚喊出声，张强立马拔出刀，小心问道："宋壮，你……你看到什么了？"

回答他的是王守让，她看向黑暗，说："好像有个人影。"

"前方确实有人。"铁莫沉声道，"这一路并不是血王蛭主动袭击我们，而是有人把这水蛭当作暗器，在袭击我们！"

话音刚落，前方的黑暗中出现了绿油油的光芒，众人无不感到头皮发麻。

最让他们感到不适的是，那绿光中映出来的，确实是一个清晰的人影。

上千年的遗迹里，怎么可能会有人存在？难道这世上真有恶鬼？

铁莫想起那个从龙场一路尾随他们来到这里的人，陷入了沉思。

徐爱看着鳖王，希望从他这里得到什么信息，但鳖王只是轻轻摇了摇头，他望着黑暗，厉声说："杀我族人！闯我先祖圣地！既然你都现身了，我管你是人是鬼，必要你偿命！"

几名鳖族青年应声而出，拔出腰间的长刀。鳖王亲自带队向前，和几名鳖族青年呼喊着一齐向着黑暗中冲了过去。

"且慢！不要偏离了道路！"

徐爱想阻拦他们，却已经来不及了。

铁莫低声道："跟上去吧。"

如今的局面，他们若是分成两队人，确实会更加危险。

鳖王下令的第一时间，护卫们就已冲了上去。他们看到，前方那个绿光映出的人影也开始晃动，似乎在逃跑。一路上鳖族人早就受够了各种窝囊气，此时不禁振奋起了信心，一鼓作气追了上去。

黑暗中，众人对距离的感觉变得不准确起来。他们始终能看到前方不远处有个人影，但无论怎么追都无法近身。鳖王气急，脚步越来越快，甚至都没发现他们不知不觉中已走出了血王蛭的巢穴。

追在他们后面的徐爱觉得不对劲，不安的感觉涌上他的心头，他突然觉得，那个人影似乎要把他们引到某个地方！

突然一阵劲风袭来，吹得众人几乎站立不住。

所有的火把，都被这一阵风吹灭了。

"小心！"无边的黑暗之中，铁莫的一声呼喊让惊慌失措的众人稍稍定下心。紧接着，又传来一阵兵器撞击的声音。

还是徐爱最先反应过来。他将身旁的妻子紧紧护住，喊道："张强、宋壮！赶紧把火把点起来！"

众人在黑暗中摸索着火石，想要重新点起火把。但不知是不是因为风太大，好一阵都没有成功。

绿光映出的身影再次出现在前方，这次另一个人影也出现了，众人立刻认出那是铁莫。两人在黑暗中不断地辗转腾挪，似乎正在恶斗。

鳖王等人不先点亮火把，喊叫着直接杀了过去。

漆黑的山洞突然发出"隆隆"的巨响，地面剧烈地震动起来。所有人都猝不及防，一起摔倒在地上。张强脚下一空，重重摔了一跤，刚摸出的火石也不知道掉到哪里去了。

　　好在震动只持续了片刻。徐爱挣扎着站起身，已经听不到兵刃碰撞的声音，想来铁莫和那个神秘人的战斗已经结束了。

　　"我们被困住了，"黑暗中传来铁莫的声音，"那厮不知发动了什么机关，用虫子的光将我引开，自己逃脱了。"

　　徐爱疑惑道："被困住了？"

　　终于有火把亮了起来，但一束火把的光在此时就如萤火般微弱。众人呼喊着，将更多的火把点燃。直到十几个火把将周围都照亮后，徐爱才明白了铁莫的话是什么意思。

　　众人正走在一段下坡路上，但他们已经没有了前路。坡道的前方和后方，都堆着无数巨石，将路彻底封死了。

　　鳖王仍在盛怒之中，显然是因为刚才没能杀死那个神秘人。鳖族的青年们在他的安排下纷纷散开，去寻找出口。一时间火光分散开。

　　虽然此地已经看不到密密麻麻的水蛭，张强和宋壮仍不放心，两人互相检查着后背，以确保没有被血王蛭悄悄附着。

　　徐爱从地上爬起身来，表情痛苦，似乎被摔得不轻。他忍痛活动了一下刚刚被摔伤的胳膊后，轻轻吐了口气。

　　"你没事吧？"铁莫问道，"现在我们被困死了，这机关可能还需要你来……你怎么了？"

　　铁莫话说到一半就突然停止了，因为他看到徐爱的面色渐渐苍白起来。

　　徐爱的眼神茫然而空洞，他怔怔地望向身侧。

　　看着徐爱的变化，铁莫心中一紧，皱眉问道："怎么了？"

　　"守……守让呢？"

"守让呢？"徐爱脸色苍白，重复道。

刚刚还被徐爱护在身后的王守让，此刻已不见踪影。

铁莫脸色大变，喊道："分头找！"张强和宋壮连忙去找人。

山洞的空间并不大，转一圈不过是片刻工夫的事。张强、宋壮和鳌王手下的护卫们不一会儿就将整个隧道寻了个遍，但除了石头外什么都没有发现，更别说什么出口。

自然，他们也没找到王守让。

徐爱回忆起刚才的巨响和地震，喃喃道："刚刚机关发动之时，我因地面震动倒在地上。等地面停止震动时，守让就已经不在我身后了。难道是机关的问题？"鳌王走上前，想和徐爱说话，徐爱却没有表现出一贯的文雅和礼貌。他没理会鳌王，而是径直走到王守让刚刚消失的地方，举着火把开始慢慢摩挲墙壁。铁莫知道，他是想找到封死隧道的机关所在。

"大人见谅。"铁莫对着鳌王抱拳表示歉意，让鳌王颇感意外。

"神秘人发动机关，封死我们的去路，所以这山洞内必会有机关痕迹。劳烦鳌族众人一同找找，看看有没有什么蛛丝马迹。"

鳌王道："应该的！"说着便转身向鳌族众人下达命令，众人快速行动了起来。鳌王转头对铁莫道："想不到此次进入圣地，居然发生这么多事，连累诸位了。"

铁莫不冷不热地道了声"客气"，便领着张强和宋壮，沿着徐爱检查过的地方，也一寸寸地沿着岩壁摸了过去。鳌王看着铁莫的背影沉默不语，转而又看了一眼正在忙碌的徐爱，以不易察觉的幅度轻轻摇了摇头。

时间一分一秒地流逝，被封死的隧道也越来越闷热，众人几乎将隧道内的每一块石头都检查了个遍，也没有任何发现。

徐爱几乎将整个身躯都趴在了岩壁上，他的衣服已经湿透，看起来像刚从水里捞出来的一般。但他依旧一丝不苟地检查每一处可能漏过的细节，刚刚王守让站过的地方，已被徐爱反反复复检查了不下数十次。

铁莫、张强、宋壮三人也沿着两侧的岩壁来回检查了几遍，同样毫无头绪。

鳖族人因擅水利，在机关方面倒还有些自信。他们以小组为单位对这封闭空间进行了一番细致的检查，可疑的地方也都让鳖王亲自检查确认了，但除了几个因为水蚀形成的小洞外，还是没什么收获。

所有人都感到空气似乎渐渐稀薄起来。铁莫等人听到鳖王的呼喝声似乎也开始变得焦躁。无穷的闷热和潮湿消磨着每个人的耐心，刚刚才从血王蛭的绝望中跨出的众人，现在又再次乱了起来。

铁莫看着徐爱专注的背影，走上前去问："可有什么线索？"

徐爱像是没听到铁莫的话一般，继续沉默地摸索着。铁莫也不再催促，只是静静地等着徐爱。他知道，此处若有什么生机，恐怕只有这个书生能找到了。

很久之后，徐爱像是脱力一般突然瘫软下来。他背靠着岩壁长长吐了口气，用沙哑的声音回答了铁莫。

"看起来好像是死路。"

"未免放弃得太早了。"

徐爱痛苦地摇摇头，道："守让她……不可能就这么消失。我想不通……"

铁莫还想问一些细节，但他看着徐爱的神色，到嘴边的话生生咽了回去。

他悄悄看了眼远处的鳖王，压低声音道："你和王大人在鳖灵石像的壁画上，到底看到了什么，非要瞒着鳖王？难道这件事没办法助我们脱困吗？"

"那些壁画并没有关于遗迹内机关的内容，"徐爱摇摇头，眼神望向身前的一片空无之处，"我们逃不出去了。"

铁莫不语，等着徐爱接着说。

"鳌族众人之所以找不到机关所在，我们之所以找不到任何机关的痕迹，是因为这里边根本没有什么机关，或者说，我们现在就在机关内部。"

徐爱用沙哑的声音继续说："所谓生死开合留一线，任何奇淫巧技中牵动机关核心的那一线，只要能找出并将其拆解便有活路。但刚刚我已经细细查看，我们身处的这个空间只是一座空荡荡的监狱，身为囚徒又怎么可能找到那一线生机。"

"那怎么……"铁莫想问徐爱，王守让是如何消失的，但徐爱似乎早猜到他要说什么，他的话还没出口就被徐爱截住了。

徐爱伸出手。指了指背后的岩壁，叹道："我想不通，无论怎么看这都是一堵再普通不过的岩壁。没有中空，没有穿凿，没有暗门，什么都没有，就是一块普通的山岩。可就是在这里，守让突然消失了……"

王守让的消失，可能是在机关发动的时候，被什么古怪的力量带离了这里。但徐爱早已没有平时的理智，他根本不敢去细想这个可能性。且不说黑暗中的水蛭有多危险，那个捉摸不透的神秘人，也足够令人担心了。假如王守让一个人身处无尽的黑暗中，她该如何自保？

徐爱喃喃道："机关术数不过毫末技艺，有锁法就有解法，比不得世道人心危险，所以我和先生从来也不曾关注这些。但如今我们身在机关内部，既看不到锁法，又不知道解法，实在是可悲，可笑。"

"张强、宋壮！"铁莫沉声道，"随我去见鳌王！"

两人看着铁莫铁青的脸和徐爱苍白的脸，知道事情不妙，也不敢怠慢，慌忙应了一声便跟了上去。徐爱看着铁莫等人的背影，又想起爱妻，不禁痛哭。

真的没有办法了吗？

铁莫将徐爱的话告诉了鳖王，坦言如今所有人被困在这里，根本无法逃脱。他知道，鳖王的求生欲望是众人中最强的那个。若说还有一线生机，则要靠鳖王的野心。

果然，鳖王听完铁莫的话大惊："此话当真？徐先生可确定？"

铁莫点点头，说："眼下机会渺茫，但我还想试一试。既然无法以机关术破局，便只好以力破之了。咱们人数不少，只要齐心同力，说不定便能破出一条生路来。"

铁莫讲了自己的想法，其实也是个笨拙办法。无非是找那些水蚀形成的小洞口，用兵器去凿个洞口出来。但这就是眼前最有可能活命的办法了。

鳖王没多想，神情坚毅地说："由我来找一处最利于开凿的地方吧！"

乒乒乓乓的声音在隧道中响起。众人以兵刃为工具，开凿坚硬的岩石。鳖王命令手下灭了一半以上的火把，把点燃的火把都集中在了"施工队"的周围。

金属凿击石头的声音聒噪刺耳。众人观望凿洞的成果，但每次都叹气不止。徐爱眼神空洞地望着头顶。他看到上面隐约有影子在闪动，当他闭上眼睛时，那个影子仍在眼前。先生教过他，所谓心外无物，心外无理……他想着想着，竟意识模糊了起来。

宋壮倚在岩壁上，看着不远处众人忙碌的身影，也渐感困乏，索性闭上了眼睛，不一会儿居然睡着了。刚刚走回来的张强看到睡倒的两人后，居然也有样学样，坐下来靠着岩壁，闭上眼睛睡起觉来。

不知过了多久，宋壮突然感到身体一顿，惊醒了过来。他左右看看，确认自己还在昏暗密闭的地下山洞中。身旁的张强睡得正香，而徐爱以一种奇怪的姿势，侧着头将全身都紧紧贴在了岩壁上。

"徐……徐先生？"宋壮真怕徐爱此刻突然发起疯来，他忐忑地问道："没……没事吧？"

不知什么时候醒来的徐爱神情专注，好像没听到宋壮的话似的，不知在想些什么。

宋壮赶忙摇醒了一旁的张强，张强刚准备抱怨几句，顺着宋壮的指头看到徐爱，也惊得说不出话来了。

"是守让！"徐爱突然惊呼起来，"哈哈！原来如此，原来如此啊！"

只见徐爱捡起一块巴掌大的碎石，在岩壁上用力敲了起来。

"咚咚！咚咚咚！"

张强和宋壮对视一眼，都从对方的眼神里读出了和自己相同的想法——那个机敏无双的徐爱，好像已经疯了。

不远处，斧凿的声音越来越小，从进入地下到现在，一路上都是拼了命地前进和逃亡。如今也不知时间过了多久，这一路上众人除了清水外没有任何进食和休息，加上这许久的体力活，此刻已经渐渐力有不逮。

接近放弃的众人还在徒劳地尝试着。兵器砍在乳石上，留下些大小不一的痕迹，但并没有多少成效。铁莫看着自己手中坑坑洼洼的兵器，心中也生出了绝望感。也就是在这时，他听到的张强的声音，转头看到了暗淡光线中正"发疯"的徐爱。

鳌王也发现了徐爱的异常。两人疑惑地走过来，就看到徐爱仍旧不闻不问地拿着手中的碎石，猛烈地敲击着岩壁。

"咚咚！咚咚咚！"

声音在山洞内回响。铁莫沉思片刻，意识到了什么，他也捡起块碎石，学着徐爱的样子，与徐爱一起敲了起来。

"铁大人，怎么你也跟着闹？"张强绝望地喊着。

鳖王静静地听了片刻，他也发现了事情还有转机，于是找了块趁手的碎石，也跟着一起敲了起来。

"咚咚！咚咚咚！"三个人敲击的声音整齐又有节奏，声音比之前响亮了不少。

"完了完了，又疯了一个！"

张强哭叫着，宋壮满脸疑惑。

但那三人依旧握紧手里的石块，整齐地在岩壁上用力地敲着。

"咚咚！咚咚咚！"

敲了一会儿，"隆隆"的巨响声再次响起，地面又剧烈地震动起来。但这次带给众人的不是惊吓，而是惊喜。

有了之前的经验，不待铁莫警示，众人便趴倒在地，护着头等着地面的震动消失。

头顶不时有碎石落下，众人都靠在岩壁旁躲避。过了片刻，地面的震动停止，众人站起身来四处查看。这次仍是徐爱率先有所发现，他伸出手指向头顶，众人细看，发觉头顶不知何时已被火光照亮，本来还密不透风的岩壁上，此刻已开了五尺见方的出口，火光正是从那个出口射进来的。

"有人！"不知是谁惊呼出声，众人望向头顶那个火光倒映出的人影。

看到那个人影，洞内的所有人几乎同时欢呼出声。

"王大人！"

"先生！"

那个人影，正是此前与众人分别的王阳明。

王守让也探出头来，朝着底下众人笑道："不谢谢我吗？"

张强高兴得使劲拍宋壮的肩膀，呼喊道："都得谢！都得谢！"

徐爱见到妻子平安无事，心头悬着的石头终于落了地。他整了整衣衫，脸上露出了畅快又疲惫的笑容，冲着头顶的王阳明恭敬地行了一礼。

"王大人既然没事，我族的鱼月仙和鱼虎阳呢？"鳖王抬头喊道。

话音刚落，一条长绳从头顶落下。王阳明道："月仙姑娘无事，鱼虎阳为了保护我们受了些伤，此刻正在休息。诸位请先上来吧！"

鳖王听到二人都无性命之忧，放下心来，当即命族人集合，依次顺着绳子向上爬。

明明是不久前才分开的，此刻重聚却恍如隔世，徐爱轻轻拉着妻子，小声询问着她的情况。宋壮看到王大人完好无损地站在自己眼前，眼泪止不住涌了出来。一向多话的张强也结结巴巴地说不出完整的话来。王阳明的视线扫过众人，然后对人群中的铁莫行了一礼，道："多谢铁校尉一路照拂了。"

铁莫轻哼一声，浑不在意，淡淡道："真亏你能发现我们。"

王阳明笑道："多亏了舍妹的主意。"

王守让转过头来，得意地做了个鬼脸。徐爱解释道："我被困在里面的时候，迷迷糊糊地听到了石块的敲击声，就猜到那是守让在利用声音寻找我们的位置，所以才以石击之声回应。这本是我和守让小时候常玩的一个游戏，想不到会救了我们一命。"

王阳明道："我听守让说了你们一路的情况。那个神秘人发动机关的时候，我们几人正巧到达了附近。守让被机关甩出来的时候，也多亏月仙姑娘帮助才能平安无事。"

甩出？徐爱略一思索就明白了，原来机关启动的时不是什么落下的巨石封死了去路，而是他们所处的那条隧道都在移动，守让正是在移动的过程中不小心被甩了出去，这才机缘巧合地遇上王阳明一行人。他们之所以检查岩壁没得到任何线索，是因为隧道早已移动了位置，新的岩壁堵死了本来的出口，他们却刻舟求剑而不自知。

王阳明看到徐爱神色，知道他在想什么，道："困住你们的山洞其实是一块中空巨石，它所处的位置正好前后都有出路。但因机关启动，整块巨石如旱地行舟一般滑行至此，把诸位带到了现在的位置。你们身在其间没法察觉也正常。这个机关也只能从外部启动，若不是守让，恐怕后果不堪设想。"

鳌王此时也已经成功攀了上来。他直起腰身左右望了望，发现刚刚将自己困死的巨大密室居然是个梭形的巨石，此时正架在一处悬崖之上。他望向悬崖底下，黑漆漆的深渊下有一条长长的绿色光斑组成的线。

"多亏王大人及时赶来啊！"鳌王上前行礼道。

王阳明客气地回礼，说道："话是这么说，但也正因为我打开入口，才会有鳌族人牺牲，这道谢实在愧不敢当。"

鳌王摆摆手，左右看了看，问道："鱼月仙呢？"

鱼月仙从人群中走上前来，默默跪下，用鳌族的语言冲鳌王说着什么，似乎在汇报一路到此的情况，王阳明看到鳌王不时地点头。

"先生，此地是……"看清周边环境的徐爱忽然想到了什么，用几乎没人听到的声说道，"壁画……"

王阳明抬手示意他噤声，说道："正是，这巨石横亘在悬崖的两端，咱们脚下是无尽的深渊，其实我们已经到了祭坛了。"

祭坛？

铁莫眉头微动，心想这一路走来从没听说有什么祭坛。难道他们已经到达遗迹最深处了？

"王大人，确实没发现我族圣物吗？"鳌王已经听完了鱼月仙的报告，转头望着王阳明，问道。

王阳明沉默地点点头，一旁的铁莫右肩微动，手指已经轻轻搭在了佩刀上。

鳌王好像没有察觉，只是微微一笑，转头说："此地宽阔，王大人有所遗漏也说不定，咱们一道去看看吧。"说着先向前走去，鱼月仙犹豫了一下，紧跟着走了过去。

王阳明道："咱们也过去吧。"

几支火把随意地插在石缝里，将这一大块地方照亮。众人只觉得眼前豁然开朗，一座巨大的祭坛显露在众人眼前。那座祭坛由一块块巨石垒成，巨石之间毫无缝隙，层层相叠足有数十层楼高，最高处因光线微弱，众人几乎看不太清。

祭坛背靠着山壁。众人沿着阶梯向上，两侧是凹形的石槽，石槽向左右远远地延伸了出去，里面遍布蜃虫。石槽和祭坛的连接处，是两个斜向下的缓坡，由此可以进入石槽内部。祭坛就像是一座山，而石槽就像一条干涸了的河床。山上若有雪化开，水就会从祭坛流下来，沿着石槽，流向左右两侧的无边黑暗之中。

祭坛下方的空地上，几支火把照亮了一小块地方。那里堆着方形、柱形的破损的石头，即使破败如此，仍能看得出这里曾经是多么宏伟。

一个人坐在祭坛正下方的一级石阶上，正是受伤了的鱼虎阳。

鳌王赞许地看了鱼虎阳一眼，嘱咐他好生休息，便自顾自打量起了巨石祭坛。

王阳明提醒道："此处蜃虫密布，切不可惊动它们。"

"蜃虫？"张强好奇地问。

王阳明点点头，道："也称鬼火虫，发绿光、夜行，一睡百岁，食腐骨吞血肉。不过只要不惊动它们就没事。"

张强"哦"了一声，心底却嘀咕，怎么王大人才一会儿不见，就好像更有学问了。宋壮"嘿嘿"笑着，感觉这才是他们无所不知的王大人。

"先生，这祭坛应该就是那终点，"徐爱低声说，"忘川渡口了。"

王阳明点点头，一旁的王守让和铁莫莫名其妙地看着二人，不知道他们在说什么。

徐爱心想：这里和壁画中所绘的景象一模一样，就是忘川河，那横亘在悬崖上的、刚刚困死自己一行人的梭状巨石，便是渡口停泊的船吗？

王阳明刚到此地时便想过这些了。传说中，人死后会渡过忘川河，抛弃前世种种，然后投胎转世。但他想不通这些传说和鳖族圣物究竟有何关系。

鳖王正往祭坛的最高处走，鱼月仙正跟在他身后一同前行。那两道身影在火光和虫子的绿光的映衬下，说不出的古怪。

王阳明突然觉得哪不对劲。

"哥哥？"王守让的话打断了王阳明的思路，"那鳖王在找什么圣物，咱们不帮忙吗？"

王阳明笑笑，心想只怕自己要帮忙对方也不会同意，他轻声道："不用，只怕没人能找到那什么圣物。刚到此地时我已寻过了。"

"为什么？"

"因为根本没有什么圣物。"王阳明笑笑，对妹妹说，"圣物从一开始就不存在，就像我身上的什么转生咒术，都是骗人的。"

"啊？"王守让掩口轻呼，"哥，你怎么知道的？"

王阳明想了想，在一块青石台阶上坐了下来，说："一直没来得及和你们说我是如何到达这里的，趁现在有空，不如给你们讲讲。"

王守让点了点头，拉着徐爱跟着坐下。张强和宋壮也连忙蹲下，等着王大人开讲。

王阳明长舒了口气，驱散了心中的胡思乱想："咱们被蛊虫围攻的时候，为了救月仙姑娘，我随着月仙姑娘从那个洞口滑了下去。"

"是啊！当时我还想回去救你呢！"

王阳明笑笑，道："我们从那个洞口滑下去后，掉进了一个大水池里。一同跳进去的鳖族人大多死在了那水池中，我们在那里面遇到了……"

"怪兽？！"王守让想起虫子将自己一行人逼到绝境的时候，突然听到了一声凄厉至极的吼声，吓退了虫子。她脱口而出道："我们可是听到了怪兽的吼叫声。"

一旁的张强和宋壮也跟着点了点头。

"怪兽吗？"王阳明微微一笑，继而叹气道，"或许是吧。"

心外无物

第四章　饲虫牧兽

　　这地方也太整洁了些。岩壁没有渗水，四下没有泥土，甚至空气都很干燥，石椅和石桌上一点尘埃都没有。这哪是什么闲置百年的石室，分明就是有人刚刚离开……

王阳明开始详细讲述和徐爱等人分别后的经历。

眼见鱼月仙不小心跌入那洞口，王阳明伸手一捞却没抓住。鱼虎阳等人仗着武艺在身跳了下去，王阳明反应过来后也立刻跟了上去。

进入那一人宽的洞口后，王阳明发现那通道的岩壁光滑异常，只好顺着通道一路落下去。幸运的是，当他抬头向上时，发现虫子们正沿着石壁往下爬，反而不如他们一路往下滑来得快。随着自己不断向下滑，那些虫子竟然被渐渐甩开了。

向下滑行了一会儿，"扑通"一声，王阳明已经落在水中。猝不及防地入水让他呛了个结实。所幸身旁不知是谁，拉着王阳明的胳膊上浮，他这才不至于溺水。

钻出水面后，他发现这里有很微弱的光线。四周是一片很大的水洼，头顶的岩壁上，还能看到水波倒影。虽然没有火把照明，但借着这微弱的光，他依稀能看到好几个人都在水中游动。

王阳明出声高喊："月仙姑娘！月仙姑娘！"

黑暗中传来回答："王大人吗？我在这里！"

王阳明循着声音，朝着那个方向游去。他听到另一个熟悉的声音也在喊鱼月仙，那是鱼虎阳。王阳明松了口气，放下心来。

这里看起来像个水洼，但游动起来却发现面积出乎意料的大，几乎和龙场驿站后面的湖差不多。王阳明游了好一会儿，依旧看不到鱼月仙。于是他只好再次出声，以确认鱼月仙的位置。

王阳明突然想起来，他们滑落下来的时候虫潮也跟着下来了。只是当时他们滑落的速度太快，把虫子远远甩在了后面。此时他抬头望去，那个洞口处已经隐约有了绿色光斑。王阳明心里焦躁起来：若是在路上，他们尚可逃命。可要是在水中，他们要如何才能逃命？

他高喊道："鱼虎阳、月仙姑娘！让大家赶紧上岸去！虫子快过来了！你们也抓紧时间！"

黑暗中传来鱼虎阳的怒吼声："王阳明！你要抛下月仙吗？"

王阳明想起鱼月仙正是因为脚上被虫咬伤，才会掉到这里的，此刻她在水面上保持上浮估计已经很困难了，如何能独自游到岸边去？他暗骂自己太不冷静了，连忙高喊："月仙姑娘莫慌，我来了！"

随着虫子渐渐增多，岩洞里也亮了起来，王阳明这才发觉鱼月仙距离自己并不远。鱼月仙也发现了王阳明，冲他挥了挥手，王阳明连忙游了过去。

"呜啊！"

正专注游泳的王阳明突然听到一声奇异的声响，他的动作为之一顿，下意识地回头看，但四周漆黑一片，什么也看不到。头顶上的怪虫越聚越多，但王阳明很确定，声音并不是从头顶传来的。

幻听吗？

来不及多想，王阳明继续朝着鱼月仙游去。片刻后，他终于能看清鱼月仙的面容。她清秀的脸上虽然血色全无，但精神似乎还好，王阳明心中一安。

"你怎么也跌了下来？"鱼月仙好奇地问。

"来不及解释，先离开这里。"

"我刚刚掉下来的时候不知为什么会有浪打过来，所以才被冲到这么远的位置。"鱼月仙道，"这水下有暗流，你水性不好，要小心。"

王阳明想起自己几次溺水的经历，不禁苦笑。他自小生在江南，从小伴水而生，竟然会有一天被人说水性不好。

王阳明他游到鱼月仙身边，伸手挽住她的胳膊，搭在自己后肩上。鱼月仙知道自己行动不便，很默契地趴在了王阳明背上。就在二人准备朝着岸边游去的时候，那诡异的哭声再次响起。

"呜啊啊——"

那个声音低沉、短促，透着说不出的古怪。声音在岩洞内不断回响。这下王阳明确定，刚刚听到的声音，并不是幻听。

"混蛋！王阳明！你对月仙做了什么！"鱼虎阳愤怒的声音传来，紧接着传来了他拳头砸在水面上的声音。所谓关心则乱，鱼虎阳听到那似啼哭的声音，竟下意识以为是鱼月仙的声音。

"鱼虎阳！你胡说什么呢！"鱼月仙羞恼道，"王大人在救我脱困！"

鱼虎阳急道："可是……我听到你哭了……"

"呜啊啊——"

话没说完，又一声更为响亮的啼哭声响起。

迟钝如鱼虎阳，也听出了那哭声的诡异。他的心中泛起不祥的感觉，大喊道："月仙！你没事吧！"

鱼月仙恼他胡言乱语，负气不肯回话。王阳明没心思计较这些，高声说："月仙姑娘无碍，水里好像有东西，赶紧上岸！"

鱼虎阳哪里肯信王阳明，他怒气冲冲地喊道："姓王的！月仙到底怎么了？你把她怎么了？为什么她不说话了？你等着！"

鱼虎阳不愧是鳖王手下第一猛将，通过声音确认了王阳明的位置后，便一头扎进水中，如一尾快鱼般迅速靠近王阳明，与此同时，其

神探王阳明·鳖灵奇局

他几名鳖族护卫也游了过来。

岩壁顶上的虫子越来越多，洞内的光线也越来越强。众人借着光终于顺利会合。一旁的王阳明心里无奈，按照他的计划，此刻众人都应该安全上岸了。

他抬头看向头顶，无数虫子像星星一般聚集在岩壁顶上，不禁有些好奇，为何这些虫子没来攻击他们。

众人快速向着岸边游去，这时，又一声更为尖锐的哭声响起。众人的动作都不由停了一下。

"这到底是什么鬼东西？"鱼虎阳不耐烦地说，"要不要去捉来杀了？"

鱼月仙不满地说："眼下脱困最为要紧。"

"这哭声……"王阳明犹疑道。从听到第一声的时候，王阳明就觉得这哭声有种说不出的怪异，此刻再次听到，他终于想通：这哭声就像是婴儿夜啼一般。

"像是婴儿的哭声啊。"鱼月仙说出了王阳明心中的想法。

回响的声刚散去，王阳明似乎看到，在他们身后的黑暗角落，有个浑身赤裸、皮肤惨白、双眼发黑的小婴儿，正蹲在墙角哭泣。

"无论是什么，水下对我们不利，赶紧先上岸再说！"王阳明低声道。

鱼虎阳很不服气地反驳他："哼！会有鳖族在水下不利的情况吗？"同行的几人听到鱼虎阳的话，也很不服气地应和起来。

哭声再次响起，比前几次更加刺耳。王阳明忙说："别理会，赶紧上岸。"话还没说完，又一声啼哭声传来。

鱼月仙点点头，催促众人赶紧前行。鳖族人非常听鱼月仙的话，不再理会哭声，全力向着岸边游去。鳖族善水，王阳明只觉得像被鱼拽着一般，片刻间就到了浅水处。他们先后站起身来，向岸上走去。

王阳明心里安定了些。

就在此刻，一声从未有过的尖锐啼哭声响起。众人觉得耳内刺痛，纷纷捂住了双耳，那声音在山洞内回响不断，久久不息。

王阳明发现刚刚还攀附在岩壁顶上的怪虫，似乎非常害怕这吼叫声，纷纷闪着绿光掉落到水中，在黑暗中看起来像是烟花一般，居然有种诡异的美感。

鱼月仙有些看呆了，但鱼虎阳全然没看到似的，他只关心鱼月仙腿上的伤口。他正打算上前扶住鱼月仙，突然，感觉脚背一凉，有什么滑腻的东西从自己脚上扫过。他下意识低头看去，只见水下有一条漆黑的长蛇似的怪物，从他脚下一闪而过，向着深水中游去。

"有怪物！"鱼虎阳拔出短刀，大吼一声，"月仙，赶紧退后上岸！"说着便全力跳起，扑了上去，手中短刀狠狠刺向怪物的身体。

王阳明转过头，看到水面有条数米长的漆黑的怪物正在疯狂地来回摆动，溅起无数水花。鱼虎阳的刀已经脱手，他被远远甩飞，砸进了水中。

一声巨大的吼叫声突然响起，整个岩洞都在震动。众人紧紧捂住双耳封闭听觉，那诡异的婴儿啼哭声，好像下一刻就要变成他们的催命符。

"呜啊啊——"

所幸这要命的声音并没持续太久。当王阳明等人快要承受不住的时候，那声音戛然而止。王阳明抬头望去，刚刚还在水面上疯狂摆动的黑色怪物，重新潜入了水中。

鱼虎阳从水中探出头来，伸手抹了把脸上的水，高喊道："月仙，你快走！"然后用鳌族的语言高声呼喊着什么，王阳明看到身旁的几名青年，纷纷拔出了刀，重新跳进了水中。

"王大人，我们往岸上走。"鱼月仙道，"水里面的怪物交给鱼

　　　　　　　　　神探王阳明·鳌灵奇局

虎阳就可以了。"王阳明犹豫地点了点头。两人互相搀扶着,平安上了岸。

水面上,绿光闪烁。刚刚那怪物吼叫时,大量虫子掉进了水中,王阳明也因此可以在岸边清晰地看到鱼虎阳等人的情形。鱼虎阳带着鳖族青年们,在水中来回游动,不时有人潜下水去。而怪物长长的身躯在水下不断扭动,明显要比众人快得多。

看着水中的情形,王阳明焦躁不已。他不明白,刚刚明明有机会逃走,鱼虎阳为什么要悍不畏死地去和怪物拼命呢?话说回来,鱼虎阳自从掉下洞穴,情绪就似乎有些反常。

鱼月仙淡淡道:"王大人,我们在这里帮不上什么忙,先找找脱身的路吧。"王阳明愕然,鱼月仙似乎对水下拼杀的同族们一点都不关心。

王阳明点了点头。他知道鱼月仙说得对,他确实帮不上忙。

借着怪虫发出的光线,两人在岸上找离开岩洞的出口。

"小心!"

话音刚落,王阳明甚至都没反应过来发生了什么,一股巨大的推力猛地将他推开。

"嘭!"

王阳明趔趄着,眼角余光看到一个黑影突然凌空飞来,狠狠地砸在了他刚刚站立的地方。若不是刚刚鱼月仙眼疾手快,将他推开,被这黑影砸中,王阳明恐怕不死也得残废。

"你没事吧?"鱼月仙一瘸一拐地来扶他。

王阳明摇摇头示意自己没事。扭头看向刚刚飞来的那个黑影,原来是一具尸体。

"是折箩。"鱼月仙道,"估计是被那怪物拍飞了,正巧砸在这里。"

王阳明想起自己刚刚掉进这水洼时，被身旁的人拉着胳膊一同浮上了水面，那人好像就是眼前这具尸体。

原来他叫折筹，王阳明心中叹息。

鱼月仙看着水面，出神地说："这怪物太过厉害。"

鱼虎阳等人仍在奋力搏杀。

王阳明心中难过，终于还是将自己心中的疑惑说了出来："何必跟那怪物拼命，这样下去岂不是徒增伤亡？"

鱼月仙沉默地点了点头。她上前几步，冲鱼虎阳等人用鳖族语言喊了几句。但水中的众人和怪物厮杀得难舍难分，似乎根本腾不开身逃走。

王阳明也走上前说："我来吸引怪物的注意力，你让大家有机会就往岸边游。"说着从岸边捡起几块碎石，朝着怪物狠狠扔了过去。

王阳明年少时曾认真练过御、射之术，所以他投石倒也算手熟。那块碎石在空中划出长长的抛物线，正巧砸在了怪物身上，发出一声沉闷的响声。

紧接着是第二块石头，也砸中了怪物。

几块碎石自然不会对那怪物造成什么伤害，但成功引起了它的注意。它数米长的身躯像蛇一般缩回了水中，婴儿啼哭一般的叫声再次传来。

鳖族众人抓住这机会，忙朝岸边游去。就在这时，那怪物猛地从水下蹿出，朝着离它最近的一人拍下。

"啊！"

惨叫声被水吞没，水面上漂起了一层血红。

所幸众人游泳都极快，在那怪物再次发起攻击之前，其他人都成功地逃离水洼，爬回了岸上。

"什么鬼东西！"鱼虎阳骂道，"没头没脸的，刀子也砍不进去。"

"待在岸上吧，"鱼月仙说，"岸上暂时是安全的。"

"咱们还是赶快寻出路，"王阳明点头，"水下情况凶险，万万不可再入水。现在先沿着山壁走，找找看有没有其他出路吧。"

刚刚水下的一番搏斗，死了两人，伤了三人。眼下除了王阳明和鱼虎阳之外，剩下的人都受了不同程度的伤，实在不能再遭遇什么危险了。

众人远远地离开水边，脚步尽量放轻，朝一侧岩壁走去。不知为何，那些发光的怪虫消失了一大半，岩洞内又暗了不少。鱼虎阳等人想尝试点火照明，但火把被水浸了个透，根本点不燃。众人只能在越来越暗的绿光中缓慢前行。

王阳明和鱼虎阳走在最前边。因为只能看清身前几米，两人只好摸索着岩壁缓慢前行，如此一来队伍的前进速度异常缓慢，好在水里的怪物没再出现。

鱼虎阳指着前方说："那边好像亮一点，会不会是出口？"

王阳明循着鱼虎阳指着的方向看去，果然黑暗中有一些绿色的暗光。他不确定那是一个怪虫巢穴，还是出路。

王阳明道："我和鱼虎阳前去看看，你们在此小心等着。"说着两人悄悄朝着发光的地方走去。

随着距离越来越近，王阳明渐渐发现了不对。他靠近细看，发现那团绿光并不是什么怪虫的巢穴，也不是出路或者洞口。

正在这时，王阳明迈开的脚步忽然踩到了什么滑腻的东西。他低头看去，头皮发麻，这不正是刚刚杀了好几人的怪物吗？

为什么明明在水下的怪物，会出现在岸上？

王阳明的心跳也骤然加快。

他发现这只怪物的身躯一直延伸到那团绿光处。幽暗的绿光中，隐隐能看到它长着粗壮的四肢和锋利的爪，那巨大的身躯上，还覆盖着盔甲一般的东西。

鱼虎阳悄悄指了指地上。借着微弱的光线，王阳明看到那怪物的尾巴上，有一处正流着血，显然是刚刚鱼虎阳等人留下的。

"呜啊——"婴儿般的叫声骤然响起，王阳明和鱼虎阳两人毛发竖立，不敢动弹。两人对视一眼，默契地比了个手势，一同往后退去。

此时光线愈发暗了，这洞穴几乎要陷入到黑暗中。

才走出两步，王阳明发现前路竟然被石壁封死了。他明明记得自己是沿着石壁走来的，现在又是从哪冒出来的墙壁？

下一刻，王阳明猛地明白过来，那哪里是什么墙壁，根本就是一颗巨大无比的头颅，正盯着自己。

那巨大的头上长着铜铃般的巨眼，光溜的脑袋上，还覆着盔甲一般的外壳。那怪物的一张大口甚至比鱼虎阳的身躯还要大，王阳明甚至能感受到那怪物鼻中喷出的腥气。原来当他们发觉这怪物的尾巴的时候，怪物就发现了它们。如此庞大的身躯，竟能不知不觉地堵在他们的身后。

冷汗瞬间浸透了王阳明的后背，两人都静静地站在那怪物身前，一动不敢动。

那个怪物伸出长舌，慢慢地裹住了王阳明，那巨大的舌头微微用力，王阳明就感到自己浑身绷紧，似乎全身的骨头都要被挤碎了。

所幸，似乎怪物对他的味道并不满意。片刻后，王阳明感到身躯一松，那怪物松开了舌头，他不禁微微松了口气。

那怪物的鼻头微动，嗅了嗅王阳明后，转去观察一旁的鱼虎阳。鱼虎阳不知何时已悄悄将刀握在了手中。

就在怪物伸出舌头之时，鱼虎阳猛地举起了刀，朝着那怪物的眼珠刺了下去！

只听到一声脆响，鱼虎阳的刀应声而断。

那怪物感知到危险，下意识摆了一下巨大的头颅，鱼虎阳的刀刚好刺到了怪物头顶的盔甲上。

"快跑！"王阳明呼喊出声。

怪物的尾巴从两人脚下扫过，王阳明一个趔趄摔倒在地，而鱼虎阳则闪避不及，被怪物的尾巴抽到胸口，直直飞了出去。

王阳明根本来不及去救鱼虎阳，他只觉得脚下一紧，就被那怪物的尾巴紧紧缠住，动弹不得。下一刻，他觉得天旋地转，回过神来发现，原来自己被怪物缠住双脚，倒掉了起来。

"王大人！"一声清亮的惊呼传来，是鱼月仙。

"不要过来！快逃！"王阳明高声呼喊着，但鱼月仙已经冲了过来，其他几名鳖族青年也一边佯攻怪物，一边快速绕到怪物身侧，想去救鱼虎阳。

王阳明心中焦急。鱼月仙腿上有伤，虽行走无大碍，但毕竟移动不便，对上这等怪物哪里有活路可言？

情急之下，王阳明双手在地上乱抓一通，石块也好，碎土也罢，不论抓到什么都一股脑地朝着怪物的头上扔去，只希望把怪物的注意力吸引到自己身上，好让其他人平安。

怪物果然没有去追鳖族众人，也没有去攻击鱼月仙，而是低头躲避着王阳明扔出的碎石。王阳明忽然看到怪物猛地张开了大嘴接住了自己扔过去的一个东西。

王阳明愣了一下，低头看着自己的手，发现手指上还残留着绿色的黏液。

"原来如此！"王阳明恍悟，他高喊道，"这怪物吃虫……"

话没说完，王阳明就被甩飞了出去。他只觉得耳边风声不断，回过神时已经安然落地，原来是鱼月仙接住了他。

王阳明急忙说："这怪物吃虫子！"

鱼月仙立马明白过来，用鳖族语高喊了几声。片刻之后，去救鱼虎阳的几个鳖族人都跑了过来，每个人的手中都拿着早已死透的怪虫尸体。

鳖族众人高声说着什么，王阳明来不及细究，也从地上捡起刚刚被怪兽吼叫声震落的怪虫尸体。

鱼月仙道："他们说鱼虎阳发现了台阶，有可能是出路，咱们冲过去！"

王阳明想起刚刚鱼虎阳承受的那一击，担忧地问："他没事吧？"

鱼月仙罕见地皱起眉头，说："应该死不了。"

王阳明知道鱼虎阳受伤不轻，但看到鱼月仙的态度，也就不再追问了。

此时鱼虎阳和另外两名鳖族青年正在那怪物侧后方，王阳明和鳖族众人在这怪物的正前方。要想会合，他们就必须从怪物身边经过，此刻想要安然穿过，无疑难上加难。

王阳明说："以怪虫引诱那怪物让开路，便能过去。"

鱼月仙点了点头，手里拎着那绿油油的怪虫尸体，往怪物头上砸。那怪物果然上钩。王阳明和鱼月仙扔一个，那怪物便伸嘴接一个，看起来竟有些滑稽。王阳明负责扔，鱼月仙负责从地上捡。两人手上不停，同时脚缓慢地靠近着怪物。

王阳明扔出的怪虫尸体越来越靠近水面，那怪物为了接住食物，也在朝着水边移动。

"准备冲。"王阳明低声道。

话音刚落，王阳明扔出了手中的最后一个怪虫尸体，那怪虫在空中划出一道绿色的抛物线，朝着水中掉落。怪物伸出舌头，发觉够不着，下意识往水边挪了一步，它巨大的后爪刚巧踩在了石头边缘，一个打滑，怪物的身子一倾，落在了水中。

"扑通！"水面溅起无数水花。

"冲！"王阳明一声低喊，扶着鱼月仙向鱼虎阳的方向冲去。

"快走！"王阳明看到仍旧躺在地上的鱼虎阳，两名鳖族护卫一左一右将鱼虎阳搀扶起来，众人朝着前方的石阶冲去。

"咚！咚！咚！"一阵低沉的异响传来，王阳明心中一沉，那是怪物粗壮的四肢踩在地面上发出的声音，他忙道："追上来了！"

说话时，他们已经到达了石阶前。王阳明抬眼一看，那是一条向上的石阶，只有一人多宽，也不知通往哪里，但此时来不及多想，众人一股脑挤了进去，开始朝着阶梯上方爬去。

"啊！刺刚！"不知是谁突然发出喊声。王阳明扭头看去，走在末尾的那名鳖族青年脚下，怪物粗大的尾巴将他死死缠住。

"现在叫救命有个屁用！"鱼虎阳怒道，"赶紧往上爬，这怪物身子大钻不进来！"说着不管不顾地向上爬去。

王阳明看到脚被缠住的那人忽然从台阶上消失了。紧接着一声闷响传来，看来那人已被怪兽用尾巴摔死在了岩壁上。

鱼虎阳转头对最后一名鳖族青年命令道："大竹，你断后，保护我和鱼月仙离开这里！我会将你英勇的事迹告知鳖王！否则你全家人将尽死于大王之蛊！"

说完他又对王阳明道："姓王的，快走！不想死的话就爬快点！"

鱼虎阳分别用鳖族语言和中原官话说的，王阳明并没有听懂前半段。当他看到一名青年拔出刀，主动回身守在阶梯口的时候惊讶不已，一起逃生未必就会死，为什么要去送死。

鱼月仙听懂了一切，眉头微蹙，似乎对鱼虎阳的命令很不满意。

鱼虎阳焦躁地催促着："快走快走！月仙你千万不能有事！如果那怪物再追上来，王阳明你就去断后！"

王阳明沉默地攀爬着，他自然不会把鱼虎阳的话当一回事，但他隐约明白了鱼虎阳之前说了什么，大概也是断后之类的话。

三人沿着阶梯一路向上。片刻后，王阳明听到身后传来惨叫声，心中不忍。

又走了片刻，怪兽的喊叫声再也听不到了，三人这才感觉心底踏实了些，鱼月仙出声道："好像到了。"

王阳明的视线绕过鱼月仙，发觉这阶梯已经到头。头顶上，是平整光滑的岩壁。

"应该有机关。"鱼月仙嘟囔着四下摸索了一番，最后摇了摇头。

王阳明无奈道："我来吧。"

鱼月仙沉默地点了点头，背靠墙壁侧过身躯，腾出了一点空间，示意王阳明上来。王阳明点点头，也学着鱼月仙的样子，紧贴另一侧墙壁，勉强向上移动。登上几阶后，本已狭窄的空间内，他和鱼月仙已经面对面。两人几乎贴面，甚至都感到了对方的鼻息和心跳。

王阳明没有多想，抬起头观察着头顶的石壁说道："是个空心石板，应该是从上边扣住了。月仙姑娘，借兵器一用。"

鱼月仙有些慌乱地抽出腰间的短刀递给了王阳明。王阳明接过刀说："石板一侧有缝隙，只需要将其微微顶起，让刀从缝隙间穿过，拨开上边的扣就能打开石板了。但此事还需月仙姑娘帮忙。"

鱼月仙"哦"了一声，不再言语。

"王阳明，怎么样了？"守在最底下的鱼虎阳看到王阳明和鱼月仙那微妙的距离，不由生出一股醋意，但又不好发作，不住地催促王阳明快些。

王阳明沿着石壁细细摸索过去，找到了石板的缝隙，然后将刚刚借来的刀插进去，对鱼月仙说道："有劳月仙姑娘，从你那头将石板撑起来。"

鱼月仙依言双臂向上，顶起头顶的石板。刚刚还纹丝不动的石壁，此刻因为王阳明插入的那把短刀，居然被推开了一条细细的空隙。

王阳明将短刀拔出，慢慢靠近鱼月仙，说："有劳月仙姑娘坚持下，锁扣的位置应该就在这附近。"

他缓慢地将刀插入空隙，然后慢慢移动刀身，神情专注地感受刀身触碰到的东西。鱼月仙微微侧过头，为王阳明挪出点移动胳膊的空间，两人的身体几乎要贴在一起。

鱼虎阳大怒，吼道："王阳明你够了没有！开个锁还得多久！"

头顶上的两人都沉默不语，让鱼虎阳更是气愤。要不是鳖王叮嘱过他，此时他几乎有了杀人的心。

"啊！"王阳明忽然出声，吓了身前的鱼月仙一跳。

王阳明喃喃道："我忽然想到了，漆尾扁头，声似婴啼，那似乎是上古的动物，大鲵，但是体型也太大了些。而且它还身覆铠甲，奇哉怪也。"

"什么东西？"鱼虎阳不耐烦地吼，"谁管你小妮大妮的，打开了没？"

王阳明继续自言自语："如此巨大的身躯，却以地狱怪虫为食。它本该法天象地，日月一心，可悲可叹，却没了自然心，白白耽误了这许多条性命。"

鱼月仙有些担忧地问道："王大人，是不是六世前的记忆要复苏了？"

鱼虎阳才不在乎这些，他只想快点出去。

"姓王的你有完没完了？"

话音刚落，"咔哒"一声。鱼月仙感到头顶的石板一松，她的双手没了支点，眼看就要扑在王阳明怀中。

王阳明连忙伸手搀住鱼月仙，笑道："有劳月仙姑娘了。"

鱼月仙站直身体，轻轻点了点头，不再言语。

王阳明冲底下的鱼虎阳喊道："好了！"

成功打开了头顶的石板后，三人钻出通道，来到了一块平地上。

但呈现在三人眼前的景象，却让他们有些不敢相信。

头顶之上，一颗巨大的夜明珠镶嵌在石壁上，如明月一般照亮了整个空间。在他们的身旁，还摆着一张石桌和几把石椅，薄薄的银辉下，依稀还能看到一张石床的轮廓。

他们明明在距离地面不知多远的地底深处，但这里，却像是一间寻常百姓居住的卧室。

鱼虎阳声音颤抖着，说："这里会不会是咱们祖先大人住过的地方？"

鱼月仙道："有可能。当年先祖治理水患时，据说曾考察十万里地下水脉，这里有可能就是他短暂栖居的地方。"

"那你说圣物会不会就在这里？"鱼虎阳兴奋地问，"是不是顶上发光的那个东西？"

鱼月仙沉默着没有回答。

王阳明摇摇头，道："无论如何，这里看来暂且安全，我们先在这里休息片刻，再动身不迟。"

鱼虎阳身上伤重，早已疲惫不堪，就算没王阳明这句话他也会好好休息一番。

鱼月仙也坐在一旁的石凳上闭目养神。

王阳明闲来无事，便四下探查这间石室。若这里真曾有人居住，留下了什么可用的东西也说不定。

他绕着整个石室走了一圈，发现一道石门。王阳明试着轻轻推了一下，发觉石门的机关很灵活，推起来并不费力。

王阳明又绕着石室走了一圈，确定没什么异样，这才走到那张石床处。床头上，还放着几个石铸的盒子。他轻轻打开，里边放着保存完好的绢帛。

王阳明发觉每张绢帛都写满了字，虽然字迹已模糊不清，但依稀可以看出是汉人的文字。王阳明有些疑惑，这些绢帛看起来根本不像是存放了上千年的样子，何况上边的字迹既不是古怪的异域文字，也不是他所猜测的秦小篆。

他回身看了一眼正在休息的鱼虎阳和鱼月仙，然后将绢帛小心翼翼地打开，读起了上边的内容。

第一张绢帛上写着一段往事：

"余幼时即友……性常……逢乱世，与同族王元章交好。元章携母避祸于五泄山，遇仙人通七窍，后擅识人看……文武兼备，学卜筮于赵缘督道士。

"性常随元章、诚意伯三人同游，见生灵涂炭种种，感喟百姓浑浑如雉豚……游历归来……元章遁世不出，诚意伯得遇太祖并佐之。性常归隐于五泄山中，往来山水之间，时人莫测。

"……年，太祖携诚意伯至五泄山，寻性常论道……感其诚，同诚意伯出，再游天下，寻秘族为帝谋。至古迹，下忘川，寻……探金竹……种种两界事，大梦……元空。及登大宝……归山。后诚意伯奏荐，任兵部郎中……后恶，命性……鱼凫……"

"原来是性常先祖的友人留字，如此算来时间不过百年。难怪这绢帛保存仍然完整。也不知这位先祖的友人遇上了什么事，非要隐居在这深不见天日的地底。"

读完了这残破不全的绢帛，王阳明思绪万千。

原来，百年前进入这秘境的不止性常先祖，还有文成公刘伯温。绢帛内提到两人"为帝谋"才会来此，想来是打算要寻找鳌族吧？但鳌族族寨离这里如此之近，又怎么可能深入巨石遗迹却没找到鳌族所在？难道这附近尚有其他秘族吗？

当年王性常来到此地，根本不是为求什么再世为人的转生之法。王阳明盘算着，也就是说，自己是先祖转世这件事，果然是个骗局，但入口处那段字迹又分明有"证长生"三个字。这是怎么回事？发生在他身上的那些怪事又是怎么回事？

王阳明继而又想到了鳖灵石像处的壁画，壁画里提到了一些秦朝秘事。可当他把两件事互相印证时，又越觉得很多事情说不通。带着满腹的疑问，他再次匆匆浏览了绢帛上的内容，至于那些已经模糊无法辨认的字，眼下也没时间去推敲琢磨了。

王阳明压着心中的疑惑，接着翻阅第二章绢帛。只见第二张绢帛上，赫然写着"饲虫牧兽精要"几字。这几个字让王阳明背后一凉，想起了他们一路走来所遇的发光怪虫和那只上古大鲩。

"鲩兽，秘族豢养之水下怪兽。长寿，岁三百后可以铜甲覆身，擅袭舟，攻水师。性阴，食蜃虫。牧于地下阴水，可……豢之……五百余岁……今……帝命……豢养……

"蜃虫，鲩兽之饵食也。绿芒夜行，一睡百岁，食腐骨吞血肉……易燃，不喜动。扰之不绝。豢于地下阴河，以……石……豢之多年……"

王阳明心道，难怪那上古鲩兽全身覆有青铜铠甲，刀兵不入，原来是有人蓄意安上去的。他继而又想到，此番所遇到的种种古怪物事，原来都是百年前有人蓄意豢养在此地的。这会和性常先祖和文成公有关吗？

"洪……年，避……终极……阴河……忘川渡……鱼……乌……帝王……饲虫牧兽……百岁……麑……灭之……传之不及……于此……"

这绢帛上接下来的内容越来越模糊，王阳明匆匆浏览，看完了这张绢帛。

他翻过这页，将其小心收好，继而拿起第三张绢帛。发现内容似乎和上一页有所联系，也是关于蜃虫的一些事情。甚至还提到，此怪物来源大荒之地。接下来，帛书中又讲述了一些鲩兽的豢养历史。王阳明草草往下翻看，当他看到"太祖"二字的时候，不由放慢了速度，仔细辨别上面已模糊不清的文字。

"鲩入水……毒……太祖怒……余不死……百岁……余生……牧兽……六世……德……"

这段内容让王阳明越看越心惊。

王阳明眉头紧锁，望着绢帛出神。片刻之后，他得出一个自己都不敢相信的结论。这个可能性假如真实的话……王阳明甚至未敢细想，便觉得后背上冷汗直流。他连忙站起身，大声喊："我们快走！去和他们会合！"

鱼虎阳正闭目养神，被吓了一跳，怒道："又怎么了！"

"这里不安全，我们得赶快走。徐爱和鳖王他们可能有危险！"王阳明将那几张绢帛收入怀中，说道，"这里有人居住！"

鱼月仙好奇道："刚刚进来的时候，我们已经说过这个事了啊。"

王阳明快步走向石门，说道："起初你二人以为这石室千年前有人居住。后来我在石盒中发现线索，又以为是百多年前曾有人短暂居住，但我们都错了。这地方……现在仍有人住！"

鱼虎阳扶着石桌站起身来，忙道："这到底怎么回事？那鳖王大人是不是有危险？"

鱼月仙也看向王阳明，满脸的不相信。

王阳明叹口气，解释道："我们遇到的发光怪虫和鲩兽，都是有人蓄意豢养在此地的。还记得我们滑落至水洼的那个通道吗？那根本就是为给鲩兽投食而开凿的通道。这遗迹之下一直都有人在。"

"但是这样的环境下，怎么可能有人能存活到今日？"

王阳明沉声道："不知道，但毫无疑问除了我们，还有其他人在遗迹内。此前我们刚刚脱离险境，难免松懈，没有注意到，你仔细看这间石室。"

鱼月仙闻言，忽然醒悟：这地方也太整洁了些。岩壁没有渗水，四下没有泥土，甚至空气都很干燥，石椅和石桌上一点尘埃都没有。这哪是什么闲置百年的石室，分明就是有人刚刚离开。

鱼月仙脸色忽然苍白了起来。

王阳明点点头，道："徐爱他们还不知道遗迹内有其他人存在，若是他们遇上，后果不堪设想。"

鱼虎阳一听鳌王可能有危险，忙站起来，"那还等什么，快走！"

三人立即动身。

王阳明说话时，已走到那道石门前，缓慢地将石门推开。夜明珠的光照亮了一段前路，前方是一条长长的通道，一直延伸到黑暗中。

王阳明看着那条道路说："我们不知道这石室的主人此刻身在何处，所以前行的途中，很有可能会遭遇神秘人的袭击，大家千万要小心。"

扶着石墙走过来的鱼虎阳狠狠地说："那正好，杀了他为我王分忧。"

鱼虎阳被鲵兽所伤，气力至今没有恢复，刚刚能站起身已经很不容易，鱼月仙看他走得吃力，上前扶着他。两人跟在王阳明后面，先后离开了那间石室。

夜明珠的光芒毕竟有限，三人穿过石门没走几步，便又重新进入了黑暗中。在黑暗中行进困难重重，加上鱼月仙和鱼虎阳都负伤，三人前进的速度实在有些慢。

黑暗中，三人的脚步声和喘息声清晰可闻。有一瞬间，王阳明似乎感到黑暗中有人影闪过，但细看之下他又觉得是自己眼花了。

"王大人？"鱼月仙感到王阳明停下了脚步，出声询问。

王阳明回了一声，示意她没事。

一路摸索着缓缓前行，王阳明发现这条通道似乎并无岔路。三人摸黑走了一会儿，也没发觉有什么异常。王阳明却越走越觉得哪里不对。再走了几步，他突然发现身后不知何时已变得悄无声息。

刚刚他还能听到清晰的脚步声，突然就消失了。难道说，两人已不在他身后了？

一念至此，他回头望去。身后的鱼月仙没料到王阳明会突然转身，一下撞在了王阳明身上。

这一撞让王阳明放下心来，鱼月仙依然跟在自己身后，并没什么异常。

是我多虑了吗？王阳明心想，他微微一笑，抱歉说："在下想回身确认一下两位的情况，吓到月仙姑娘了。"

话说出口，王阳明才猛地发现：他竟然连自己说话的声音都没听到！

难道自己突然成了聋子？他伸手大力拍了几下身侧的岩壁，清脆的响声没有传来。

黑暗中一片沉默，什么都看不到，自然也没办法判断另外两人的处境。

那么，刚才撞到他的那个人呢？

王阳明努力让自己镇定下来。明明片刻前自己还在和鱼月仙正常地交谈，这一路也没再受到其他袭击，为什么他会失去听觉？而且自己出声喊鱼月仙，对方若是听到，也总该会有反应。

王阳明的衣袖一紧，似被什么人扯住了。他顺着袖子摸过去，柔软的触感从他指尖传来，衣袖一松，扯着自己衣袖的力量又消失了。

"应是月仙姑娘的手。"王阳明心里想。但他继而想到，月仙姑娘突然拉扯自己的衣袖，莫不是听到了我的呼喊，发觉了异样？

眼下自己没了听力，在这黑暗中如何继续前行？如此下去，又该怎么和众人会合？

无论是刚刚在石室发现的绢帛也好，此前的那些壁画也罢，都没能给他提供任何当下需要的线索。失去听觉的他这样在黑暗中前行实在太过危险，无奈之下，他决定还是先退回石室再作打算。

下定决心后，王阳明转身，说道："眼下情况有些复杂，咱们先退回石室重新计较。"

为了确保别人都能听到，王阳明又重复了一遍，这才动身折返。但他刚跨出一步，一股熟悉的气味传入鼻子，那是鱼月仙身上的味道。

王阳明想：为何她还不退？是因为没听到自己说的话吗？

王阳明感到自己的衣袖再次被扯住，他大惑不解，不知鱼月仙为何会有这样的举动，但当下也顾不了许多，拉着鱼月仙往回走。

走了还没几步，那熟悉的脚步声再次响起。

"咦？怎么我又听到了？"王阳明听到身后鱼月仙说，"我刚刚听不到声音……"

鱼月仙一愣，她"咳"了两声，说："没事了。"

一旁的鱼虎阳也说："真是奇怪，我刚刚突然聋了，还以为受到神秘人袭击了。"

"难道刚才我们三人都听不到声音了？"

鱼月仙想起刚刚的事，有些羞意，说道："刚不小心撞到了你，我刚准备问你怎么突然停下了，就发觉自己听不到声音了。那种情况下我又看不到，生怕你一人先行，无意间甩开我们，于是……"

难怪会拉着自己的袖子，王阳明恍然。

"既然我们现在已经恢复正常，那也没必要返回密室了。"王阳明说，"只是前方这段路很是古怪，刚才我之所以停下，也是因为身后突然没了你二人的声音。"

鱼虎阳怒道："又是养虫子又是养怪物，如今又搞出这么个古怪的通道，卑鄙小人！"

王阳明叹气，道："黑暗中我们本就要靠声音来辨别彼此的位置，前方这段路要是都没了听力，那可……"

鱼虎阳打断王阳明的话："谁用你多操心。你走你的，我和月仙自然能走过去。"

"那你走吧，我和王大人一道。"鱼月仙立刻驳了鱼虎阳一句，听起来似乎不怎么高兴。

鱼虎阳顿时没了声音。

王阳明思索片刻，道："二位休息片刻，我再去探查一番，确认些事情。"还没待两人回应，王阳明的声音已经远了。

鱼月仙将鱼虎阳扶到墙边坐下，自己也趁机坐下休息片刻。

鱼虎阳柔声说："月仙，你没事吧？刚才我也不是那个意思……我就是……"

趁着王阳明不在，鱼虎阳赶紧向鱼月仙赔罪。

"哼！"鱼月仙轻哼道，"你就是看不惯王阳明想杀了他。"

鱼月仙的声音冷冷清清。

"我没……"鱼虎阳急忙解释，"我就是看你……那么……那么在意他……我……"

"大王命我好生看着王阳明，不能让他死了，这命令我从十二岁起就铭记在心，你是在质疑大王的命令吗？"鱼月仙的声音陡地冷了起来。

"不是……我……"鱼虎阳不知该说什么，他无奈地说，"那大王还命我拼了性命好生看着你呢！你也没……"鱼虎阳的话说到一半，突然剧烈咳了几声，似乎是牵动了伤势。

"看着我？为什么？"鱼月仙的声音传来，"你我不过是大王随手捡来的孤儿，他的护卫而已，大王何曾重看过一个护卫的性命？"

鱼虎阳认真地想了想，说："不知道，反正这命令我得执行下去，就是拼了我的命也不会让你有事的！"

鱼月仙没再出声，不知在想什么。鱼虎阳生怕再惹她生气，也不敢多说了，两人陷入了沉默。

不多时，脚步声从黑暗中响起，渐渐靠近。

鱼月仙坐起身来，改为跪姿，握紧腰间的刀，出声试探道："王大人？"

"月仙姑娘、虎阳壮士，有法子了！"土阳明的声音从黑暗中传来。

"嗯！我们在这里！"鱼月仙放下心来，出声提醒王阳明两人的位置。

鱼虎阳听着鱼月仙的话，又想起刚才她和自己说话的语气，心里不是滋味。

黑暗中，王阳明也无法得知两人心绪。他循着声音走到两人身前，说："从这再往前走几步，咱们便听不到任何声音了，但只要退回来便会恢复，不过除此以外也没发觉有其他机关。"

黑暗中鱼虎阳微微蹙眉，问："那我们就这样继续往前走不就好了？"

鱼月仙轻轻回道："我们不知道前面的通道里有什么，咱们三人既看不到彼此也听不到声音，这意味着发生任何情况我们彼此都孤立无援，大家若是不小心走散，可就麻烦了。"

王阳明的声音传来："不错，更何况还有个不知身在何处的神秘人。万一在这通道内遇着了他，我们总得自保。故而我想了个法子，咱们三人搭着肩膀一同前行，便不至于走散。至于虎阳壮士因受伤，行走不便，我来搀着便可，也可为月仙姑娘节省些体力。"

鱼月仙的声音传来："也好。"

"哪里好了？"鱼虎阳对这个安排很不满意，"我需要你搀吗？"

王阳明无奈，道："不知壮士有何见教？"

"那就……"鱼虎阳想了想，好像自己也没有什么好说的，一时语塞。

"就依王大人的办法吧，要是遇到什么事，拍肩膀为号，实在不行就再退回来。"鱼月仙说道。

三人商定，王阳明往前走两步，搀起了不情不愿的鱼虎阳，说："月仙姑娘搭着我另一侧的肩膀就好。"

鱼月仙站起身来，伸出右手轻轻搭在了王阳明的左肩上。这样一来，王阳明右侧扶着鱼虎阳，左侧肩上搭着鱼月仙的手。所幸通道够宽，三人并肩前行也没问题。

王阳明说一声："往前走几步后，我们三人就无法交流，也不知道这种情况会持续多久，因此我们每隔一会儿就喊一下，确认听力是否恢复。"

三人开始缓慢前行。鱼虎阳一直对王阳明不服气，他又不想欠王阳明人情，因此赌气靠自己的力量前行。虽然鱼虎阳体型庞大，但这样一来王阳明搀着他也没费太多力气，反而是另一侧的鱼月仙，手上的力道比想象中沉了些。王阳明心道，莫不是鱼月仙腿上的伤势恶化了？他出声询问，已经没了声音。

接下来便是一段长时间的沉默。王阳明每走几步便尝试着说话，但是依旧听不到声音。三人在一片静谧的黑暗中缓慢前行，王阳明只能凭直觉和身旁的岩壁来确认方向，因此走得极慢。

浓郁的黑暗中没有一丝丝光亮。

走了不知道多长时间，王阳明觉得右肩一沉，鱼虎阳的身体向前倒去。王阳明下意识想去扶他，一脚踏出却觉得脚下似乎有什么东西，也失去重心，跟着摔倒在地。

眼下这种情况是他最不想遇上的。王阳明忍着疼痛，挣扎着坐起来，他知道绊倒自己的并不是石头之类的东西，一种不祥的预感在心底升起。

王阳明来不及细想，正待伸手去查探脚下到底是什么东西，突然感到身前一阵风袭来。他立刻明白了什么，忙伸出双手，堪堪抱住了刚被绊倒的鱼月仙。

身前的鱼月仙似乎也察觉到了什么，她慌忙挣扎着想站起身来，王阳明心想两人万一断了联系，这黑暗中寻找起来可就费力了，于是伸手握住了对方的手腕。

黑暗中，鱼月仙会意，也不再乱动，开始配合着王阳明的行动。

这样一来王阳明便有空继续摸索。他凭着记忆，伸手探向刚刚自己摔倒的地方，却发现那片区域空空如也，什么都没有。

不祥的预感越来越强烈，王阳明仔细回想刚刚的情形。脚下的触感告诉他，刚刚绊倒三人的，分明是一个躺在地上的人。

这无声无光的黑暗中，还有一人。

是那个饲虫牧兽的神秘人吗？

鱼虎阳又倒在哪儿了？

王阳明突然感到肩头一重，一只手从后边猛地搭在了他的肩上。王阳明感到头皮一麻，下意识喊出了声。

这只手的主人是神秘人还是鱼虎阳，他根本无法断定。

王阳明强压下心头的惊惧，不自觉地握紧了鱼月仙的手腕。他想告诉身旁的鱼月仙此刻两人面对的情况，但却苦于声音无法传达。

他强迫自己冷静，逐渐站起身来，感受到他动作的鱼月仙也跟着慢慢站了起来，他感觉肩上的那只手的力量越来越重。

王阳明心道：鱼虎阳受了重伤，行走本就非常困难，刚才那一摔恐怕更是火上浇油，而身后这只手的主人似乎也受了重伤不便行走，自己肩上才会受到这许多力气，这只手的主人应是重伤的鱼虎阳吧。

王阳明彻底站起身来，发现肩上传来的力量愈加沉重。王阳明掂量着此前自己搀扶鱼虎阳时所用的力气，心想确实是鱼虎阳不错。王阳明终于放下心来，他左手微微用力捏了捏鱼月仙的手腕，示意她已经找到了鱼虎阳，三人可以继续向前。

不料鱼月仙的手腕却开始微微抖动，像条活鱼一样不安分。王阳明一愣，觉得自己似乎有些冒失了，忙将那只手搭在自己肩上。

想不到鱼月仙的手刚落在王阳明肩上，便连忙轻拍他的肩膀。王阳明心头一紧，这是三人此前约定的有危险的示意方式。紧接着他感觉到，鱼月仙搭在自己肩头的手滑向了另外一侧。王阳明正觉得奇怪，忽然感觉肩上一痛。

鱼月仙的那只手猛地用力，死死扣住了鱼虎阳搭在王阳明肩上的手。鱼月仙下手颇重，王阳明感到两只手压在自己肩头，力道之大，疼得他忍不住咬紧了牙。王阳明试着抖了一下肩膀，但毫无作用，肩头传来的剧烈疼痛让他不由得怀疑：难道被自己一直抓着手腕的人，是那个神秘人？"

如果真是这样，那鱼月仙又去哪了？

这神秘人用一招制住了自己和鱼虎阳两人，难道鱼月仙也已经被擒了？

王阳明不由得冷汗直流。

他伸出手去抓肩头的那只紧扣着的手，触觉冰凉柔软，分明是年轻女子的手，似乎就是鱼月仙本人无疑。

可她为何会突然袭击自己和鱼虎阳？

王阳明还没来得及思考，一股劲风迎面袭来。他下意识侧过头，感到自己的肩头一松，鱼虎阳似乎再次受击飞了出去。

与此同时，一个巨大的身躯倒在了他脚下。

王阳明一时无法断定到底发生了什么情况，手足无措的他，感到手腕一凉，是鱼月仙轻轻握住了他。

鱼月仙拉着他的手。两人的脚都踢到了一个人，鱼月仙手上微微加重力量。虽然目不能视，耳不能闻，但是王阳明明白了鱼月仙的意思，她是在示意自己已经安全。

王阳明略一思索，这才恍然：原来脚下的这个才是鱼虎阳！

原来刚刚搭在王阳明肩上的那只手并不是鱼虎阳的，鱼月仙正是知晓这点，才直接扣住了那人的手腕，并以某种方法引导鱼虎阳出手攻击，这才在黑暗中出其不意地打飞了那个神秘人。

王阳明思及刚才种种，不禁疑惑：若刚才那人真是居此地的那个神秘人，为何也受了重伤？

难道此人已经和徐爱他们交手？

念及此，王阳明不禁担忧起来。

他赶紧弯腰扶起脚下的鱼虎阳，将他架在肩上。鱼虎阳的伤势更重了一些，无法再凭自己的力量前进，比刚才沉了不少。

虽然此刻是擒住神秘人的大好时机，但鱼虎阳伤重，鱼月仙行动不便。这样的情况下人多反而成为了劣势。王阳明权衡之后，还是决定赶紧离开。

王阳明架起鱼虎阳，牵着鱼月仙，三人急急往外走。

接下来，这三人没再遇到任何意外。不知道是不是因为刚刚经历了神秘人的事，虽然依旧目不能视，耳不能闻，但三人的行动变得异常默契，步伐也快了不少。

这段通道比王阳明想象的更长。他喘着粗气又走了好一会儿，终于看到了前方不远处有暗淡的光芒。光虽然暗淡，却已久违了。

那应该就是出口吧。

王阳明大喜，他暂时忘却了身体的疲惫，拉着另外两人快步向前。

出口越来越近，王阳明感到体力渐渐不支。借着不远处洞口渗入的光线，他已经能渐渐看到鱼月仙和鱼虎阳的身影了，但声音依旧无法传达。

王阳明又往前走了几步，突然觉得一道劲风袭来，快到他来不及作出任何反应。身侧的鱼月仙似乎有所动作。王阳明感到脖子上一凉，似乎有液体从他脖子上流了下来。

他腾出手，摸了摸自己的脖子。

温热、黏稠，那是他自己的血。

是被什么利器割开了吗？虽然并不疼，但王阳明觉得行动更吃力了。他努力辨着刚刚那道劲风袭来的方向，忽然看到出口的亮光处，有个人影一闪而过。

神秘人追上来了吗？为什么他能绕过三人出现在前边？

王阳明如此想着，感到脖子上温热的鲜血逐渐浸湿了衣领。他都没发现自己的脚步已经变得非常虚浮。

"王大人！"鱼月仙焦急的声音传来，王阳明眼前发黑，他意识到自己终于能再次听到声音了。

"赶紧，赶紧出去！"王阳明沙哑着声音说道。

"好！你坚持住！"鱼月仙的声音有些颤抖。她也摸到了王阳明胸前的一片湿润。刚刚她没拦下的那道劲风分明裹着杀人的暗器！她甚至不敢想象王阳明还能坚持多久。

"咦？能说话了？"鱼虎阳的声音传来，"月仙？你没事吧？刚刚在那洞里你拉着我打的人是谁？咱们是不……"

"赶紧走！"鱼月仙喝道。

鱼虎阳一愣，不知道发生了什么。但此时听到鱼月仙焦急的语气，也不敢反驳，忙往前赶去。

三人相互搀扶着快速向前。走到出口处，有一道微弱的绿光闪烁着，这对三人来说无疑是救命的光。三人也顾不得发出绿光的虫子在哪儿，会不会突然袭击自己，急忙跑了出来。

原来他们看到的光，是从一扇石门的缝里照进隧道的。还好那道石门没有关上，轻轻一推便开了。外面绿色光芒充盈着空间，竟让几人觉得踏实。

鱼月仙来不及观察周围环境，慌乱地扶着王阳明坐下，就要检查他脖子上的伤口。

王阳明反倒没感到任何疼痛，除了失血让他头有些晕外，身体并无异常。

"王大人，坚持住，我会救你的，你要保持……咦？这是什么？"鱼月仙一边说着一边检查王阳明的伤口，却突然发现不对，王阳明的脖子上和胸前确实一片血红，但并没有任何伤口，只黏着一截已经死透的虫尸。

王阳明看了一眼蠕虫，说："应该是水蛭，原来如此！难怪我会觉得鱼虎阳突然变重，难怪我的体力流失得会那么快。"

鱼月仙想起了黑暗中的情形，说："应该是那个神秘人。在我扣住他之前，他趁机将这只水蛭放在了你的脖颈上。"

王阳明喘着气点头道："我竟差点在不知不觉间被吸干了鲜血。"

鱼虎阳好奇道："就是我刚才打中的那个人吗？可他为什么又要出手救你？"

"他没有。"鱼月仙说，"那人本计划在出口处埋伏，用暗器杀了我们。但或许是因为受伤的缘故，他扔暗器的力道不准，误打误撞解了王大人的性命之危。"

王阳明想起那个一闪而过的人影，说："那他直接用暗器杀我便是，不必再放水蛭，分明是多此一举。且那人吃了鱼虎阳一拳，应扔不出这般劲力十足、连鱼姑娘都不及反应的暗器，我猜，洞口可能是其他人。"

鱼月仙蹙眉道："又一个神秘人？"

鱼虎阳怒道："我鳌族的先祖圣地成什么地方了？怎么这么多外人？什么神秘不神秘的，等咱们和大王会和了，一股脑将这些打扰先祖清净的人全杀干净！"

王阳明心道，你们鳌族的祖先恐怕并不在此处。紧接着他又想到，假如真的有第二个神秘人，那会是谁呢？

情况越来越复杂了。

"坐在这里苦思也解决不了问题，咱们还是赶紧往前走，尽快和他们会合吧。"王阳明说，"刚刚遇到的那人应该是身上有伤，才会倒在通道里绊住我们。若他蓄意设伏，手法不会那般拙劣。我们还是应该尽快和失散的人会合。"

鱼虎阳表示赞同，鱼月仙却有些担心王阳明的体力，毕竟他刚刚大量失血。

王阳明扶着身后的岩壁缓缓站起来，苦笑道："这些蠹虫虽然之前攻击了我们，但如今，我倒是想感谢它们了。要不是有它们照明，我们可就只能各自为战了。"

鱼虎阳听出了王阳明的言外之意，不满地说："若不是大王叮嘱，咱们也不需要一起！"

鱼月仙说："我腿上的伤并无大碍，不如我搀着王大人吧？"

王阳明摆手表示不用，鱼月仙也没再坚持，这才观察起了四周。

这是一个无比空旷的山洞，甚至一眼都望不到边。穹顶之上，无数蠹虫附在上面，发出幽幽的光。前面是看不到底的悬崖，摆在他们眼前的，只有左右两个方向可以走了。左侧有一个巨大的黑影，右侧什么都看不到。

三人站在悬崖边上，一时都没了主意。最终还是由王阳明提出，先去左侧看看那黑影究竟是什么，再做决定。

走了几步，王阳明忽然觉得他们刚出来的那个无声洞穴中，似有低沉沙哑的笑声响起，他扭回头，表情凝重。

"怎么了？"两人一脸茫然，好奇地望向王阳明。

看他们的表情，王阳明知道两人并没听到什么异样的声音。

难道是幻听？

王阳明摇摇头，说："没什么，走吧。"

话音刚落，地面突然传来一阵剧烈的震动，且伴随着巨大的轰鸣声，山壁上无数碎石滚下。三人只觉得地动山摇，纷纷伏倒在地。

"地震了？"王阳明大惊，又道，"不对！应该是他们遇到危险了！"

如此声势浩大的机关，该有何等威力？

来不及细想，三人赶紧朝前走。没走几步便看到了祭坛。但他们还没来得及观察周围情况，就看到一块近十丈宽的梭状巨石朝三人直撞过来，下一刻就要将他们碾成肉酱。

王阳明等人瞳孔骤缩，全身的肌肉和神经都紧绷起来，仿佛忘记了浑身的疼痛一般，拼命向一旁躲避。所幸巨石虽声势惊人，但速度其实不快。

三人扑倒在地，堪堪避过了巨石的冲击。巨石最终缓缓停下，如石桥一般横亘在了悬崖两侧。

王阳明趴倒在地上大口地喘着气，觉得浑身剧痛。刚才那一瞬间的爆发，好像已经透支了他最后的力量。

巨石停下许久后，三人才缓过气，勉强站起身来。鱼月仙离他不远，面色苍白，看状态也不乐观。不远处，鱼虎阳躺在地上，似乎昏迷了过去。两人赶忙上前，将他扶起。

"这……这是怎么回事？"鱼虎阳意识稍微清楚了些。

王阳明观察了一下周围环境，当看到不远处那个巨石祭坛时，说道："应该就是这里了。"

鱼虎阳挣扎着还想说什么，被二人劝住。王阳明望着那块梭状巨石，沉默不语。

"那个机关……一定是被大王他们遇到了，他们一定就在……就在悬崖对面，"鱼虎阳喘着气，焦急地说，"咱们赶紧过去吧！"说着他就要站起来。但他旧伤未愈又添新伤，一使劲竟然气力不支，又重重地坐回了地面。

王阳明和鱼月仙将鱼虎阳安顿好，在四周简单查看了一番，发现除了沉睡的蠡虫外，这里似乎并没什么危险。王阳明因为读了那些绢帛，对蠡虫的习性有了些了解，所以也不是很担心这些虫子。

"王阳明！"鱼虎阳虚弱的喊叫声远远传来，"有人！"

王阳明和鱼月仙赶忙朝鱼虎阳跑去。

鱼虎阳又说道："你们……没听到有人在哭吗？这该不会又是一个神秘人吧？"

鲵兽那婴儿夜啼般渗人的叫声犹在耳边，这次竟又是哭声。

王阳明也听到了，似乎是个女子的哭声。王阳明本就因为失血而变得白皙的脸色，突然变得更加苍白。

鱼月仙眉头一皱，问道："怎么了？"

王阳明没有答话，快步朝着那个哭声走去。

"你们王大人听到的那个哭声，就是我啦。"

王守让见哥哥差不多要说到自己了，赶忙插话。

王阳明点点头，道："我找到守让后，听她说了你们的情况，我没想到你们竟会在这巨石内部。多亏守让想到以击石声确认你们位置的办法，这才让我最终找到了出口。"

"有惊无险，有惊无险啊！"徐爱见己方一行人虽或多或少都受了伤，但好歹没性命之忧，不禁感叹着。

张强和宋壮互相拍着肩膀，不住地说着"没事就好"，颇有劫后余生的感觉。

"鲵兽，蜃虫，地底人，还有一个暗器高手，还真是难以置信。"铁莫道，"王阳明，我对你还真是刮目相看。"

王阳明笑笑，并不答话。

"不过眼下，没弄清楚的事情也多如牛毛啊！"徐爱叹气道，"我总觉得这些事里，隐藏着什么大秘密。"

王阳明道："不过是些百多年前的往事。我取那些绢帛也无非只是弄清楚了自己的一些疑惑，还有先祖性常的一些经历而已。"

"事涉朝廷秘事，王大人，绢帛应交给我。"铁莫道，"此事应该是由朝廷来处理。"

王阳明微微挑眉，苦笑一声道："朝廷？铁校尉是要交给刘瑾大人吗？"

铁莫沉默不语。朝中谁在独断擅权，他的心里何尝不清楚？

徐爱出声道："铁校尉职责在身，可以理解，但眼下我们能否安全离开尚未可知，谈论这些未免有些不合时宜。不若等安全离开此地之后，再做计较。"

铁莫沉默良久，终于缓缓点头，道："生死有命，王阳明若殒命在此，可就怪不得在下了。"

"你怎么说话呢？"王守让很不满。

"如何不能？我与王大人恩怨两清，自当以职责为首位。徐夫人和徐先生于我有恩，铁莫自然会拼上性命护着你们，其他人与我何干？"

"你小时候要不是哥……"王守让还待再说，却被王阳明制止。

徐爱笑着劝慰："守让，我们承了铁校尉的好意便是。"王守让气呼呼地止住了话头，扭头不再看他。

铁莫虽然嘴上这么说，但一路走来，分明是他时刻护着这一行人，便是张强和宋壮这样在锦衣卫校尉眼里微不足道的小人物，也没受什么伤。

"还是先考虑当下吧，"王阳明转移话头，说道，"如今遗迹终点已到，路上的蠹虫已退去，我们也已会合，可以说是退路无忧了，现在要留意鳖族众人会如何对待我们。"

铁莫点头道："若我是鳖王，最理想的办法自然是把我们全部杀了。"

众人心里咯噔一声。张强看到鳖族人都围着鱼虎阳，不知在谈些什么。他忐忑地问："大人，这……不会吧？"

王阳明笑笑，压低声音道："你和宋壮去巨石那边的岩壁上，找一些蠹虫的尸体来，记住专捡小一点的，要小心不要惊动沉睡的虫子。"

宋壮好奇："虫子？要那些干什么？"

张强捶了宋壮一拳："大人让你干什么就干什么，这样我们才能活着出去！问那么多干吗？"

宋壮跟着张强走远了。王阳明一行人远远看到鳖族人上前拦住张强和宋壮，但两边语言不通，不久那鳖族青年颇不耐烦，不再理会二人去向。

王阳明收回视线，继续说："初到此地，我脑中便时常会有一些不属于我的记忆显现出来，这是否真是六世祖的记忆我不得而知。鳖王曾说及他找到圣物后，可以祛除这咒术。但既然此地根本没有什么圣物，那这些话也就是些谎言。"

铁莫微微挑眉，看着一旁沉默不语的徐爱，知道他早就清楚此事，紧接着他想起徐爱此前对自己说的话，难道此事和那个放有鳖灵雕像的山洞有关？

王阳明继续道："如此想来，这事情从一开始就是个局。鳌王发觉百年前我王家六世先祖曾经进入这地下遗迹，因此设局诱我前来。他早在杭州便对我下了蛊，以此为由，将我骗至此地，助他打开地下机关。现在想来，鳌王将故事说得越不可思议，事情便越不容易引起我的怀疑。"

铁莫淡淡道："你已身中鳌族蛊毒，他何必编这些故事？直接以性命威胁你不就好了？"

"地下遗迹未打开之前，里面的一切都是未知。他是怕我在帮他的过程中有所欺瞒吧。"王阳明苦笑道，"当然，这些都只是我的猜测。"

王守让急着问王阳明："哥，那万一待会鳌王翻脸了，你中的蛊毒怎么办？"

王阳明叹口气，"好在这地宫的真相如今在我们手上，眼下只有借此寻找生机了……"

"大人！"张强的喊声打断了王阳明的话头，众人扭头，看到张强火急火燎地跑了回来。

看到两人的手中空空如也，王阳明问："东西呢？"

"嘿嘿，咱们猜测这说不定会是救命的宝贝，这不怕被那些鳌族发现吗？"张强一边说着，一边从怀中掏出蠹虫尸体。

王阳明笑笑，道："你倒是机敏。"

看着脏兮兮的蠹虫尸体，王守让满脸嫌恶。

王阳明伸手拈起一只，说："守让，你得受些委屈了，把这……把……"

王阳明突然说不出话了，众人见王阳明的眉头忽然拧在了一起，额头转瞬间已渗出汗水，似乎在竭力忍受着某种剧烈的痛苦。

"闪……闪开。"王阳明低着头含糊不清地说。但因为声音太轻，一旁的王守让根本没听到。

"哥哥……"王守让感到不对，出声询问。身旁的王阳明突然表情狰狞地瞪着她，平时目光温和的他此时变得痛苦而暴戾。王守让只觉得眼前一闪，就看到王阳明握着蛊虫的那只手猛地向她抓去！

"啊！"众人惊呼出声。幸亏铁莫出手快，拉着王阳明的衣领一绕，将他一把甩了出去。

"哥哥！"

"先生！"

"大人！"

几人相继出声，就要冲上去搀起王阳明，却被一个铁莫挡在身后。

"别过去！不对劲！"

"大人，大人他怎么了！"张强哭着问道。

摔在地上的王阳明痛苦地扭曲着身体，口中发出"咯、咯"的古怪声音。他似乎想要站起身来，但僵硬的四肢让他无法随意行动，如传闻里的僵尸一般，看起来骇人至极。

"呜啊！"王阳明发出撕心裂肺的喊叫。

"铁莫！你闪开！"王守让哭着说，"我要去救哥哥！"铁莫伸手将王守让等四人拦在一旁。王阳明躺在地上，不住地扭曲着身体和四肢，看上去痛苦至极。

鳖族众人也听到了王阳明的叫声围了过来，众人站在远处议论纷纷，铁莫眉头一皱，冲徐爱等人怒吼道："不想王阳明死的话就离他远点！"

徐爱猛然惊醒，喊道："是蛊！"

铁莫点头，道："拦着他们！"话音刚落，众人只见铁莫的身影一闪，已落在了鳖族众人之前。

对于铁莫的武艺，鳖族众人再清楚不过。他们看到铁莫来势汹汹的样子，想也不想便拔出武器，奈何双方武艺却天差地别，几息之间，便有几人被打飞了出去，一把长刀架在了鱼虎阳的脖子上。

"王大人怎么了？"铁莫冷冷问道。

鱼虎阳冷笑几声，道："这点小事直接走过来问我就行，哪用得着这么大阵仗，你们的王大人不过是蛊发了而已。"

王阳明嘶哑的喊声再次传来，铁莫眉头一皱，说道："没了王大人，你们不怕出不去吗？"

鱼虎阳冷笑道："有我王在此，找到圣物后我族自然能安全离开，用得着你们操心吗？"

圣物？铁莫想起刚刚王阳明说这里根本没有什么圣物，难道鳖族人也被骗了？

"如何阻止蛊毒发作？"铁莫不再废话，冷声道，"王阳明要是死了，我先催毒杀了鱼月仙，你们一个都走不出去。"

听到铁莫的话，鱼虎阳的脸色苍白起来。他也不明白王阳明为何会忽然蛊发，王阳明死便死了，但鱼月仙身上的剧毒还未解。

"好大的口气！"头顶传来鳖王的声音。

高高的巨石祭坛上，鳖王的身影出现在顶端。

鳖王眉毛一挑，笑道："王阳明的蛊是本王催动的，如何？"

王阳明再次站在巨大的青石遗迹前，风声凄厉地呼啸着。

累累白骨组成的巨浪正从远方涌来。

来自未知的恐惧涌上心头，王阳明感到自己正颤抖不已。他扭头往遗迹上方攀爬，但那巨石松软如土，根本无处着力。他低头看，发觉自己的脚已经深深陷入了碎石中，寸步难行。

白骨的巨浪转眼便至，王阳明听到一个声音从虚空中传来："洪水来了！可以上来了。"

一只蛇尾龟背的水怪站在"骨浪"的浪头上，吐着长舌头，怪笑着。王阳明想大声喊叫，但他发不出任何声音。绝望在巨浪袭来之前，已经将他淹没。他用尽最后的力气抬起头，只看见高达数米的"骨浪"扑向他，将他没入了白骨的海洋。

…………

蛊毒发作的王阳明四肢狂乱地挥舞着，他的嘴角开始渗出鲜血。

徐爱拦住妻子，不让她上前。张强和宋壮也只能干着急，盼望铁莫能带来转机。

铁莫挥刀遥遥指向鳖王，冷声问道："鳖王大人，是打算将我们几人埋在这里吗？"

"不敢。"鳖王笑着说，"本王很感谢王大人一路上的帮助，本不想如此的，但是我族千年的秘密，也不能让几个外人泄露出去。待事情了结，本王会亲自送诸位上路。我待王大人可不薄，给他用的可是好蛊。这子母蛊我养了数十年，王大人也该知足了。"

铁莫冷笑一声，说："就凭他们？鳖王大人是想让整个鳖族陪葬吧？别忘了，鱼月仙的毒可还没有解呢。"

"哦？"鳖王淡淡一笑，说，"无妨，时间足够了。"

所谓"时间足够了"是什么意思？

"王八蛋！把解药拿来！"王守让怒喝着，便要往祭台上冲。张强和宋壮也拔刀跟上。

"真是想不到啊！"鳖王似乎对王守让等人毫不在意，自顾自地感叹道，"王阳明，当本王发觉你王家先祖竟擅入我鳖族遗迹后，你的死就已经注定了，这可怪不得我！"

"小心！"铁莫出声提醒，刚刚还倒在地上痛苦不堪的王阳明，突然挺直了身体，向着徐爱冲了过去。

张强和宋壮一左一右架住了发狂的王阳明，大声呼喊着："王大人！王大人你醒醒啊！"但王阳明充耳不闻，发狂的王阳明变得力大无穷，张强和宋壮两人使尽全身力气，才堪堪压制住他。

鱼虎阳看着这一幕，听到鳌王刚刚的话，总觉得哪里不对，心底隐隐有些发毛。

更何况他望向巨石祭坛最高处，只有鳌王，不见鱼月仙。

"大王！刚刚陪你上去的月仙呢？"

"嗯？"鳌王若有所思，说道，"鱼虎阳，你办事不错，比鱼月仙好得多。"

鱼虎阳刚想感谢鳌王赞誉，忽然觉得不对。比鱼月仙好？那鱼月仙人呢？王阳明已经成这个鬼样子了，鱼月仙怎么会没有任何反应！除非……

他抬头望去，发现鳌王身后的一个小石台上，似乎有一个人躺在上面。

"大王！月仙呢？"鱼虎阳嘶喊着，"大王你答应过我的！要把月仙妹子许给我！她怎么了？"

铁莫也看到了躺在祭坛上的人。鳌王不知为了什么目的，一直瞒着所有人。

铁莫再不迟疑，三步并作两步，飞身冲向了祭坛高处的鳌王。

"拿下他们！"鳌王用鳌族言语指挥部下。鳌族众人此刻得了大王的命令，攻向了徐爱等人。

铁莫暗道一声可恨，只得急转方向，赶到徐爱和王守让身前，护着两人安全。

"慢着！"徐爱突然怒吼道，"事已至此，若再向前一步，便同归于尽吧！"众人见徐爱已站在那高大的河床旁，再往后一步便会掉入河床内。而河床里，是数不清的蛊虫，甚至比当初众人遇到的还要多出数倍。若这些虫子被唤醒，只怕所有人都得死。众人知道虫子厉害，不自觉地停下了脚步。

站在高处的鳖王也不恼，只要缠住这几人便是。他还有正事要办，这些人事成之后再杀不迟。他收回视线，转身望向祭坛中央的石台。

鱼月仙闭着眼睛，安静地躺在上面。

鳖王缓缓走上前去，看着鱼月仙清丽的面容，感叹道："当年不知费了多大的力气才将你带出来，这么多年都没动过你，便是为了今天。"

说着他拔出了腰间的短刀。

"大王！不要！"

鳖王停下了动作，看到重伤的鱼虎阳竟手脚并用，爬了上来。

"鱼虎阳？你不听我命令去围攻徐爱，上来做什么？"

"大……大王……你在做……什么？"鱼虎阳艰难地问道，"为什么……月仙她……"

鳖王看着鱼虎阳，笑着对他说："放心吧，我知道你们感情好，我不过是用鱼月仙的血来做些事情，死不了的，事后将她赐你便是。"

"可是……"鱼虎阳总觉得哪里不对劲，还想出声询问，却对上鳖王凌厉的目光，多年养成的习惯迫使他下意识地闭上了嘴。

鳖王对鱼虎阳的反应很满意，他不再理会鱼虎阳，举起刀刺向鱼月仙的手腕。

"不要！"鱼虎阳焦急地出声，却见刚刚还昏迷不醒的鱼月仙突然睁开双眼，电光火石间躲开了鳖王的刀，并回身向鳖王刺了一刀。

鳖王"咦"了一身，侧身躲开。鱼月仙翻身从石台的另一侧跳了下来。

"鱼虎阳！你个笨蛋！现在还要听命于他吗？"鱼月仙盯着鳖王说，"你没看到他要杀我？"

鱼虎阳一时语塞："大王说不会……"

"原来是对我早有防备？"鳌王露出了遗憾的表情，"养了你这么多年，还没放下戒心，这些年也是辛苦你了。"

"我只是对你还算有些了解。"鱼月仙冷冷道，"你教我们学汉字，学汉人的文化，让我去保护王阳明，什么时候安过好心？你又什么时候在乎过族人的性命？只有鱼虎阳那个笨蛋还一直感谢你的养育恩情！"

一旁的鱼虎阳不知道该向着哪边说话。

"你这条命，我可是在乎的。你们都是我捡回来养大的，不应该感谢吗？"

"我对你只有害怕。"鱼月仙面无表情地说，"从小到大，我几乎没睡过安稳觉。每次你看向我的眼神都让我不寒而栗，你的眼神中只有残酷。我怕了很多年，怕你突然会杀了我，怕你对我用蛊，怕你对我做出无法想象的事……"

鱼月仙顿了顿，补充道："就像你对埋在后山的族人做的那样。"

"原来你一直都知道。"

鱼月仙沉默地点了点头。

她想起五岁时那个夜晚。自己在后山迷路后，无意中看到那些被虫子啃咬的族人尸体，以及鳌王冷漠的表情。那个场景深深地刻在了她的脑海中，每每想起都让她忍不住颤抖。从那以后，鱼月仙每天都在担心自己会不会突然变成下一具喂虫的尸体。她越来越胆怯，越来越内敛，也越来越孤僻。直到她远离了鳌族，去监视王阳明后，才开始好转。

鱼月仙失落地说："村里的老人告诉我说，这里其实不是咱们的家。我本来以为只要拼着性命去完成任务，把王阳明带回来，你就会放了我。但是当我再次看到你的眼神时，我就知道，自己太天真了。"

鳌王摊着手说："王阳明的蛊发作了，其他人被围住了，整个鳌族都是我的人，就凭你，能怎样？"

鱼月仙不答话，她默默地从腰后拿出一件器物。鳖王第一次露出了惊怒交加的表情，大喝道："你敢！"

"六世之蛊？传闻这种蛊可以影响人的记忆，改变人的性格，蛊不催发，可以在人体内传承六世不绝。你就是用这个东西，编造了那些故事来骗王大人吗？"

说完她看也不看，直接将那件器物扔下了祭坛。

"毁了它！"鱼月仙高声喊道，话音刚落，祭坛下传来刀破空的凌厉的声音。鱼月仙知道，那东西如她所愿地被毁了。

刚刚鱼月仙假装昏迷，目的并不是要趁机刺杀鳖王，那一刀仅是障眼法。她真正的目的，一直都是鳖王藏在腰后的蛊笛。王阳明的蛊毒发作，便是因为这蛊笛微不可闻的响声。只要将它毁去，便能暂时压制住王阳明体内的蛊毒。等到众人逃出生天，在族寨内找来药草，未必就不能彻底拔除鳖王下的蛊。

鳖王怒不可遏，大喝道："鱼月仙！你竟敢毁了我鳖族传承千年的蛊笛！你找死！"

"阳明子，阳明子！"

王阳明突然听到有人在呼唤自己。他晃了晃脑袋，抬眼望向四周，发觉周围也是一片黑暗。

他想起来，尸山骨海已将自己彻底吞没了。

这里，便是骨海之下吗？

一道光突然在他身后亮起。王阳明回头望去，一个青衣长发的中年道人从光中出现。只见他口中念念有词，似乎正在施法。中年道人身前，一个少年抱膝蹲着，正拿着一根枯木枝在地上写写画画。

王阳明好奇地走上前去。那两人对王阳明的存在毫无察觉。那少年抬头说："赵道长，我什么时候才能学会啊？"

"道法自然，时候到了，自然就会了。"

"这乱糟糟的世道，你不教我些谋生的本领，却诓我学这法术，不知道有什么用！"

中年道人叹道："竖子无知。要知道天地不仁，人间的种种迟早化归虚无，根本无须介怀。百年后王氏后代，穷究大道，昌明圣学，于万古长夜中亮起一炬，将圣贤之道传芳百世……"

中年道人仰头向天，神往道："如此才是天道正途。"

王阳明正听得入神，突然见那中年道人转头望向他，问道："阳明子，这人是你吗？"

王阳明一惊，下意识后退一步。

那个少年也缓慢站起身，看向王阳明，也问道："是你吗？"

王阳明想起了什么，大惊道："赵缘督？"

但那道光却突然消失了，中年道人和少年也一并消失在黑暗中。王阳明环顾一周，发现那道光又在他身后不远处出现。王阳明走上前去，却发觉那道光虽在不远处，但无论他怎么走，都无法靠近。

随着光亮一起出现的，还有三个青年。

其中两个青年负手而立，衣袂飘荡，似有徐徐清风吹来。另一个青年盘膝而坐，他面前放着一张竹案，正执笔画着什么。

年纪稍长些的青年说："元章，你这墨梅的境界愈显高远了。"

另一名青年也附和道："不错，境界超然，也越发远离这乱世里的污浊了。"

正在画画的那个青年突然停笔，叹道："但留清香满乾坤哪！"他回头，向那年长的青年发问："伯温，你邀我和性常千里同游，究竟有何用意？如今这乱世也看够了，造化神奇也走过了，不如就在这说一说吧？"

被称为伯温的青年微微一笑，望向远方的锦绣风景，神往道："无他，不过是想换个江山。乱世不休，人间恶鬼当道。这三千里路走来，我们看得还不够吗？我已经找到了那个想要辅佐之人，想请两位同我一起，匡社稷，定太平。"

王阳明意识到，这个说话的年轻人是刘伯温。

另一个青年出声问："谁？"

青年刘伯温笑笑："一个乞丐。"

两人沉默下来。片刻后，画画的青年将笔搁在一边，笑道："帝王兴衰事，谁知百姓苦。无论谁在帝位，最终都不过是另一个轮回罢了，还不值得我丢下手中画笔。"

"伯温提及的那人与我曾有一面之缘，确有帝王之相。但其性敏而乖戾，隐忍而嗜杀，恐怕难登帝位。"另一个青年说道。

"久病当下猛药，我找到了一些……历史里的秘闻。"青年刘伯温沉默半晌，说："那些人，那些东西，可以助我们成功。"

另外两人投来问询的目光，刘伯温压低声音，道："地狱黄泉，不死秘族。"

话音刚落，三个青年的身影变成了巨大的水怪，齐齐看向站在一旁的王阳明。王阳明头皮一麻，想要逃开，但三只怪兽的行动更为迅捷，一瞬间到了王阳明身前，张开血盆大口，朝王阳明扑去。

…………

铁莫守在王守让身旁。他听到头顶传来的喊声，抬眼见一截腿骨被扔了下来。他想也没想便将那东西砍成了三截。

与此同时，王阳明终于停止了疯狂的挣扎，陷入了昏迷状态，这让王守让等人松了口气。

铁莫见王阳明安静下来，也放下心。他扭头对张强和宋壮说："鳌族内部应该出了什么状况，待会儿有机会爬上去看一下。还有刚才那些虫子尸体别扔掉了。"

张强和宋壮点了点头。

"扑通！"

沉闷的响声在头顶响起，熟悉的身影从祭台上跌下来，重重地摔在了巨石阶梯上，殷红的鲜血从她身下渗出。

鳌王的声音响起："鱼月仙背叛本族，偷袭本王！更与外人同谋，毁掉了本族圣物，罪该万死！"

鳌族的众人面面相觑，神情犹豫了起来。

徐爱心中焦急，众人被围，先生昏迷未醒，唯一对己方有所援助的鱼月仙也被打伤。万一鳌族人真的一股脑冲上来，自己当真要去惊醒虫潮不成？

徐爱想起此前和王阳明在壁画上看到的内容，知道自己手中只剩最后那一张牌了，但此时是否真的到了摊牌的时候？

鳌王站在祭台上继续说："鱼月仙，我以你的血作为祭品，唤醒祖先灵魂，我族战士，一起来见证这荣耀的时刻吧！"

鳌王缓步走向鱼月仙，将她的身躯扛起来，再次返回祭坛。徐爱等人因为言语不通，不知道鳌王具体要做什么，但鳌族众人已经沸腾起来。

鱼虎阳连滚带爬地到了鳌王脚下，跪着喊："求大王饶月仙一命！求大王开恩！"

鳌王说道："我早就说过不会杀她，只是想借她的圣女之血一用而已。不过待我完成祭祀仪式后，她还能不能活下来，就看她的造化了。"

圣女之血？

鱼虎阳想起他自小就奉鳌王之命，监视鱼月仙按时服一种药草。鱼月仙从小体质特异，毒虫蛇蚁不敢近身，难道这便是原因？鱼虎阳还想再求，就看到鳖王已经将鱼月仙放在祭坛上，轻轻拔出刀，在鱼月仙的两只手腕上各划了几刀。鲜血从她白皙的手腕上涌出，沿着指尖渐渐滴到祭坛上。鱼虎阳心中剧痛，但茫然不知所措。鳖王不慌不忙地调整鱼月仙手的位置，鱼虎阳这才注意到，石台上有些细小的凹槽，鲜血正顺着那些凹槽缓缓流动，有一个图形慢慢显现。

做完这些事，鳖王扭头发现鱼虎阳居然还跪在原地，喝道："你还待在这干什么？还不快去杀了王阳明？"

鱼虎阳内心挣扎，他看着正在流血的鱼月仙，不知道该不该离开此地。

鳖王的手突然捏住了鱼月仙的脖子，他看着鱼虎阳说："还是你想让她现在就死？"

鱼虎阳吓得对着鳖王连磕几个头，转身走下祭坛。鱼虎阳心中，委屈、难过、愤怒、迷茫……各种情绪缠绕在一起，让他几乎失去了思考的能力。他只记得一件事，要去杀了王阳明。

脚下的步伐越来越快，鱼虎阳大吼一声，朝护着王阳明的铁莫冲了过去。

铁莫和鱼虎阳交上了手。鱼虎阳本就不是铁莫对手，加上伤重未愈，此刻更难招架。但他凭着一股悍不畏死的劲头，竟和铁莫斗得有来有回。

但这并没持续多久，地面突然开始震动起来。铁莫生怕众人有个闪失，赶忙一刀逼退对手，撤到王阳明等人身边，看到了徐爱凝重的面色，徐爱抬头看向鳖王的身影，叹道："来不及了！"

"见证我祖先光辉！见证神的降临吧！"鳖王哈哈大笑，祭坛下，鳖族众人都以为鳖王找到了圣物，也跟着欢呼了起来。

大地震动不止。刺耳的摩擦声响起，似乎有什么年代久远的机关动了起来。鳖王身旁，有一个巨大的影子在徐徐升起。

"求生求死求不得，地狱门前证长生。"一个虚弱的声音忽然响起，听到这个声音，王守让惊喜地叫出声来："哥！"

　　王阳明终于醒了过来。

吾性自足
不假外求

第五章　忘川河与巨石舟

徐爱撑起身体，整理了一下衣襟，盘腿坐在地上，神情依然悲伤，但已淡然了很多。

"你不是守让，刚刚的台阶也好，黑衣人也罢，都是虚妄，都是惑我心神的幻觉而已。"

王阳明万万没想到，局面会发展到这个地步。

如今看来，鳌王深入此地果然另有所谋。看着因兴奋而癫狂的鳌王，王阳明心中升起无力感。

王阳明说："救……快救人。"

凭直觉，王阳明感到鱼月仙在这些事中扮演着很重要的角色。他睁开眼的第一瞬间，看到的便是鳌王抱着鱼月仙走上祭台的情景。

"好！"铁莫点点头，提着刀要冲上去，却被鱼虎阳闪身拦了下来。

铁莫问他："你可知道上边发生了什么。"

鱼虎阳绝望地嘶喊着："我只知道你们要是上去，大王就会杀了月仙！"

鳌王身后，那个巨大的影子仍在缓缓升起。随之出现的，还有一个血红色的旋涡状图案，浮现在祭坛后的石壁上。

鳌王心里颇为得意，他耗费了数十年光阴，终于让鳌族沉寂千年的秘辛重见天日！

"此地根本没有什么圣物，鳌王究竟意欲何为？"王阳明在张强和宋壮的搀扶下勉强站起身，看起来虚弱至极。

鳌王闻声走到祭台边上，居高临下地俯视着王阳明说："先祖开明皇帝亡于水中，溯江而上，在岷山下重生。根据族中残籍记载，鳌灵正是从这里开启了忘川河，从而成功复活，并最终在蜀国称帝。谁说没有圣物？这祭坛，这即将涌出的黄泉水，这忘川河，就是我族圣物！既然先祖可以重生，那我杜羽，开明王朝鳌灵大帝的直系后人，今日也要再现祖先神迹，再世转生，获得无穷生命！"

王阳明一愣。原来转生之说，并不是鳌王诓骗自己的，他竟认为确有其事。

鳌王似乎看透他的心思，笑道："怎么？你也和鱼月仙那丫头一样，以为我编了个故事？哈哈哈！待你见过忘川黄泉！便不会这么想了！"

两人说话间，鳌王身后那个巨大的影子已经停止了上升。漩涡图案也已彻底显露了出来，发出诡异的血红色光芒。

"献上圣女之血！献上我族之心！为我开启吧！"鳌王双臂舒张，哈哈大笑。

那个巨大的红色旋涡图案，看起来诡异至极。鳌族众人此时已不再欢呼，一股寒气从他们足下涌上脊背。

鱼虎阳听得心底发寒，死了这么多人，花了这么多年时间，还要牺牲掉鱼月仙。这一切，就是为了大王求得长生？

祭坛高处，浑浊的烟雾从那影子底部涌出，但那些烟雾并没有升起，而是顺着祭坛两侧流下去，注入了地面上的石槽，远远看上去，真如河流一般。蛰伏的蛊虫似乎很怕这些烟雾，胡乱地动起来。

"先生，"徐爱惊道，"这就是忘川河？"

王阳明点头，他转头对鱼虎阳道："你真想看着月仙姑娘慢慢死去？"

"我……"鱼虎阳一时语塞，他想起鱼月仙刚刚骂自己的话。

王阳明摇摇头，缓缓说："问问你自己的心吧。"

看着王阳明如炬的双目，鱼虎阳的气势渐渐弱了下来，哭丧着脸说：“我也想救月仙，我不想看她受苦啊……哪怕要用我的血……”

王阳明见时机成熟，给了铁莫一个眼神。铁莫会意，飞身往祭坛上去。但没料到祭坛上的鳖王高高跃起，与铁莫擦身而过，从上面跳了下来。铁莫大惊，忙回身去追。

凹槽内的烟雾越积越多，逐渐注满了河渠，一条烟雾组成的河流逐渐成形。

“王阳明，徐爱，本王很感谢你们助我到达此地。”鳖王一边走一边看着河中渐渐蓄起的烟雾，“不过，还是请你们留在这里吧！”

说着他手掌一扬，掏出匕首，向王阳明刺去。铁莫不及救援，却见一边的宋壮想也不想，一把拉过王阳明，侧身将他护住。那短匕插入了宋壮的后背，溅起血花。

“宋壮！”王阳明惊呼一声。

宋壮脸色苍白地笑笑，说：“大人……你……没事吧……”说着脚下一软，摔在地上。

“宋壮！”张强冲过来扶起宋壮，嗓音颤抖着说：“你要是出了什么事，大娘会杀了我的！你挺住啊！”

“找死！”

鳖王听到身后一声怒喝，赶忙低头躲闪。铁莫的刀贴着他脖颈斩过。鳖王转过身来，看到铁莫正怒气冲冲地盯着自己。

“你们还在等什么？拿下他们！”鳖王冲族人喊。

但奇怪的是居然没人听命。原来刚才鱼虎阳已向族人解释了鳖王的所作所为。众人此时知道，原来根本没有什么鳖族圣物，鳖王此行全是为了他的一己私欲。

鳖王冷笑几声，扫视众人，道：“不听我令？你们难道以为，只有王阳明身上有蛊吗？”

这句话非同小可，惊得所有人噤若寒蝉。在鳖族内，对同族人下蛊是大忌。但眼下这个局势，他们若不听令，只怕在场的所有人都将生不如死。想到这里，有几个人重新握紧了武器，咬咬牙朝王阳明和徐爱攻了过去。

徐爱护着妻子逃到张强身旁。张强一人难以招架，吓得直喊："铁大人救命！"

铁莫无分身乏术，犹豫间鳖王已经逃出了自己的追击范围。

鳖王长出了口气。铁莫的出现在他计划之外，但好在这不过是个小插曲，并没打乱他的大计划。现在，他离成功只有一步之遥。

鳖王再不管众人，他看着祭坛上滚动的烟雾，如痴如醉。

只要再等片刻，让烟雾注满河渠，连通地狱九泉，他便可以入河转生了。鳖王想起他幼年第一次发现那残缺古籍中记载的往事，想起他搜寻长生仪式资料的艰辛，想起他这半生来为此做出的努力，突然有些感慨。

王阳明的体力稍微恢复了些，他嘱咐张强好生照看宋壮，转身朝着祭坛跑去。但跑了没几步，又被鱼虎阳拦住。

"无知！"王阳明不禁怒道，"再不快些，鱼月仙怕要死在上边了！"

鱼虎阳看了看远处的鳖王，又看了看身前的王阳明，沉声道："我去救月仙！"

王阳明摇摇头，说："我得看看如何让机关停止。"

鱼虎阳也管不了那么多了，扔下了王阳明朝鱼月仙奔去。

祭坛顶上，鱼月仙也看到了那个图案，似乎要把自己吞噬一般。她想挪动一下身体，但四肢立刻传来剧烈的刺痛感。她望向四周，发觉祭坛上除了多出一个高大的石柱外，周围已经没别人了。她支起上半身，晃了晃头颅让自己保持清醒，然后尝试挪动双腿。但手腕上的剧痛让她身体一软，滚落到地面上。所幸一个人影及时赶到，堪堪扶住了她。

"鱼虎阳？你怎么仍在这里？王大人呢？"

"月仙姑娘。"王阳明气喘吁吁地走上来，行了一礼，道："救命之恩，没齿难忘。"王阳明说的自然是蛊笛的事。

鱼月仙感到有些不好意思，歪着头说："本来也是我们把你骗到这里的。"

王阳明笑笑，不多言语，从衣服上撕下布条，帮鱼月仙包扎伤口。

鱼虎阳道："月仙，我们趁现在快逃吧！大王他……他已经不正常了！"

鱼月仙冷笑道："哼！他什么时候正常过？"

王阳明说："这机关是鳖王利用你的鲜血打开的，我们得赶紧找到关闭机关的方法。"

"来不及了。我们没那么多时间。机关关闭之前，他恐怕已做完想做的事了！"鱼月仙恶狠狠地说，"我要去阻止他！不，我要杀了他！结束我这辈子的噩梦！"

鱼月仙的话音刚落，鳖王的声音再次传来，"先祖佑我！忘川河满，助我转生！"

祭坛上的三人循声望去，发现刚刚还铺满蠹虫的河渠，此刻已经彻底被烟雾填满。那烟雾如一条大河般滔滔不绝。烟雾顺着两侧石槽，流下方的深渊。不时有蠹虫随着烟雾一起落进深渊。

"是黄泉瀑布！"王阳明震惊道，"不行，再拖延下去恐怕大家都会有危险！"

"休想！"鱼月仙一咬牙，先冲了下去。王阳明阻拦不及，无奈之下只能也只好跟上。

鳖王站在祭坛下方，静静地欣赏着烟雾流动。

"鳌王大人，你真的确信从这黄泉水可助你脱胎重生吗？"

这是徐爱的声音。

鳌王回首，不远处徐爱正朝他走来。

"不过是些千年前的记载，王家祖先转世之说更是全靠猜测。仅凭这些，大人便要以身试险吗？大人现在悬崖勒马，还来得及。"徐爱脚下停止了前进。他知道，再往前走，可能会被鳌王攻击。

鳌王不屑地说："先生可知我为了这一切付出了多少？培育圣女之血，寻找祭坛遗迹，探查先祖古籍。若没有把握，我如何敢深入此地？等王性常复活的时候，你们就知道我今日所言非虚。哦，前提是你们还能活着出去。哈哈哈！"

徐爱还待再说，鳌王伸手示意他不用多言。

"你们汉人总喜欢说什么道，徐爱，你看这滚滚黄泉水，这就是本王的道。"

徐爱沉声道："大道在人心，这不过是地底的瘴气而已。"

鳌王对他的话置若罔闻，沿着缓坡，向着烟雾中走去。没走两步，鳌王的身影便彻底消失在了烟雾中。

徐爱想上前去阻拦鳌王。但他刚刚走到河渠边上，一把刀从他身侧突然飞来，徐爱闻声，下意识侧过身来，堪堪躲开了飞来的刀。但与此同时，他脚下一滑，再也保持不了平衡，朝着滚滚烟雾中跌落。

"徐爱！"

王守让眼前一黑，差点摔倒。铁莫赶忙将她搀起。

铁莫的心中愤怒不已，恨自己分身乏术，竟然连恩人夫妇都没有保护好。眼看着鳌族众人仍旧不肯放弃攻击，他心下一横，打算下死手将这些人杀个干净。

清脆的呼喊声传来，铁莫看去，见是鱼虎阳扶着鱼月仙走下祭台，还一边对鳌族众人大声说着什么。鳌族人听完，又踌躇起来。

铁莫猜测鱼月仙是否已经站在己方这边。

下一刻，铁莫看到鱼月仙去到鳌王消失的地方，纵身跳进了忘川河的滚滚烟雾中。

"铁校尉！"

铁莫又听到王阳明的声音。回头看去，王阳明正气喘吁吁地朝自己这边赶来。

"哥哥！徐爱他……"王守让话没说完，却被王阳明伸手制止。

"刚刚我已看到，时间紧迫。"王阳明冲妹妹认真说，"我保证将徐爱带回来。"

王守让迅速冷静了下来。王阳明走到张强身旁，因为宋壮重伤，张强此刻正在他的身旁看护。

"王大人……"张强抹了把眼泪，问道，"宋壮他不会……有事吧？哦，对了……这个……"张强从怀里摸出一个小布兜，递给王阳明，"宋壮昏迷前，还惦记着这个，说一定要交给大人。"

王阳明接过那些东西，点点头说："咱们龙场驿站可不能少一个驿卒"。

"王大人，你要下去？"看着王阳明的神色，铁莫担心地问。

王阳明没有回答铁莫的话，郑重说道："岸上众人麻烦铁校尉看护了！"

王阳明说完，快步走向了忘川河。

鱼虎阳早已等得不耐烦。他看到王阳明，忙问道："王阳明你干什么去了？让我在此干等，大王和月仙早不知走到哪了！"

王阳明递给鱼虎阳几只蜃虫，说："月仙姑娘走得急，没来得及给她。这个能解黄泉水毒，含在口中，遇到月仙姑娘了也喂她一粒。"

鱼虎阳顺从地将怪虫尸体含在了口中。

王阳明还准备说些什么，鱼虎阳却不耐烦地摆摆手，迅速冲进了烟雾中。王阳明也冲了进去。

两人沿着河床往下走。烟雾升起没过他们腰间，再走了几步，便彻底将两人埋入了烟中。

王阳明尝试着正常呼吸，并没发觉什么异常。想来这烟雾虽有毒性，但并不剧烈。舌尖上不断传来的苦涩感让王阳明稍微放下心来。

走出去一段，两人突然听到前方似乎有什么声响。他们循着声音走过去，拨开迷雾，只见鱼月仙半跪在地上。

"月仙！"鱼虎阳赶忙跑上去，把鱼月仙扶起。

"发生了什么？你怎么会在这儿？"王阳明左右看看，四周一片迷雾，什么都看不到。他感觉这应该是河中间的位置。

鱼月仙低着头不答话，王阳明知道她此前被鳖王刺伤手脚，行动本就不便，刚刚怒气上涌，凭着一口气冲到这儿，恐怕是体力不支了。

王阳明蹲在鱼月仙面前，检查了一下她腿上的伤口，说道："黄泉水中有毒，我们三人还是一起行动为妙。鱼虎阳，赶紧将蠹虫给月仙姑娘服下，以免她毒雾攻心……"

王阳明正出声催促鱼虎阳，抬眼竟看到鱼月仙手里握着一把刀，表情古怪地盯着自己。

王阳明发现不妙，连忙往后退。也就在这时，鱼月仙的刀已经朝着他的头劈下！

王阳明还保持着半蹲的姿势，要避开这一刀根本不可能，只好头一低朝着前方使劲撞过去。

王阳明以为这下能将鱼月仙撞倒，却不料身子一空，一头栽在了地上。王阳明忽然明白过来："她是假的！"

王阳明稳住身形后回头看，鱼月仙已经消失不见了，只留下鱼虎阳茫然地站在原地。

王阳明急忙站起身来，冲鱼虎阳说："小心，这雾能让人产生幻觉！"

话音刚落，鱼虎阳突然扯着嗓子大吼："闪开！不许伤害月仙！"说着他便扑向王阳明来，王阳明刚刚站起身，竟被鱼虎阳巨大的身体又扑倒在地上。

鱼虎阳双目血红，眼神涣散。他用尽全身的力量死死压住王阳明，双手还紧紧地扼住对方的脖子。鱼虎阳的双手如钢筋一般，让王阳明瞬间就失去了反抗的力气。

"鱼虎阳……快醒来……"王阳明艰难地说着，但鱼虎阳对他的话置若罔闻。王阳明眼前的视野越来越模糊，眩晕感也越来越强烈，他感觉自己的脖子似乎要被捏断了。

这时，一股刺痛感从王阳明的喉头传来。他猛地想起了什么，用力一咬嘴里的虫尸。"嘎嘣"一声轻响，鱼虎阳从他眼前消失了。

恢复清醒的王阳明躺在地上大口地喘气。他左右看看，四周除了烟雾，什么都没有。他这才发觉，是他的双手正掐在自己的脖子上。王阳明心有余悸，刚刚他差点活活掐死自己。

"既然鱼虎阳也是幻象，那我二人是从什么时候走散的？"躺在地上的王阳明仔细回忆，却一无所获。因为在他的记忆中，他和鱼虎阳从走进迷雾开始，就没离开过彼此的视野。

"忘川河，黄泉水，原来是这么回事。鳖王笃信的转生之说，莫不是也出自这幻觉？如果他们也看到了幻觉……"王阳明挣扎着坐了起来，心里又有了不祥的预感。

剧烈的疼痛让徐爱从昏迷中醒了过来。

他试着挪动身体，发现自己手脚没受到重伤。徐爱用双臂支起身体，看了看周围，却只见一片烟雾茫茫。

徐爱看到不远处有一堵墙壁。他猜测这应该是河渠的内壁。刚想站起身，又被浑身的剧痛刺激到，无奈地坐在了地上。没有办法，他只好手脚并用，拖着身体勉强靠在墙上休息，这才渐渐恢复了思考。

他想起壁画里的画面，知道这些毒烟有致命的毒性，而解药就是蜃虫的尸体。因此，先生才会让人去收集那些蜃虫尸体。但他毫无准备地摔下来，手中没有蜃虫，死于毒烟只怕在须臾之间。

他回忆了一下自己掉下来的大概位置，然后在心底默默计算了一阵。鳌王入河的位置，离他应该只有十多步的距离。只是在烟雾中难以辨别方向。只要他在不超过十步的距离内寻找，多花点时间总该是能找到的。

以他此时的身体状况，根本不可能爬上陡峭的墙壁。如今之计，只有找到鳌王入河的位置，从那个缓坡走上去。只不知这些瘴气毒性如何，他是否可以撑到那时候……

发觉雾气似乎暂时对身体没有什么负面影响，他稍微放下心来，简单检查了一下自己的伤势，然后扶着背后的墙站起身来。

"得赶紧找到出路。"

徐爱知道，这件事不能耽搁下去了。

徐爱向前走了几步，看到墙壁上有一条一人宽的石阶，直通上方。徐爱有些奇怪，这个距离似乎比他想象中短了不少。

但找到路总是好事，徐爱拾级而上。蒙蒙的烟幕依旧罩着四周，徐爱越走越觉得奇怪，照理说，越往上走雾气应越薄才是，怎么走了许久，四周毫无变化？

心中的不安促使他停下脚步回头看，来时的石阶竟全都消失了。

徐爱大惊失色，下意识地后退了两步，突然脚下一空，摔倒在地。他望向四周，哪有什么石阶、墙壁，自己仍瘫坐在烟雾之中，四周什么都没有。

这是怎么回事？

"徐爱！"一声尖叫突然打断了徐爱的思路。他望去，只见烟雾中一个身影似乎正被什么拉扯着似的，迅速后退。

"守让！"徐爱认出了那个身影正是爱妻王守让。他连忙站起身，追了上去。

徐爱心中焦急，一时他忘记了浑身的疼痛，奋力往前追。所幸王守让的身影移动速度也不快。但无论徐爱怎么追，总是和王守让保持着一定的距离。王守让的哭喊声不断传来，让徐爱心中剧痛，脚步也越来越急。

徐爱大喊道："留步！有话慢说！"

前方的身影果然停了下来，

徐爱快走几步，穿过迷雾，看到一个蒙面的黑衣人，正站在王守让身后，双手扣着她的脖子。

"徐爱……"王守让哭道，"我看到……看到你摔下来了，就下来找你，但是……但是遇到……"

黑衣人打断了她的话，冷冷地说："你们闯进我地宫之中，肆意妄为，还打伤了我，天下竟有这般恶客吗？"

原来他便是在地底豢养怪兽的神秘人。守让怎会被他抓住？徐爱压下心中的焦躁，沉声问道："不知阁下是何人？恩怨我们可以再议，但能否先放了内人？"

黑衣人笑着说："我是谁，难道王阳明没告诉你吗？"

徐爱没有正面回答，而是继续问："阁下挟持我妻子，究竟意欲何为，不如直接说出来。"

黑衣人挑眉道："目的？目的就是杀光你们所有人！"

话音刚落，黑衣人手上骤然发力。

轻轻的脆响声传进徐爱的耳朵，这声音像霹雳一般刺进了徐爱的心里。他耳中一阵嗡鸣，大脑陷入了空白。

王守让头一歪，倒在了地上。

黑衣人笑着退回了雾中。

徐爱连滚带爬，跪倒在地上，将王守让扶起来。

"守让！守让！不要，不要走！"

任凭徐爱如何呼唤，王守让再也发不出一丝声响。

徐爱感到自己的五脏六腑仿佛被什么阻塞了一般，巨大的灼痛感和窒息感让他无法呼吸，他只有用嗓子胡乱地喊出些声音，才能将极度的痛苦稍微发泄一点。

"哈哈哈哈！"黑衣人再次出现，笑道，"王守让死了，王阳明也被我杀了，接下来就是你了。"

徐爱双目血红地嘶吼："我要杀了你！"

说完他从地上抓起了一块碎石，拼命扑了上去。手中的碎石伴随着满腔的怒火，向黑衣人的头颅狠狠地砸下。

鲜血喷溅出，徐爱也同时失去重心，摔倒在地。黑衣人的头被他砸开了一道口子，血不住地流下来。但是黑衣人只是静静地站在原地看着徐爱，徐爱也气喘吁吁地盯着黑衣人。

"徐爱……你……你要杀我？"黑衣人向前半步，发出了女声。

徐爱一愣，那是他无比熟悉的声音。

"守让？"徐爱不敢相信，声音里充满恐惧。

黑衣人扯下覆在脸上的黑色纱巾，王守让苍白的脸被鲜血染红。她绝望地看着徐爱，哭着问："徐爱，你要杀我？"

徐爱浑身颤抖，手中的碎石也落在地上。他低头一看，刚刚瘫在地的王守让也已经消失不见。他晃了晃头，试图让自己清醒一些。

王守让仍在哭，不断地质问徐爱："你要杀我？"

"哈哈！哈哈哈！"徐爱突然惨笑起来，他伸手摸了把脸，发觉自己满脸都是鼻涕眼泪。

徐爱撑起身体，整理了一下衣襟，盘腿坐在地上，神情依然悲伤，但已淡然了很多。

"你不是守让，刚刚的台阶也好，黑衣人也罢，都是虚妄，都是惑我心神的幻觉而已。"

他低下头自嘲地一笑，继续对自己说："先生曾教我，圣人之道，吾性自足。刚刚我才对鳖王说过大道在心中，没想到却被区区幻境蛊惑至此。"

他重新抬起头，神情已变得坚毅。

"如今想来，这地底瘴气的毒是否能夺命尚未可知，但肯定会诱发幻觉，让人看到一些……算了，不说也罢。"

徐爱慢慢地站起身，眼中一片清澈。那个哭泣着的王守让也已经消失不见。

四周的雾渐渐散去，露出了黑色的地面和岩壁。徐爱左右环视一圈后，长舒了一口气。因为幻觉的影响，他已经偏离了原来的位置，所幸他正在一条上坡路上。这让徐爱放下心来，只要继续向高处走，应该就能回到王守让等人身边。

果然没走几步，周围的雾气便消失殆尽了，徐爱耳中传来兵器碰撞的声音。徐爱快走几步，终于确信自己从忘川河中逃了出来。只见不远处一个身影正在左右腾挪，正是铁莫。

铁莫的身后是张强和宋壮，以及满脸泪痕的王守让。

徐爱彻底放下了心，从幻觉中挣脱出来，他竟有一种恍如隔世的感觉。

王守让首先发现了徐爱。她又惊又喜，连忙迎上来扶住徐爱，欢呼道："徐爱！你没事真是太好了！"

徐爱紧紧抱住妻子，良久才松开手。他暖融融地笑道："我没事，能看到你真是太好了。"

徐爱环视一周后问："先生呢？"

"哥哥在祭台顶上呢，"王守让解释道，"他和鱼月仙姑娘在想法子关闭机关。哥哥说这烟雾要是漫上来了，大家都会遭殃。"

徐爱点点头，心想只要没进入那烟雾中就好。王守让扶着徐爱走到一处台阶上，让他坐下休息，张强和宋壮也过来帮他包扎伤口。

铁莫不知何时也走了上来，冲徐爱摆摆手说："鳌族剩下的人都被我杀败了！只需等王阳明关了这机关，咱们就赶紧离开吧！"

徐爱点了点头，眯起眼睛望向祭坛顶上那个巨大的旋涡图案，叹道："希望先生那边顺利。"

王守让笑道："放心吧，没有哥哥做不到的事情！"

徐爱的眼神停留在那个巨大的旋涡图形之上，心底突然涌出一些不安。

"徐爱，你想什么呢？"王守让挨着他坐下，一双美目亮闪闪地看着他，"受伤这么严重，好好休息一会儿吧。"

"对呀，您好好休息吧。"张强和宋壮也帮腔道。

徐爱望着妻子清秀的面庞，忽然感觉她有些陌生。

眼前的人，真的是自己的妻子吗？

"徐爱？"王守让盯着他，好奇道，"你到底怎么了？"

徐爱压下心中的疑惑，冲妻子笑了笑，眼睛继续盯着高处的祭坛，他觉得这景象有种说不出的怪异。

祭坛上，烟雾继续翻腾着，两道人影在上面，应该是王阳明和鱼月仙正在破解机关。

他突然想到了什么，受伤？宋壮怎么会站在这里？他清楚记得，明明此前宋壮因保护王阳明而重伤倒地。难道他仍旧处在幻觉之中？

这个念头刚起，王守让就钻进了徐爱怀中。他下意识地伸出双手，抱住了妻子。

"徐爱，不要再离开我了，好不好？"王守让在徐爱的耳边轻轻说道。

徐爱心里一软，沉默半晌后，最终点了点头。

王阳明没想到，他竟会再次看到眼前这三人。

三个青年并肩站在一起，其中两人负手而立，衣袂飘荡，另一个青年盘膝而坐，正在作画。他在蛊毒发作时看到的三人，此刻居然重新出现在他眼前。

依据此前在壁画上所见，王阳明知道这地底会有瘴毒，所以提前准备了蛊虫。但他没想到，瘴气居然还有致幻的作用，即便是蛊虫也无法彻底抵消其毒性。

所幸此时王阳明已神志清醒。他挂念徐爱等人，根本不在意眼前的各种幻境，他挥一挥手驱散眼前的雾气，然后快步走过，对时不时出现在眼前的三人视而不见。

三个年轻人的对话声在王阳明耳边响起，王阳明充耳不闻，只专注前行。但他又向前走了几步后，发觉脚下已经变成了绿茵草地，满目的烟雾变成了山河日照。王阳明左右看看，不得不停下脚步，再这样走下去，恐怕会迷失方向。

王阳明用力跺了跺脚，脚下传来的触感依旧坚硬，不似青草地该有的触感。

三个年轻人的对话仍旧在继续，和之前他在梦中所见到的情景几乎没有差异，他们提及的内容，也无非是王阳明在绢帛上得知的一些往事。

明知道眼前是幻境，却无法打破，这让王阳明有些无力。他尝试着朝四周走动，但无论怎么走，他都依旧身处山峦之上，眼前依旧是那三个年轻人。

含在他口中的蜃虫似乎也不起作用了。

那三人的声音愈发清晰，王阳明不由向三人看去。年轻的刘伯温正在说着自己的计划，言谈间似乎提到了太祖的名字。另外两个青年一个依旧负手而立不发一言，一个仍旧认真地画着画。

画画的那个年轻人说："伯温先生有经天纬地之才，当然可以定乾坤。性常文武双全，江湖庙堂两相宜。而我生性淡泊，不爱经纶，有手中一支笔，怀中一台砚，此生足矣。"

青年刘伯温无奈，转而向另一个年轻人问道："性常以为如何？"

王阳明一愣神，发觉幻象中的刘伯温双目盯着自己，明显是在问自己。

"我？"王阳明好奇地说。他才发觉，不知何时自己已经站在了刚刚王性常的位置上，正望着远处的云雾山峦。

刘伯温笑道："性常，你怎么了？"

王阳明明知这是幻象，却不自觉地心生恐慌，忙解释道："我并非性常先祖。"

"哦？"盘膝坐在地上的年轻人好奇地问，"性常，你这是想说什么？莫不是又有什么道法上的领悟了吗？"说着高声笑了起来。

刘伯温也跟着笑了笑，对王阳明说："元章不爱江山，只爱诗画，直截了当地拒绝我的邀请也算正常。性常你我相交多年，若也有此意，大可直说。"

他说着上前一步，王阳明不知为何，下意识后退了一步。

他不知该作何回答，眼前人分明是幻象，但为何会让自己这般不自在？王阳明稍一犹豫，正色道："在下王阳明。"

坐在地上的年轻人说："喂！性常，听说你随那道士学道法后，经常神游物外。如此看来，你现在是去神游了？"

刘伯温笑看向王阳明，问道："阳明？王家哪来的这么一号人物？

元章，你与他同族，可否为我解释一下？"

王元章哈哈一笑，将笔搁下，站起身来，看着王阳明说："我王氏一族，只知有你王性常，何来王阳明？"

王阳明腹部一阵疼痛，他心想莫不是蛊毒又发作了？但他马上摇摇头收敛心神，眼下根本不是计较这些事的时候。

他长舒一口气，站起身来，挥了挥衣袖，行礼道："在下大明贵阳府龙场驿丞，王守仁，阳明只是别号……"

衣袖带起的风让烟雾散开了些，幻境突然消失，那些浓厚的烟雾又重新包围了王阳明。不一会儿，王阳明眼前的景象再次变化，这次是在一个光线昏暗的山洞内。

"性常！"

王阳明闻声抬头，发现眼前竖立着一块巨大的青石。上边刻着四行大字，正是当初他们进入遗迹的时候，六世先祖王性常的留字。

王阳明听到了脚步声，转头看去，却是年轻的刘伯温正举着一支火把，站在自己身边。

刘伯温望着石头上的刻字，叹道："希望他们能注意到。"

陌生的声音从王阳明的嘴中传了出来："尽人事罢……"

"是谁？"王阳明心神一震，他出声询问，却发现说话的声音不是自己的。

刘伯温看向王阳明，压低声音问："你发现什么了吗？"

"这也是幻觉吗？"王阳明喃喃说道。

刘伯温听到了他的低语，好奇地问："你怎么了？难道是黄泉水的毒没清干净？"

王阳明夺过刘伯温手中火把，冲青石上一照，光可鉴人的石面上，隐隐映出自己的面貌。那人布冠短须，眉目硬朗，又哪里是自己？

"我……我是……"王阳明心中震撼，一时变得语无伦次。

"你是王性常啊！"刘伯温道。

"我是……我……"王阳明觉得自己似乎在一瞬间忘记了什么。

石面上映出的那个身影也渐渐模糊起来。

王阳明突然心神一凛，低声喝道："我是会稽山阳明子！"

说着他狠狠出拳，砸在了青石之上。

那青石如豆腐般破碎，烟雾再次弥漫开来。王阳明大汗淋漓地往前走，没走几步再次停下，他发觉周边的场景又变了。他脚下是一片泥地，周边山林密布，天光暗淡。王阳明甚至还听到了密林中不时传来的鸟鸣之声。在他前方，一棵参天古树下，站着一位长袍道士。

"五泄山中住，不知日月长啊。"道士喃喃道。

王阳明想起了他在梦中见过的景象。

"赵缘督？"

王阳明话一出口，又变成了少年嗓音。他低头看看自己，发觉自己不知何时也成了一副少年模样。

道士冷哼道："学法不认真，跑到这里来躲懒！"

王阳明刚想解释自己不是王性常，却发现身子不听使唤地动了。

变成少年的王阳明快步跑到那道士面前，笑嘻嘻地说："赵道长不是说道法自然吗？既是道法自然，那自然也急不得呀！"

王阳明仿佛是个生魂附在了他人身上一般，言语行动皆不由着自己，但偏偏意识清晰。

道士道："我在五泄山中住的时间太久了。不久后我就要离开了，你再不快些学习，只怕以后没机会了。"

王阳明听到少年说："哎哟，道长这就要走了？我还有许多事情要慢慢向您请教呢！"

道士抬头望向天空："世人都言道法源自天地，万物不离宇宙，我却偏要说天地源自一心。"

王阳明听到这话，若有所思。

道士又说："求道于心，求理于内。王性常，你天资聪颖才名外显，此生怕是波折繁多，但务必要谨守本心，记住自己是谁，记住自己何以立身于天地。"

少年恭恭敬敬地说了声："是。"

这一声应答让王阳明觉得自己心里空落落的，好像丢了些什么。周围的情景再次消散，王阳明重新回到了一片烟雾中。

王阳明回过神来，发现自己正站在悬崖旁，身前是黄泉瀑布，滚滚烟尘由此直入深渊。

"性常，来，这位便是遗迹主人，他答应帮我们找到秘族。"王阳明扭头看去，年轻的刘伯温正朝他走来，一个披散着头发的黑衣人跟在他身旁。

王阳明脑袋一阵疼痛，他想了想，总觉得自己刚刚好像又忘了什么重要的事。那是什么呢？长生的秘密？不死秘族？水下的怪兽？无数记忆碎片从他脑中一闪而过。

"性常以为如何？"刘伯温的声音再次传来。王阳明忽然觉得周围的一切变得清晰了起来，他也逐渐平静下来。他终于想起自己受了帝命，要和刘伯温一起寻找秘族。忘川河岸上，黄泉瀑布已经再现，一切都已准备妥当，接下来便是最后的环节。

"那太好了。"王阳明冲刘伯温淡淡一笑，整了整衣冠，也冲那黑衣散发的人行了一礼，正色道，"五泄山布衣王性常，在此多谢先生了！"

那个黑衣人也不回话，只是微微欠身，算是回礼。

"王性常"好像突然想起什么似的，脱口问那黑衣人："此前在石道中，我被人袭击，可是阁下出手救我？"

黑衣人有些疑惑，他看了看刘伯温，又看了看"王性常"，最终摇了摇头。

不是他？难道遗迹内还有其他人在？"王性常"心中奇怪，记忆有些模糊起来。

刘伯温笑着问："性常，你是刚刚休息的时候做梦了吧？咱们走过那石道的时候可没遇到什么危险啊！"

"王性常"好奇地问："吸血王蛭算不得危险？我被那怪虫附上，可差点被害了性命啊！"

刘伯温一脸古怪地看着"王性常"。

"王性常"大惑不解，继续问道："你不记得了？那吸血王蛭被杀，从我身上脱落时，可是沾了我一身的……"

他最终没把"血"字说出来，因为他低头看向自己的衣襟，干干净净，哪有什么血迹。"王性常"明明记得，自己当时在黑暗中摸到了满手鲜血。

"黄……黄泉……水。"一旁的黑衣人喃喃说道。他的声音断断续续，仿佛不太会说话似的，说得生涩而艰难。

刘伯温点点头，认真说道："性常，你刚刚去开启机关的时候吸入了瘴气，怕是看到了一些幻觉。"

"王性常"闭目轻捶着有些发胀的额头，试图回忆起一些细节。但那些支离破碎的片段在他脑中浮浮沉沉，无法完整拼接。

"所幸我们有所准备。你还是多休息一会儿，这里的事情就交给我吧。"

刘伯温的话让"王性常"感觉稍稍舒服了些。

"王性常"冲刘伯温点了点头后，又向黑衣人行了一礼，道："在下冒昧了。"

"没……没……没事。"黑衣人点了点头。

刘伯温似乎很开心，他笑道："正事要紧，咱们也不必多礼了。"

他走到"王性常"身侧，与他并肩站立，也望向烟雾瀑布。两人在深渊前沉默了片刻，刘伯温忽然笑着说："若是元章看到这般奇景，怕又要抛开一切事情先提笔作画了吧！"

"王性常"的脑海中立刻闪出那个盘膝坐在峰顶，沉默作画的同族好友。他笑着说："元章若是在此，只怕我们也不用做其他事了。"

刘伯温不禁拍着"王性常"的肩膀哈哈大笑。笑过之后，他继续说："古籍中只说了忘川河口、黄泉瀑布，但却没说我们如何用这些线索找到秘族。依我推测，这瘴气可能如烽火狼烟一般，作为某种信号存在。只是这底下是万丈深渊，我们也没法去寻。"

"王性常"点了点头，回头望向祭台顶端的那个大石柱，漩涡形状的图案下，滚滚烟雾正不断冒出，一种莫名的熟悉感涌上心头，让他觉得有些不舒服。

"怎么了？"刘伯温看到"王性常"出神，出声问道。

"王性常"回过神来，摇了摇头驱散了脑中的不适感，回道："没什么，只是在想这祭坛上的事。"

刘伯温没多问，继续说："我刚刚去看过了此地饲养的鲵兽，虽然体型尚小，但足爪锋利，在水下也迅捷无匹，果真是水战利器。"

"王性常"的脑中浮现出那鲵兽的样子，叹道："如此异兽，只怕要不了几年就成为大害，若是放归河湖，当真是遗祸无穷了。"

"唉，也是形势所迫。"刘伯温跟着叹气，道："所谓不尽知用兵之害者，则不能尽知用兵之利也。虽说兵者凶器，但器为人用，事将如何，终究还看你我。"

"王性常"沉默不语，他的脑海中闪过了那鲵兽在水中攻击人的画面。

不一会儿，地面开始震动。随着一阵"隆隆"的声音，两人抬头望去，悬崖对面的山壁上升起一阵烟尘，一块巨大无比的梭形巨石从高高的山壁中冲了出来，在无数的烟尘和落石中，直冲刘、王二人。

"王性常"下意识地后退了几步，刘伯温好像提前预料到了似的，没有闪避，于是"王性常"也停了下来。

巨石破空而来，渐渐偏离开二人所站的位置，最终落在了他们身侧的悬崖边上，激起无数的烟尘碎石。"王性常"抬眼看去，梭形巨石的那头仍旧卡在悬崖另一侧的山壁上，这头已经稳稳地嵌入了地面，最终成了连通悬崖两侧的桥梁。

刘伯温掸了掸身上的灰尘，扭头冲"王性常"说："这大梭石横架成桥，可以帮助我们跨过深渊，走吧。"说完他朝那巨石走去。

"王性常"点了点头，也跟了上去。

刘伯温沿着巨石架起的桥梁朝悬崖的那边走了几步，又走回来。似乎对这机关桥梁很满意。他站在巨石上，朝自己的好友招了招手，道："上来吧！咱们赶紧过去。"

"王性常"应了一声，向前走出几步。他总觉得这一幕似曾相识。

那种不舒服的感觉再次涌上心头。他看了看满脸狐疑的刘伯温，继而再次转头望向黄泉瀑布。浓浓的烟雾一泻千里，"王性常"停下了脚步。

"可是又看到什么幻象了？性常，认清眼前，不要被迷惑了！"刘伯温催促的声音传来。

"王性常"依旧保持着沉默，他努力地拼凑着那些记忆的碎片。

"赶紧上来吧！咱们可没那么多时间！"刘伯温再次出声催促。

"王性常"依旧没有答话，他仰望穹顶，距离他们头顶数百尺的洞穴顶上爬满了蠹虫，星星点点的绿光不住闪耀着，看起来竟像星空一般。

二人陷入了短暂的沉默。

片刻后，"王性常"突然开口说："从刚刚开始，我就觉得有些不对劲。起初我以为自己是中了瘴气的毒，所以脑中总有幻觉。但现在想来，似乎并不全是这个原因。

"我隐约记得，自己在幼年时跟着赵道长在山中学法。赵道长曾教我要谨守本心，记住自己是谁，记住自己何以立身于天地。"

刘伯温满脸好奇地望着好友，不明白他忽然说这些做什么，回道："道长自然有大智慧。"

"王性常"继续说："可是现在我不敢确信，那些记忆到底是我幼年时的事，还是只是我的幻想。因为我记不清前因后果，想不起如何遇上赵道长，赵道长又是何时离开的。"

他忽然转了话题："就在刚刚，我向这遗迹主人行礼后，总觉得自己似乎忘了什么。现在我才知道，原来我想不起来此所为何事了。"

"性常，你不记得了吗？我们来此是受主上委托，让我们……"

"王性常"摆了摆手，示意刘伯温不用多说。"受帝命，寻秘族。可是然后呢？我想了很久也不知道，我们为什么要找那个秘族？找到秘族之后，接下来要做什么？刚刚你又站在巨石上，嘱我快些过桥。但我思前想后，发觉自己根本不知道走过这巨石后，是要去干什么。"

刘伯温的面色渐渐沉了下来，他低声斥问："性常，你到底想说什么？"

王性常自嘲地摇了摇头，问道："伯温，我们在此到底是为了什么？"

"我们……"刘伯温也变得茫然起来。

"原来一切都是幻境，我几乎忘记自己是谁了。"

"王性常"叹道："求道于心，求理于内，吾性自足，何须假以外求。"

说着，他突然闭上眼睛，轻轻向后退了一步，坠入万丈深渊。

天地变得安静，似乎有一阵风从衣摆间穿过。

再睁开眼时，王阳明记起了所有的事。他淡然地看着刘伯温渐渐消散的身影，周围的环境再次变化，最终又成了一片烟雾。

王阳明彻底清醒过来。他抬眼望去，发觉自己正站在悬崖边上，刚刚只要再向前一步，便会掉下万丈深渊。他口中本来含着的蛊虫尸体，也早已掉落不见。

想到刚刚幻境里的种种，王阳明恍然大悟，原来那些情境大多都是自己在绢帛上读到的往事，境由心生，幻象亦是人心的投射。只是自己为何会变成六祖性常去经历那些幻境？这和那转生咒术有什么关系吗？

王阳明长出了一口气，驱散了心中的杂念，眼下他无暇多想。

他重新站直了身躯，整理了衣冠，然后向着身前缭绕的烟雾行了一礼，低声道："受教了。"

话音刚落，不知怎么有一阵风吹来，让刚刚凝起的雾气稍稍消散了些。王阳明正要离开悬崖，却看到不远处似乎有个人影，倒卧在悬崖边上。

王阳明心头一紧，赶忙朝着那个人影走去。

烟雾渐渐减少，那个身影也愈发清晰。王阳明终于看清楚了，出声唤道："徐爱！"

自王阳明进入烟雾中，到现在已经过了有半炷香的时间，河岸边的众人等得心急如焚。

打斗早已停止，鳌族内能发号令的三人都先后进入了忘川河内。岸上众人无人领导，加上他们已经得知所谓鳌族圣物都是鳌王编造的谎言，因此，当鳌王的身影消失后，便没人再认真搏斗。

铁莫见鳌族众人不再卖力攻击，自己也知趣地撤回，守在王守让等人周围护卫他们安全。双方渐渐拉开了距离。

张强和王守让为宋壮包扎了伤口，但众人身边都没带药物。此时宋壮已彻底陷入昏迷，众人却只能干着急，没什么办法。

张强完全不知道该如何应对眼下的情况，在场的众人中，只有铁莫最让人放心。于是他看着铁莫，哀求似的问道："铁大人……你看宋壮……宋壮他还撑得住吗？"

铁莫看了一眼宋壮，坦言道："看运气。"

王守让似是在鼓励张强，又似乎是给自己打气，认真地说："一定会没事的！宋壮、徐爱、哥哥，大家都会没事的！"

"对！"张强狠狠地点了点头。

铁莫望着浩渺烟波，沉吟道："时间紧迫，我们得早做准备。"

"什么？"张强不解，抬头看到铁莫的脸色，心里忐忑起来。

王守让似乎猜到了什么，问铁莫："你是说这烟雾？"

铁莫点了点头。

从机关开启到现在，祭坛上升起的那个巨大的石柱底端，烟雾一刻不停地往外涌。虽说烟雾流向了悬崖，但烟雾毕竟不同于水，些许的风就会将它们带到别的地方。再过不久，恐怕那些烟雾便会越过凹槽，朝着地面上的众人漫过来。

"得想法子去关了这机关。"铁莫叹道，"只可惜我不通机关术数。"

王守让道："来不及了，我去吧！"

"不要去！"王阳明的声音忽然传来。王守让看到远处的烟雾中，两个身影渐渐清晰，正是王阳明和徐爱。

"徐爱！"王守让惊喜交加，铁莫也跟着放下心来。

兄妹二人将徐爱搀扶至宋壮身旁坐下。王阳明一边忙活一边说："这雾气有毒，会令人看到幻觉，祭坛上的雾气已经彻底弥漫开来，口服蛊虫也只能抵挡一时。"

"啊！"王守让惊呼，"那个虫子有用吗？"

王阳明回道："自然，你将虫尸研碎了，喂徐爱服下一些。待他醒来，你二人再一起上去寻找机关，如果在此之前我回来了，那么我也会上去帮你二人。"

铁莫说："徐爱受伤不轻，眼下又中了毒，能不能赶上……"

王阳明望向铁莫，笑着说："放心吧！徐爱不是那么容易被打倒的人。"

"对！"王守让认真地点了点头。

王阳明继续说："眼下时间紧迫，我得尽快去救其他三人。"

"哥哥！"王守让犹豫片刻，还是说出了想法，"月仙姑娘救过我们，你救她是应该的。但那个鱼虎阳讨厌得紧，更不要说鳖王那个浑蛋想杀了你……"

王阳明知道妹妹是不希望自己多次犯险，他笑了笑，没有解释。

河内的烟雾渐渐升了起来，再过不久就要漫过河堤。王阳明冲铁莫道："劳烦铁校尉带着大家朝梭形巨石那边转移，这河岸边不能再待，切不可吸入烟雾。"

铁莫点了点头。

王阳明头也不回地又进入了烟雾中。

有了之前的经验，这次再入忘川河，顺利了很多。

王阳明将小半截蜃虫的尸体压在舌苔下，然后依据他刚刚算定的方向，快步前行。他步履不停，手不住地挥着衣袖来驱散雾气，前行速度比之前快了很多。走了一会儿后，他听到前方似有人声，于是赶忙寻去。

这时，沟渠拐了一个弯。王阳明知道，再走不远，他就要踏上悬空的石路了。拐过弯，他就看到烟雾中有个人倒在地上。王阳明赶忙跑过去将人扶起，是鱼虎阳。

王阳明伸手探了下他的鼻息，发现鱼虎阳已经气绝身亡，手上体温逐渐流失的尸体，让他知道眼前这些并不是幻象。

王阳明忍不住叹息，明明在不久前，两人一前一后进入了雾中，就这么一会儿，鱼虎阳便殒命。

虽说王阳明对鱼虎阳并没什么好感，但鱼虎阳不止一次救过他的命。此人本性并不恶劣，只是对鳌王太过愚忠。鱼虎阳的致命伤在后腰上，显然是被一刀刺穿毙命，这只可能是鳌王的手笔。

一方是自己心爱的女子，另一方却是自己忠心了一辈子的王。鱼虎阳不愿看到双方舍命死斗，故而拦在了两人之间，却没想到被鳌王从身后一刀刺死。

王阳明不禁暗骂一声。

隐约间，他好像听到鳌王的声音，便知道自己距离那两人已经不远了。王阳明虽不忍，但还是放下了鱼虎阳的尸体，从腰间摸出刀，继续前行。

迷雾中不时传来刀兵碰撞的声音，让他心中愈发焦躁起来，脚下也不禁加快了速度。走出去不远，河槽再次拐了一个弯，王阳明踏上了悬空石道。左右是烟雾瀑布，视野极差，走在上面只要稍有不慎，就会跌进万丈深渊。好在这石道还算宽敞。

此时的王阳明心神坚定，烟雾只能阻挡他的视线。他疾步前行，前方的声音也渐渐清晰了起来。但不知为何，那争斗的二人说的是官话。

"鱼月仙，你趁着这迷雾几次袭杀失败，如今保护你的鱼虎阳也已经死了，你还妄想拦住本王？哈哈哈！本王还没告诉过你吧？不仅是你，还有你的父母、你家族的人，都为本王的大业贡献了一生！

"不用生气，你父母死在本王面前的时候，你才不过周岁，哪来这许多仇恨。放心吧，本王这就送你去见他们！"

王阳明几乎飞奔起来。

一阵劲风破开雾气，朝王阳明射来。王阳明下意识地缩了一下身子，只见一柄短刀擦着他的耳边划过。

"咦？没想到你居然能躲开。"

原来鳖王早已经知道他在靠近了，才故意用官话火上浇油，好让王阳明来不及细想，挺身而出来救鱼月仙，鳖王就可以趁机杀了他。

王阳明知道眼前这场恶斗避无可避。他站起身，拨开迷雾，走了过去。

两人的距离越来越近，模糊的身影也越来越清晰。王阳明小心提防着那个影子，但鳖王却再没扔出什么暗器。

再走出几步，王阳明看到了跪倒在地的鱼月仙。

"月仙姑娘！"王阳明赶忙上前搀扶。鱼月仙身上又多了几道血痕，她的头发已经披散开，全靠一只手撑在地上，才能保持着跪姿，仿佛马上就要一头栽在地上。她那只撑在地上的手，仍然紧紧地握着短刀。

"哈哈哈！"鳖王的声音在烟雾中传来，他笑着说，"鱼月仙，我本想让你自生自灭，但你却不依不饶地阻止本王。也罢，待本王重生之后，再来给你一个痛快吧！"

"我怕了你一辈子，被你利用了一辈子，今天总该有个了断。"鱼月仙狠声道，挣扎着又想站起身来，却再次呕出一口鲜血，"王大人……"

王阳明赶紧扶住鱼月仙，小声道："先不要说话，我救你出去。这虫子能抵御瘴气的毒。"说着将一只很小的蛊虫塞进了鱼月仙口中。

鱼月仙心里奇怪，王阳明怎么会知道这东西可以克制这毒雾。她体质异于常人，对毒气的抵抗力比较高，但她仍没有辜负王阳明的好心，忍着没将那苦涩的虫子吐出。良久，她缓缓摇着头，指向鳖王，说："得阻止……"

"你先休息！"王阳明手提短刀，就要去寻鳖王，但被鱼月仙拉住。他看到鱼月仙双目如炬，低声道："我随你一起。"她似乎想到了什么，又甩开王阳明的手，说，"我自己可以走。"

王阳明犹豫了一下，还是和鱼月仙一起往前走。当他们再次拐了一个弯时，王阳明惊觉他们此时回到了烟雾的源头——祭坛。他们现在，就在祭坛下方的石槽内。

鳖王走得并不快，两人追了几步就看到了他。不知为何鳖王的身高突然升高了几尺，在烟雾的衬托下，像站在空中一般。

不好，他已经到了祭坛脚下了……

王阳明知道鳖王只要逆"流"而上，再次到达祭坛顶端的图腾下，仪式便完成了。

王阳明拔出腰间的刀，朝着那个身影狠狠丢了过去。

"叮"的一声轻响，刀没有击中目标，但这也为他和鱼月仙争取了一点时间，两人快步向上跑，终于到达了祭坛脚下。

"王阳明，你还是来了！"鳖王的声音传来，两人抬头看去，鳖王在台阶之上站定，好整以暇地俯视着二人。

鱼月仙二话不说便打算冲上去，被王阳明拦住。

"你是？"王阳明终于看清了鳖王的身体，震惊得快说不出话来。

鳖王似乎很满意于王阳明的反应，他笑着说："本王是谁你看不出来了吗？"

鳖王分明是个双鬓如雪、眉目间尽是沧桑的中年汉子。但眼前这人不但神采奕奕，鬓发间也不见一丝银霜。短短半炷香时间，鳖王竟似年轻了几十岁！

"鱼月仙有圣女血脉也就罢了，你居然也没被困死在幻境之中。"鳖王笑着说，"这倒真是超出本王的意料。"

王阳明压下心中的震惊，朗声道："大道自在心中。"

鳌王微微挑眉，说："不久前徐爱也和我这么说，我告诉他，这黄泉水便是本王的道。"

王阳明说道："大人还看不透吗？这地方根本不可能让人再世重生，更别提什么长生不死了。"

鳌王哈哈一笑，又向上走了一个台阶。王阳明看到鳌王的身体越发挺拔，似乎又变得年轻了一些。他有些不敢相信，他怀疑自己看到的是幻觉。

"从我祖先鳌灵，到王性常，再到如今本王。如何，你还不信这忘川河水使人复生的奇迹吗？"鳌王笑着问王阳明。

鱼月仙眼看着鳌王身体的变化，不禁着急道："跟他废什么话，上去杀了他！"

"就凭你？"鳌王冷哼了一声，说道，"那些老不死逐本王出族，怎么会想到本王可以再造一个鳌族，还找到了这千年秘术？待本王重临鳌族，必将带领我族重登顶峰！"

这一番话似有所指，但祭坛下的两人哪有空去琢磨这些。

"疯子！"鱼月仙冷声道，一旁的王阳明没说话，他拉着鱼月仙也登上台阶。

此时王阳明才发现，祭坛侧面凿的石阶与祭台正前方完全不同，这些石阶狭窄而陡峭，如一道登天的梯子。

鳌王继续攀登，很慢也很稳当。如此难爬的陡峭阶梯，对他来说像是闲庭信步一般，他一边攀爬着一边说："你二人将成为见证本王重生之人，应该感到荣幸。虽不能让你们将这秘密带回世间，但死前得见神迹，你二人也该心满意足了。"

"这一切根本是谎言！"王阳明喊道，"哪有什么转生之说！"

鳌王有些无奈，叹口气道："你身在其中居然还没看清？你自己难道毫无感觉吗？附在你身上的咒术根本无解，未来有一天，你也会变回王性常的。"

鳌王突然想到了什么，讥讽地说："不过如今你饱饮忘川河水，已经死期不远，也不用担心这些了。"

"王大人……"鱼月仙听到鳌王的话，心头一紧，担忧地望向王阳明。但她眼中的王阳明神色如常，不禁暗骂自己蠢笨，明明王阳明刚告诉了她如何抵抗这毒雾，她舌上苦涩的味道犹在，王大人自己又怎么可能被这毒雾取了性命？

王阳明对鳌王的话充耳不闻，他抬起头，看着鳌王，朗声道："敢问大人一句，为何转生？"

"为长生。"鳌王坦然回答，"人生匆匆数十载光阴，不够，根本不够！本王有太多事情要做，且你们汉人的道不也是求长生吗？"

王阳明回答："道法所求的长生，是因为看到了生命无法挣脱的困境，所求不过是内心的自由。相比之下，大人这几十年来为求不死殚精竭虑，可曾认真度过一天光阴？内心可曾有过自由？"

鳌王沉默片刻，道："王大人好大的学问。"说完不再理会王阳明，转身继续朝祭坛顶端而去。

王阳明还想再劝，被鱼月仙拦下。

"就凭你几句话，怎么可能让他放弃几十年的计划！"

鱼月仙望着头顶，握紧了手中的刀，恨恨地说："我倒要看看，你这转世的最后怎么死！"

鳌王眼看就要到达祭坛顶上。

鱼月仙甩开王阳明，独自一人冲了上去。

她隐入雾气中，将短刀衔在口中，手脚并用快速向上攀爬。站在高处的鳌王似乎对鱼月仙的行动毫无所觉，只是缓缓地登着台阶。

鱼月仙爬到鳌王附近，突然从嘴中取出刀，高高跃起，一言不发地刺向鳌王。

鳌王身体一侧躲过刀锋。鱼月仙身形勉强落定，回身再刺一刀，这次被鳌王抢先一步，擒住了手腕。

鳌王将鱼月仙手的手腕向后一扭，以为制住了她，没想到鱼月仙不为所动，竟张口咬向鳌王的脖颈。

"疯子。"鳌王冷哼一声，对这种攻击很是不屑，但也不得不放开了她的手腕。鱼月仙摆脱了束缚后，迅速跃上一级台阶，拦在了鳌王的身前。

鳌王淡淡地看了眼鱼月仙，她因关节错位而无力垂下的胳膊上，依稀能看到点点血迹。

鱼月仙用另一只手握紧了刀。

鳌王冷笑道："真以为我杀不了你吗？"

王阳明赶了上来，见鳌王正要出手，忙喊道："不要！"

鳌王根本不理他，伸手抓向了鱼月仙。鱼月仙勉强闪开，借势举刀砍下。鳌王迅速贴近她身前，抢在她的刀落下之前出手，抓住了鱼月仙的手腕。

鱼月仙暗骂一声。鳌王双手一合一拉，鱼月仙的身子失去平衡，眼看要往祭坛下摔去。在这样的绝境下，鱼月仙仍靠着顽强的意志双手攀住了阶梯，没有掉下去。

鳌王一脚将鱼月仙的刀踢开。

"你……"鱼月仙气急，感到喉头突然一紧，鳌王已经死死地扼住了她的脖子。

王阳明虽无计可施，但眼看鱼月仙就要被鳌王捏断脖颈，也一咬牙冲上去抱住了鳌王的胳膊。可他毕竟武艺粗浅，鳌王抓住他的衣领将他甩到了一边。

鳌王问趴在阶梯上的王阳明："这忘川河的毒雾，怎么还没毒死你？"他一边说着，一边抓着鱼月仙的手也加重了力道。

王阳明稳住身形，看到鱼月仙的面色已经泛青。虽然她仍在拳打脚踢拼命抵抗，但明显已经使不上力。

王阳明强迫自己冷静下来，道："因为我知道这遗迹内的一切秘密，包括如何解毒，以及如何关闭这机关。"

看到鳌王并不理睬自己，他慢慢靠近鳌王，继续说："忘川河水是地底瘴气形成，吸入者轻则致幻，重则死亡。但这瘴气却和蛊虫相生相克。我口中含有蛊虫，故可解毒。"

鳌王转头望向他，兴致盎然地听王阳明继续说下去。

"但大王这一路行来，根本没有接触过蛊虫。此刻你中毒已深，再不逃离此地，只怕毒发只在片刻之间。"

鳌王哈哈大笑起来，手中的力道也放松了一些。被他制住咽喉的鱼月仙得了空，赶忙连喘几口气。

鳌王冲王阳明说："你可见过如本王这般神采奕奕的中毒者？你可见过发肤回春，重返年少的中毒者？此地是我先祖所筑，我身负开明皇鳌灵的血脉。先祖曾在此地从烟毒中走出，我又怎么可能会怕这区区瘴气？"

王阳明目光如炬，盯着鳌王，一字一顿地说："此地根本不是鳌族古迹！"

鳌王听完一愣。鱼月仙趁机出脚，直踢鳌王裆下。鳌王没想到鱼月仙居然还有力量反抗，他一时防御不及，手上一松，将鱼月仙甩了出去。鱼月仙在阶梯上摔落，昏迷了过去。

鳌王似乎从王阳明的眼神中看到了什么东西，眉头不自觉地皱了起来。

"一派胡言！你知道我找到此处花了多少年吗？"鳌王冷声道，"待我到达顶上，重生之后，看你还说不说得出这番话！"

说着他继续向上走，这回鳌王的动作快了起来，不似之前那般悠闲了。

王阳明紧跟几步，继续说道："你难道就没想过，为什么我从未来过这里，却知如何破解一路上的机关，识得所有异兽？"

鳌王没有回身，"你身负王性常的记忆，自然知道很多事。王大人学问通天，为什么不顺手也解了自己的蛊毒，消了自己的转生咒术？"

王阳明继续说："这地底遗迹名为长生宫，乃是千年前大秦御史所筑，根本不是鳌族先人的遗迹，我在岩壁上……"

"闭嘴！"鳌王蓦地回身。王阳明只觉眼前一花，窒息感将他的话生生打断。

鳌王已锁住了他的咽喉。

"我在……壁画上……看到了真相……"王阳明努力挤出声音。

鳌王的面色沉了下来，微微松开了手。王阳明喘息着，继续说："机关秘密也好，异兽也罢，包括这忘川河的瘴气，在那壁画里都有记述。"

鳌王静静地盯着王阳明，手上力道再次加重。

再次袭来的窒息感让王阳明几乎昏厥过去，他拼尽全力说："壁画上……说了……这地方……来历……"

王阳明感到身体一松，他被鳌王扔在了一边。他靠在石阶上，狠狠地喘了几口气。

"本王遍寻古籍，查访多年才找到这遗迹。事实也证明我们没来错，这巨石祭台、机关的启动方式，所有一切都如我鳌族古籍所载。"鳌王语气不咸不淡的，听不出有任何情绪。

王阳明大口喘着气。鳌王见鱼月仙又醒过来，正在吃力地攀登，不由得皱起了眉。他不想再和两人纠缠，继续向上而去。

雾气渐渐薄了，似乎已经能看到祭坛顶。

"大秦御史史禄，历十七载建成地下长生宫！"王阳明终于喘过气，再次出声。鳖王脚步一顿，但没有转身。

王阳明继续描述他在壁画上看到的历史。

"千年前，秦国惠文王，命部将司马错过石牛道，败古蜀兵于葭萌。后秦兵入蜀，杀蜀王，灭蜀国。此一役中，司马错将军除了为秦君带回胜利的消息外，更将古蜀国鳖灵复生登基的故事也带了回去。惠文王暗中下令在古蜀地搜索相关古籍，其后将蜀国所有有关鳖灵复生的记载尽数封存。

"后来大秦始皇帝为求长生，查尽所有古蜀文籍，当时秦朝御史史禄擅水利工事，于是始皇帝暗中命令史禄主持修建地下长生宫，并依古籍中的线索，想要重现鳖灵的复生奇术。"

鳖王继续向上，对王阳明的话置若罔闻。

"只可惜这位御史大人也存私心。他一方面不断调查研究鳖灵复生之事，另一方面故意拖延修建速度，使这地宫耗费了一十七年方才完成。始皇帝没等到长生宫修建完成，先一步登仙了。主持修建的御史大人，料定始皇帝死前会传令毁掉这里，他不愿看到数年心血毁于一旦，便自作主张下令封死了这里，受命前来毁地宫的人寻不见宫阙，无功而返。这位御史大人也趁乱消失不见。数年后，这位御史大人在生命的最后时间，再次开启了这地宫，并重现了忘川河开、黄泉水现的奇景，他也成功地逆流而上，完成了所有仪式。"

王阳明说着，抬起了头望向鳖王的背影，不知何时，鳖王已经停下了脚步，不知在想什么。

王阳明高声道："但他最终还是死在了这毒雾之中，御史大人的后辈也按照他的遗命，将有关地下宫殿的所有事情，以壁画的形式记录在了那面岩壁上，之后再次封死了这里！"

王阳明努力提高声音，冲着鳖王的背影喊道："看到鳖灵神像的时候，你难道就没有怀疑过吗？那座石像上的人物明明身着古蜀国衣裳，却不是蜀人面貌。方脸宽额、五官粗犷，分明是秦人面相！我们刚进入此地看到的那座石像，并不是开明鳖灵，而是大秦御史史禄！"

"一派胡言！"

鳖王猛然转过身来，怒目圆睁。王阳明感到一阵杀意如波涛般汹涌而来。

王阳明后退了半步，与此同时鳖王高高跃起，朝着王阳明而来，在这间不容发之际，鱼月仙挡在了他的面前。

"小心……"王阳明的话被一股巨大的力量生生打断。鱼月仙猛地撞在了他身上，一股巨力将二人从台阶上打飞。

两人重重地摔在了台阶上。终于缓过气来的王阳明感到浑身疼痛不已，他扭头朝鱼月仙看去，发现她已经昏死过去，手中紧握着的短刀，也已经断成两截。

"原来她是用短刀防下了鳖王的一击。"王阳明稍微放下心来。

"告诉我，你所说都是谎言！快说！"鳖王的声音自身后传来。

王阳明抬起头望着鳖王，张了张嘴，却什么都没说出来，最后只好轻轻地摇了摇头。

"本王不信……"鳖王怒道，"王阳明！你说的话本王一个字都不会相信！"

王阳明看到，鳖王本来已经渐返青春的样貌，此刻以肉眼可见的速度衰老着。

"本王不信！我偏要完成这仪式，重获新生，看你还有什么话说！"鳖王扭头继续往祭坛走去。

他的步伐一开始很急，但刚走两步就慢了下来。又走了几步后，他的动作越来越艰难。鳖王稳重的脚步声也变得越来越模糊，最终，随着"扑通"的声音，鳖王的声音彻底消失在了台阶上。

"本王不信……"

鳌王的声音中充满了不甘，山洞中陷入了一片寂静。

王阳明长出一口气，将昏迷中的鱼月仙背在背上。

如今鳌王已死，忘川河的瘴气眼看要弥漫开来，祸及他人。他直接从石阶走上祭坛去关闭机关，无疑是最为快捷的方式。

一路行来多次遭遇险情，王阳明的体力也见了底。所以他背着鱼月仙向上走得很难，很慢。

王阳明想起一路上经历的种种。自己身中鳌族秘传的蛊毒、没人说得清是否存在的转生咒术、这遗迹内数不清的秘密、在石室中发现的绢帛文字、在石道中遭遇的神秘人、那个用暗器救了自己的人……难道在冥冥中，这些事真的和自己有什么联系？

还有那个从龙场就尾随而来的刺客，他是不是正在入口处守株待兔呢？

王阳明的疲倦感愈盛。

快到祭坛顶的时候，他看到了鳌王倒地的身躯。

鳌王的身体趴在台阶上，发丝已经变得雪白。

"他死了吧？"鱼月仙的声自耳边传来。

"你醒了？没事吧？"

鱼月仙沉默不语，王阳明也没再说话，继续走着。

片刻后，鱼月仙突然出声，像在给王阳明诉说，又像在喃喃自语。

"他杀了我的亲生父母，杀了小时候养我的阿母，杀了很多人。村里的老人总说大王志存高远，鳌族会重新繁盛起来。大家都敬仰他，只有我怕他。我知道真相，又不敢说。从我有记忆的开始，除了阿母，我就害怕寨中所有的人。现在他死了，我又好想回家，回到真正的鳌族。你知道吗？这里根本不是我们鳌族的家，养我长大的阿母告诉我，真正的鳌族在月亮升起的地方。"

王阳明点了点头，说："原来如此，刚来的时候就觉得有些奇怪。那个寨子怎么看也不像延续了千年之久的秘族。"

鱼月仙轻轻将头枕在王阳明肩上，轻声道："王大人，劳你受累了，你身上的蛊我会帮你想法子解了。"

王阳明轻轻一笑，说："有劳了。"

两人终于到达了祭坛旁。

王阳明背着鱼月仙走到石台前，将她轻轻地放在了石台上。

王阳明说："我去想法子关了这机关，等瘴气散了，咱们将鱼虎阳和鳖王的尸体寻回，便离开这里吧。"

鱼月仙点了点头。

王阳明朝那个不断释放出瘴气的大石柱走了过去，发现那儿似乎有两个身影。

王阳明心念一动，出声喊道："守让？"

雾气中传来一声应答，两个以布遮面的人朝王阳明走了过来，果然是王守让和徐爱。

"徐爱，这不是幻觉吧？"王守让小心翼翼地问身旁的徐爱。

徐爱笑着摇了摇头，上前几步向王阳明行礼，"先生没事，真是太好了！"

得到了肯定答案的王守让欢呼一声，拉着哥哥问东问西。王阳明笑着摆摆手说："迟些再说，当务之急，是想法子关了这机关。虽然我们能用蛊虫抵挡瘴气的毒，但若时间过长，恐怕也有危险。"

王守让得意地说："不用啦！徐爱已经找到了机关，就在大石柱的后边，正对着那个旋涡图形！"

徐爱点了点头，说："虽然不知道机关如何将石柱从地底下升上来，但关闭倒简单得很。机关处卡着几块条石，只要将它们一一破坏，大石柱就会落下，堵住瘴气的出口。先生未至之时，我和守让已经将机关破坏，如今大石柱正在下沉呢！"

王阳明这才发现，石柱确实在缓慢下沉，只是响动轻微不易察觉而已。

徐爱补充道："这地下瘴气遗祸无穷，学生担忧日后再有人进入此地被害，觉得彻底封死才好，故而采取的方式可能粗暴了些。"

王阳明点点头，道："如此也好，咱们现在下去和众人会合，稍作休整，待机关彻底失效，便离开这里吧。"

王阳明将鱼月仙背起，几人一同走下祭坛。

鱼月仙的归来让鳖族众人又找到了主心骨一般。大家欢呼着从王阳明手中接过她，为她疗伤，同时叽叽喳喳地询问些什么。王阳明心中好奇，她该如何解释鳖王的死呢？

事情没王阳明想象得那么复杂。鱼月仙不知对鳖族众人说了些什么，一群人便呼喊着跪在地上，纷纷痛哭不已。

满身疲惫的王阳明看到宋壮苍白的脸色，心中不忍。因为自己的事情，牵连这么多人，实在鲁莽。事到如今，他只想带众人安全地离开这里。

王阳明查看过宋壮的伤势后，和铁莫、徐爱等人简单说了一遍发生在迷雾中的事。

"如此说来，转生之事是子虚乌有了？那先生身上所谓的转生咒术……"

王阳明想起自己在幻境中见到的种种情形，叹道："老实说，我现在也无法断定，此事似乎涉及很多隐秘，待离开此地后，另行查探吧。"

铁莫点了点头道："当务之急，还是尽快离开。"

鱼月仙在族人的搀扶下走了过来，冲众人一行礼，说："此番多有得罪，如今瘴气已经散得差不多了，我族人要去寻回大王和鱼虎阳的尸身。诸位请稍候片刻，我们一同离开。"

王阳明说："如今河渠清晰可见，他们很快便能寻回鱼虎阳和鳖王的尸身。此前遇到的神秘人虽被铁校尉打伤，但至今一直未现身，说不定还会在某处伏击我们。铁校尉，有劳你和张强搀着宋壮，咱们先去梭形巨石那边，等待与鳖族众人会合后再说。"

"我们为何不先行一步，非要等那些蛮人？"铁莫不解。

王阳明刚要答话，忽然听到河渠内传来几声喊叫，声音很急切。王阳明对铁莫等人道："先去石舟上等我。"说着便朝着喊声跑去。

王阳明跑了几步，看到鱼月仙正站在石槽旁，望着底下。

"怎么了？"

"刚刚族人依我所述，去寻找鳖王尸体，"鱼月仙脸色铁青，一字一句地说，"但鳖王的尸体消失了。"

鱼月仙的话让王阳明一惊。

"所以我们刚刚在雾中看到的鳖王尸体，到底是真的还是只是幻觉呢？"鱼月仙喃喃道。

王阳明想起鳖王逐渐恢复青春，继而又快速衰老的面容，苦笑道："我现在也无法确定了。只是我很清楚，如果鳖王果真达成了他的目的，只怕此刻早已站在你我面前，大开杀戒了。"

鱼月仙没答话，沉默着点了点头。

"或许是被谁带走了？"

"被谁？"

王阳明想了想，继而又摇摇头，说："应该是我想多了吧。"

他没有提及黑暗中的那个神秘人，但看鱼月仙的神色，似乎想到了一起。

"不可能，"鱼月仙坚定说，"鱼虎阳那一拳我很清楚，不死也得残废了。"

河渠内传来说话的声音，鱼月仙解释道："他们找到鱼虎阳的尸体了。"

几个人正在将鱼虎阳的尸体抬起来。

"你不去看看？"

鱼月仙却站着不动。王阳明看不清她脸上神色，轻叹一句后，道："我下去帮忙。"

结果他刚迈开步子，便感到衣角被拽住了。他扭头看过去，鱼月仙正拉着他的衣角，王阳明投以询问的目光，对方依旧沉默不语。

王阳明无奈，道："随我一同下去吧。"说完径直向河渠底走去，鱼月仙犹豫片刻，终于也跟了上去。

没有了雾气的干扰，河渠内坚硬的石路一目了然。两人很快便来到了鱼虎阳的尸体旁。鱼虎阳生得高大，几个鳌族青年正费力地抬着他的身躯。王阳明卷起衣袖，也上去帮忙架起鱼虎阳的尸体。

半日之前，自己曾这样架着鱼虎阳，一起穿越最危险无声隧道，几次险象环生……如今尘埃落定，自己身上的疑团未解，反而有了更多的疑问，让王阳明不禁觉得，这一日实在太漫长了些。

王阳明摇摇头，转了思绪，他边走边说："若是神秘人所为，鳌王尸身消失或许另有隐情。我们得再去那地方看看。"

鱼月仙点头答应。

两人再次踏上悬空石路，很快就再次到达鳌王尸体消失处。

这一次，他们清楚地看到了一些古怪的文字和一个对王阳明来说眼熟的图案。

图案上的是一个身披厚厚的龟壳，长手长脚，拖着长长的蛇尾的怪物。

"这……这不是寨老大人当日所讲故事中的水鬼吗？"王阳明大吃一惊，"怎会在这里看到水鬼的图案？寨老大人所讲水鬼的传说难道真的确有其事？"

王阳明连忙往下看，只见水鬼图旁有一行小字："生世多畏惧，国危如晨露。来去皆苦难，生死逃不得。性常临危乱笔。"

鱼月仙虽然对中原文化有些了解，但她默默念了一遍，发现完全看不懂。她不禁皱眉，问道："这是什么意思？"

畏惧？是在说那水鬼吗？国危？大明建国以来从未发生过危及国运的事情啊？那水鬼图案也是性常祖先刻上去的吗？

王阳明摇了摇头。他又反复默念了几遍，一时也不能完全明白其间意思。但现在时间紧张，他只得将文字记熟，希望以后可以慢慢想清楚祖先留字的含义。

鱼月仙见王阳明似乎也看不懂，便没了兴趣。两人又在鳖王尸体消失的地方查看了一番。其他鳖族人则抬着鱼虎阳的尸体，绕过石阶向着梭形巨石那边走去。

王阳明猜那神秘人趁乱带走了鳖王，或者鳖王根本没死。

王阳明不禁要怀疑此前看到鳖王倒地而亡的景象是幻觉了。

鱼月仙也陷入了深思。

一阵窸窸窣窣的声音传来。

"什么东西？"

王阳明凝神听着这细碎的声音由远及近，暗道不好。

他慌忙拉起鱼月仙往梭形巨石奔去。鱼月仙一脸茫然地问："什么……什么事？"

王阳明一边跑一边说："蜃虫来了！"

机关没开启之前，那河渠中本来遍布着蜃虫，只因瘴气涌入河渠内，那些蜃虫因为害怕瘴气而逃开。当时正是王阳明盅发、鱼月仙对峙鳖王的时候。众人谁也没有在意这些蜃虫的去向。此刻瘴气消散，虫子们自然要回到它们原来沉睡的地方。此刻没了毒雾的压制，虫子正在大批大批地涌过来。

鱼月仙也顾不得鳖王尸身消失的问题。以众人目前的情况，若被虫潮围堵，只怕没一个人能逃出生天。

窸窣的声音越来越大，王阳明扭头望去，一些绿光已经从悬崖下面浮了上来。

王阳明一咬牙，冲鱼月仙说："赶快喊你的族人去石舟上！"说完便转头朝着铁莫等人出声示警。

铁莫耳目灵敏，早在王阳明之前便察觉到了情况。王阳明出声之时，他已经和张强合力，将失血昏迷的宋壮架了起来。徐爱和王守让则早已登上了巨石。

铁莫皱眉道："蠹虫要上来了，我们快些！"

张强哭喊道："这虫子怎么又来了，宋壮——你要坚持住啊宋壮——"

一旁的鳖族人听到了鱼月仙的示警，也加快了速度。他们扛着鱼虎阳的尸体，先后登上了巨石，头也不回地朝着悬崖对面跑去。

"快走！"铁莫催促道，说着将宋壮背在身上，拔出刀向前跑去。张强在一旁护着宋壮，也跟着一路小跑。徐爱和妻子不时回头，生怕王阳明赶不上来。

河渠旁的岩壁上已经布满了蠹虫，悬崖上也不时有蠹虫爬上来。鱼月仙伤势较为严重，跑了没几步便气喘吁吁，王阳明不得不搀起鱼月仙一起奔跑。

虫潮渐渐围了上来，王阳明和鱼月仙勉强攀上巨石，还没来得及喘口气，身后便已被虫子淹没。两人勉强提气，沿着巨石再次奔跑起来。没跑几步，便看到了徐爱和王守让停在前方。

"徐爱，守让？"王阳明看到二人，好奇问道。

"先生！"徐爱气喘吁吁地解释道，"前方，前方路被虫潮堵死了。"

王守让补充道："悬崖那头已经被虫子彻底淹没了，现在悬崖两侧都是虫子，只有这巨石上是安全的了。"

"大人！"张强的脸上写满了绝望，"宋壮，宋壮要不行了！"

悬崖的那头，能看到铁莫和几个鳌族青年正在奋力挥砍虫子。

王阳明绕着悬崖左右兜转，像是在寻找什么东西。

"我们手中火把不够，"鱼月仙有气无力地说，"死定了。"

王阳明听到这话后不禁苦笑一声，说："不到最后一刻，不该放弃。"

鱼月仙回道："现在就是最后一刻了。"

王阳明没有答话，依旧低着头四处寻找什么。没一会儿，巨石那边传来声音，王守让喊道："虫子来了！"

徐爱快步跑来，说："先生，那头也有虫子攀上来了，我们没退路了！"

王阳明头也不抬地说："照顾好守让，让所有人退到巨石里边，快些，绳索还在！"

徐爱忽然想起，自己脚下的石桥，不正是当初将一行人彻底封死的密室吗？王阳明救众人上来时曾在入口垂了一条绳索，眼下只有进入那里才能暂时躲避虫潮。

徐爱重重地点了点头。

王阳明的双手仍在巨石上摸索。只听"嘎嗒"一声，王阳明直起腰来，长长吐出一口浊气。

"终于找到了。"

王阳明高声道："铁校尉，月仙姑娘，你们退到巨石内部去，这里守不住了。"

铁莫问道："王大人是有计划助我们脱困吗？"

鱼月仙听到铁莫的话，插话道："我们有救了？"

王阳明笑道："有救了！但要劳烦姑娘和鳖族众人，将剩余的绳索用火折点燃了，为我们争取时间。"

鱼月仙点了点头，着手安排起来。

铁莫走到王阳明身前，说："前后都被蜃虫围了，这里已经是死路，哪来的出口？"

王阳明伸出手指，向下虚点，道："出口倒是没有，但是我们可以自己开出一条路来。"

铁莫有些不敢相信，问道："你是要从这悬崖底下冲出去？"

王阳明点点头，说道："这梭形巨石本是这地底宫殿最精妙的机关之一。我刚刚找到了机关，只要躲在里边，启动机关，巨石会从悬崖一侧滑落，从这里直达深渊底部。其后沿着深渊的河流一路向外冲去，直到外界。"

这回别说是铁莫了，鱼月仙也觉得难以置信："这怎么可能？深渊底下地势不明，这么大的石头又如何滑行得动？就算能移动一时，又怎么可能冲得出去？"

王阳明看了看铁莫，又看了眼鱼月仙，认真地说："早在机关开启前我就在想，通往密室的路被堵死，来路上又遍布蜃虫，万一它们再被惊醒，我们根本没有退路，直到我在幻境中看到大石舟从山壁上突出的景象，加上壁画上地宫的构造图，才让我想到了这点。何况我们也没得选，眼下只剩这一个办法了。"

"好吧，反正不试一下也是死。"鱼月仙耸耸肩，鳖族众人已经将剩余的绳索全部点燃扔在悬崖边，暂时堵住了虫潮。鱼月仙呼喊了几声，众人先后从巨石入口跳下。

鱼月仙走到王阳明身旁，手拍了拍他的肩膀，认真地说道："王大人，我的命交给你了。"

王阳明点了点头，鱼月仙又说："你也要好好活着。"王阳明再次点了点头。

王阳明回身对铁莫道："铁校尉，劳你将兵器借我。"

铁莫问："这机关得从外边开启？"

王阳明坦诚地点了点头。

机关一旦启动，整个巨石会直接向下滑落，负责启动机关的人根本没机会逃进巨石中。那么他的下场要么是摔得粉身碎骨，要么是被蛊虫吞噬。

铁莫似乎想说什么，但想了想，最终解下了腰间的刀。王阳明接过刀，道了声谢。

"铁校尉，劳你护送守让他们返回龙场。哦，还有，帮忙拦住想从里面出来的人。"王阳明低声道。

铁莫沉默地点了点头，说："王大人，今后铁莫仍欠你一条命。"说完，他头也不回地跳进了巨石内。

火势渐渐小了下来，虫子眼看又要围拢上来。王阳明似乎听到有个声音正在呼喊自己。事已至此，他反而感到前所未有的轻松。蛊毒也好、咒术也好，那些绢帛上记载的秘史、鳌王的下落……数不清的疑惑，看来以后也不用操心了。

这些念头一闪而过，王阳明最后想起了那个豢养鲵兽的神秘人，他是死在通道里了吗？

火渐渐熄灭，虫潮再次袭击来。王阳明收拢思绪，深吸一口气，将刀高高举起，瞄准了机关位置，狠狠砍了下去！

一道拇指粗细的裂缝忽然出现在巨石上，巨大的声响从裂缝中传来，本来嵌在地面上的巨石沿着悬崖边开始下落。

大地震颤，"隆隆"的巨响中，大石舟开始向下滑落。

地面开始逐渐倾斜，王阳明脚下不稳，摔倒在地。他意识到自己的身体正向着一侧滑落，赶忙伸出双手紧紧抓住一块突出的岩石。天旋地转间，他已经随着巨石舟一同向下俯冲。

石舟沿着悬崖一侧滑落，俯冲之势让下滑的速度也越来越快，王阳明感到耳边的风呼啸着，几乎要将他掀飞。王阳明的双臂酸麻，逐渐支撑不住。

石舟迅速滑落到深渊底部，果然如王阳明的猜测一般，深渊下是一条倾斜的石溪，向远处延伸。王阳明心中大石落地，他知道，除了自己以外，其他人一定可以安然脱困。

突然传来一阵剧烈的震动，大石舟倾斜的角度变得更陡，朝着低处俯冲而下。巨石以移山填海之势冲向前方。无数的水花像箭矢一般激起来，王阳明双臂再也支撑不住，手上一滑，便被甩飞出去。

…………

巨石内，震耳欲聋的轰鸣声中，众人趴在地上，努力抓着一切可以让自己稳定身形的东西。

铁莫知道这梭形巨石正在向前冲。以这般威势，即便是自己在外面也断无逃生的机会，更不要说那个武艺低微的书生王阳明。

"似乎可以回京城复命了。"铁莫自嘲地想着。

不时有碎石和水花飞溅进石舟内部，打到众人身上。所幸巨石内空间宽广，众人又都加了小心，倒也没受到什么严重的伤害。

伴着不时传来的剧烈震动，众人趴在地上苦苦坚持。不知多久之后，石舟滑行的速度终于开始减缓，震动也没那么剧烈了。

铁莫知道，他们应该已到了相对平稳的地面上。估计再有片刻，这大石舟便会停止滑行。他站起身，左右查看一番，当初封死一行人的密室，此刻也变得千疮百孔，一些光线不时从空隙里一闪而过。看来石舟已经破损不堪。

铁莫脚底发力，借着绳索攀上了石舟顶部。石舟终于慢慢停了下来，铁莫俯着身子保持平衡，缓步走向机关所在的地方。

那里空空荡荡的，没有蜃虫，也没有王阳明。

铁莫左右张望一番，四周一片黑暗，除了不知从哪传来的水声外，什么都没有。他不禁笑笑，这种情况下王阳明怎么可能还活着？他长叹了口气，转身准备离开。

"还活着。"

铁莫抬眼，看到是鱼月仙。他面无表情地说："月仙姑娘，现在应该关心的是我们身在何处，而不是一些毫无……"

"还活着。"鱼月仙打断了他的话。

铁莫叹气道："鱼姑娘，王大人虽然学问通天，但毕竟只是凡人，这种情况怎么可能还活着。只怕连尸骨都碎成粉末了，你还盼他真能转世不成？"

"之前看到王大人的神色，我就猜到他要做什么了，所以我拍他肩膀的时候，给王大人系上了续命索。就算他没抓住被甩出去了，那绳索也会牵着他的。"鱼月仙说着，走到"船"尾，蹲下身四下寻找起来。

铁莫的心头一动，也跟着去寻找。但他刚刚走了两步，就看到鱼月仙跪在地上，面色黯淡。

她的手中握着一截已经断掉的绳索。

两人都陷入了沉默，片刻后，王守让的哭声从石舟内传来。

两人往回走。鱼月仙仿佛什么事都没发生一般，开始吩咐族人循着水声寻找出路。

铁莫进入巨石后，也走向了徐爱等人。

王守让正扑在徐爱的肩头痛哭，一旁的张强也在抹眼泪。徐爱看到铁莫铁青的脸色，竟然直接吐出了一口鲜血。

一旁的张强也绝望地哭喊着："宋壮……宋壮……也死了！"

王守让和张强哭得稀里哗啦。徐爱嘴角滴着血，强忍心中悲痛。铁莫看着众人一片愁云惨淡，不得不强打精神，说道："眼下是否脱险尚不知道，我们先离开这里再说！"

见无人应答，铁莫声音一沉，提高声音道："徐爱！你可要记得王大人对你说的话，他要你照顾好他妹妹！张强，你记着，能带你兄弟回乡的只有你了！"

接着他叹了口气，语气变软，喃喃地说："我答应了王大人，会护送你们安全回到龙场的。"

张强抹了把眼泪，呜咽着点点头，说："对！我要把宋壮带回去，他是我们龙场的驿卒，不能留在这里！王大人……王大人我也要带回去！他是我们的驿丞，我们龙场驿站谁都不能少！"说着便背起宋壮往出走，铁莫伸手拦住了他，但看到张强满脸的泪痕，他摇摇头又放下了手。

张强背着宋壮，一边走一边说："咱们龙场驿站三人，一起来的，就一起回去。宋壮得回去，你小子还是打杂的！王大人也得回去，不然我们俩给谁跑腿？你说万一寨老大人问起我，说王大人哪去了？我不能说我找不到啊！不能吧？不能啊！"

张强越说越大声，越哭越大声。

片刻后，一旁的徐爱也站起身来，他向铁莫轻轻行了一礼后，牵着妻子也向外走去。此时，铁莫听到角落似乎有碎石滚动的声音，他忙拦住了徐爱夫妻，冲黑暗处喝道："谁！"

短暂沉默后，一个众人从未听过的陌生声音突然从黑暗里传来。那人笑着："铁校尉好耳力，幸亏我这一路上小心得紧，不然只怕到不了这里了。"

此刻大石舟已破烂不堪，有不少微弱的光线从外面照进来，众人已经能看清石室的大概环境，但那个身影却很好地利用黑暗藏住了自己的身形。

铁莫此时可没有心情陪陌生人聊天，紧紧咬住的钢牙只蹦出两个字来："找死！"

然而铁莫身形刚动，那个声音却突然说："铁校尉，你就不管同伴的死活了吗？"

说着，一个头颅低垂的身影慢慢地从黑暗中浮现。铁莫一眼就认了出来，正是此前几番设计暗杀他们，曾和铁莫在黑暗中交手的地底神秘人。

铁莫寒声道："是你！你怎么会在这？"他继而想到了什么，连忙问，"王大人的消失和你有关！"

那人对铁莫的话浑不在意，说道："王大人？没看到啊。不过你现在该关心另外一个人。刚刚走出去那人，我在他颈上放了一只吸血王蛭。他现在因为同伴的死哭得那么伤心，也不知道会不会察觉。怎么样，铁校尉是打算和我动手还是去救他？"

张强？铁莫想要出手击毙眼前这人，可担心三两招内无法拿下对方，反会耽误了张强性命。何况眼下，他还要分神保护徐爱和王守让。

一旁的徐爱忽然朗声说："走吧，铁校尉，咱们去救张强，可不能再有人牺牲了！"

铁莫看到徐爱眼中坚定的神色，立刻下了决心，点了点头。

那神秘人笑道："两位果然都是聪明人。麻烦诸位先行，我可不想被人从背后偷袭。"

铁莫和徐爱担心张强的性命，两人顾不了许多，和王守让一齐跑了出去。三人刚一跨出石舟，便看到张强正在前方不远处蹲着。三人赶忙追了上去。

"张强，你颈上！"铁莫高声提醒道，可是张强因为太过伤心，对铁莫的话置若罔闻。铁莫也顾不上徐爱夫妻，突然加速上前，伸手抓住了张强的脖子。

"别动，你中招了！"铁莫说着把手探了过去。可张强的脖颈上，哪有什么吸血王蛭？

该死！铁莫突然醒悟过来，他来不及解释，立刻起身回石舟内，神秘人早已消失不见。

铁莫心中愤懑，身子一晃，险些栽倒在地。自他艺成以来，还是第一次感到疲倦和无力。

"安全了。"鱼月仙的声音从后传来，"从这里往前走是一个大瀑布，有路可以回到地面。"

铁莫稳住身形，微微点头。鱼月仙面无表情地走到了石舟后方。

"鱼姑娘！"铁莫突然出声。

鱼月仙停下脚步，望着铁莫。

铁莫问鱼月仙："姑娘，族人可在周围查探到什么……"

鱼月仙神情冷淡地说："这里距离族寨不远，我们回去后，明日多叫些人来寻找，起码找一下王大人的尸骨有没有掉落在附近。"说完便径自走了。

张强已经停止了哭泣，背着宋壮的尸身蹲在地上，不知在想些什么。铁莫上前，向徐爱等人简单解释了刚刚的情况。

徐爱问道："那神秘人怎么能在这巨石内藏匿？"

铁莫轻轻摇头，眼下他也不想烦心那些琐事。

"先离开这里吧，明日和寨子里的人一起过来，看看能否找到王大人的线索。"

张强背起宋壮，徐爱搀着爱妻，先后顺着鱼月仙的指引，向前方走去。众人发现他们正处在一个巨大的瀑布后方。鱼月仙带着众人从一条小路绕过去，成功回到了外面的世界。

　　　　　　　　　　　　　　　神探王阳明·鳖灵奇局

此时已是破晓时分，东方天际微微发白。铁莫回身望去，宽达百尺的瀑布声音震耳欲聋，水汽蒸腾高达数尺，周围遍布黄果树木，风景瑰丽无双。可惜众人各有心事，没有心思细细观赏眼前的奇景。

　　稍作休息后，鱼月仙整顿鳌族队伍，众人拖着疲惫的身躯，背着几具尸体，向着寨子行进，在太阳升起时回到了族寨内。

　　接下来几天，鱼月仙向族内众人解释了地下遗迹内发生的一切。鳌王的死在族寨内引起了巨大的骚动。鱼月仙不得不隐瞒了许多细节，用众人更容易理解的方式讲述了来龙去脉，说服了绝大多数人。那些从地下死里逃生的人，自然成了鱼月仙坚定的支持者，村寨成功地平稳下来。

　　鱼月仙将鱼虎阳的尸身好好地安葬了。鳌王因为尸体消失，鳌族人只好以他的衣冠代替尸身，进行了水葬。忙完这些之后，鱼月仙和几名鳌族青年一起，用碎石泥土将那个通往"地狱"的入口彻底地封死了。

　　与此同时，鱼月仙组织了一队人，每天在石舟附近寻找王阳明的线索。那些乘着石舟侥幸逃生的鳌族青年，都承着王阳明的救命之恩，自发加入队伍参与寻找，但是整整三天仍一无所获。

　　那几天，有人偶尔能看到鱼月仙的手中总是握着半截破碎的绳索出神，不知道在想些什么。

　　另一方面，铁莫徐爱等人回到寨内简单休整后，也连着三日在瀑布及石舟附近寻找关于王阳明的线索。铁莫甚至循着石舟滑落的方向逆流而上，最终仍无功而返。但众人仍存着一丝希望，因为王阳明的尸体没有下落，甚至连衣物都没看到。

　　但让人惊奇的是，隔天他们在瀑布底下打捞起一具尸体。虽然尸体已经肿胀，但从衣着和身形判断，正是当日和铁莫对峙的神秘人。

　　铁莫认为那人本就身受重伤，应该是伤势发作而死，张强则不断强调这是王大人保佑的结果。徐爱甚至怀疑，当日在遗迹内可能另有其人，将神秘人李代桃僵。但众人毫无证据，也只是胡乱猜测一番而已。

又几日后，众人不得不接受现实，收拾行李折返龙场。

张强背着宋壮的尸骨，徐爱和妻子王守让并行。铁莫依旧是挎刀在侧，护卫众人安全。

鱼月仙独自在寨门前给众人送行。自从处理完同族的葬礼，寻找王阳明无果后，她的话越来越少。

铁莫拱手道："我对鳌族没什么好感，以后也不想再来。但鱼姑娘对我们一行人有恩，铁莫在此谢过。"

说着递过一张纸张。鱼月仙看着那张纸上的墨迹，才想起自己还中着铁莫的毒，怎么这几日都没想起来呢？

徐爱也行了一礼，淡淡说："感谢鱼姑娘一路的帮助，青山不改，鱼姑娘日后多多保重。"

鱼月仙将那张纸折好收起，说："我会继续找他的，你们保重。"

王守让双眼一红，哽咽着说道："哥哥还在这里呢，我一定会再来的。"

徐爱一行人不再多言，转身向来路走去。

来时六个人，归去只剩下了四人，几人心中五味杂陈。

刚走几步，徐爱忽然发觉张强没跟上。他回过头，看到张强仍站在鳌族族寨门前，正抬头看着什么。

铁莫也察觉到了，出声催促道："张强，天色不早了，我们早些出发吧！"

鱼月仙站在张强面前，看到他神色古怪，不禁问："你在看什么呢？"

张强仰头望向远处，答非所问地说："我在想啊，咱们王大人会不会根本没事呢？他还好好地藏在这山里边呢？"

众人听到这句话，都不自觉地望向了那座青峰。

恰在此刻，天光从云的缝隙中投下，奇迹地照亮了整座山峰。

"一定是的。"不知是谁说道。

（第一部完）

捧读文化
触及身心的阅读

致未来文学
To the Future Literature

出 品 人　张进步　程　碧

责任编辑　龙　娜
特约编辑　孟令堃
封面插画　李　爻
封面设计　BookDesign Studio
　　　　　莫意闲书装 QQ:237302112
内文排版　张晓冉